MISSING
La maison du crime

Meg Cabot

MISSING
La maison du crime

Traduit de l'anglais (États-Unis)
par Luc Rigoureau

ÉDITIONS FRANCE LOISIRS

Titre original : *1-800-Where-R-you, Safe house.*
Publié par Simon Pulse, une marque de Simon & Schuster Children's
Publishing Division.

Édition du Club France Loisirs,
avec l'autorisation des Éditions Hachette Livre.

Éditions France Loisirs,
123, boulevard de Grenelle, Paris.
www.franceloisirs.com

© Meg Cabot, 2002.
© Éditions Hachette Livre, 2007.
ISBN : 978-2-298-00844-9

Je remercie Jen Brown, John Henry Dreyfuss, David Walton et, surtout, Benjamin Egnatz.

1

Je n'ai appris la mort de la fille que le lundi de la rentrée.

Ce n'est pas ma faute, je vous le promets. Parce que, bon sang ! comment aurais-je pu savoir ? Ce n'est pas comme si j'avais été chez moi. Si ç'avait été le cas, je l'aurais lu dans le journal, naturellement. Ou vu à la télé. J'aurais entendu les gens en parler.

Or, je n'étais pas chez moi. J'étais coincée à quatre heures de route de là, au beau milieu des dunes du lac Michigan, dans la maison de campagne de ma meilleure amie, Ruth Abramowitz. Elle et sa famille passent toujours les deux dernières semaines d'août là-bas et, cette année, ils m'avaient invitée.

Au début, j'avais hésité. Vous en connaissez beaucoup, vous, des gens qui auraient envie d'être piégés pendant quinze jours dans une baraque perdue en compagnie de Skip, le frère jumeau de Ruth ? En tout cas, pour ce qui me concernait, c'était hors de question. Skip a beau avoir seize ans, il continue à ne pas fermer la bouche quand il mange – c'est répugnant. Et puis, il a tout du Grand Maître Dragon de la population Donjons et Dragons de notre bled, malgré le coupé sport (une Trans Am) qu'il s'est payé avec l'argent de sa bar-mitsva[1]. Ajoutez à cela que M. Abramowitz a des préjugés idiots contre le câble et qu'il n'autorise qu'un seul téléphone lorsqu'il est en vacances, son portable, lequel est réservé aux urgences, si l'un de ses clients, par exemple, est flanqué en taule ou un truc du genre (il est avocat).

Vous comprenez pourquoi j'avais réagi par un

---

1. Bar-mitsva (pour les garçons) et bat-mitsva (pour les filles) : fête religieuse juive qui marque l'entrée des adolescents dans la vie adulte. En général célébrée à 13 ans, mais parfois plus tardivement. Un peu l'équivalent de la communion solennelle chez les catholiques. *(Toutes les notes sont du traducteur.)*

« c'est gentil, mais non merci » à l'invitation de Ruth.

Sauf que, patatras ! voilà que mes parents avaient annoncé qu'ils réservaient quinze jours fin août pour conduire mon frère Mike et tout son barda à Harvard, où il est inscrit en première année de fac, et que, pendant leur absence, notre grand-tante Rose s'installerait chez nous afin de nous garder, mon frère aîné Douglas et moi.

Est-il utile de préciser que j'ai seize ans et Douglas vingt, et que, par conséquent, nous n'avons pas besoin d'être chaperonnés, notamment par une vieille dame de soixante-quinze ans qui ne pense qu'à faire des patiences et à me cuisiner sur ma vie sexuelle ? Non que j'en aie une, au passage. Nonobstant, tatie Rose débarquait et, que ça me plaise ou non, c'était le même prix.

Plutôt crever ! C'est ainsi que, après avoir sué sang et eau comme monitrice au camp de Wawasee pour petits musiciens surdoués — mon idée des vacances ! —, j'étais partie avec les Abramowitz dans le Michigan au lieu de rentrer bien tranquillement à la maison. Halte-là, mes enfants ! Je préfère encore supporter le spectacle de Skip s'enfilant des sandwiches banane-beurre de caca-huète matin, midi et soir pendant une quinzaine plutôt que me coltiner les conversations de tatie Rose, laquelle n'adore rien tant que me seriner du matin au soir qu'à son époque seules les filles de mauvaise vie portaient des cottes.

C'est comme ça qu'elle appelle les salopettes ! Non mais je vous jure ! Vous voyez pourquoi j'avais choisi d'aller au bord du lac Michigan.

D'ailleurs, pour être honnête, le séjour n'avait pas été si mal.

Attention ! Je vous arrête tout de suite. Ça ne signifie pas pour autant que je m'étais bien amusée ni rien. L'aurais-je voulu que ç'aurait été impossible. Parce que, pendant que nous marnions comme des esclaves à Wawasee, Ruth avait déployé des efforts surhumains pour développer sa personnalité adolescente et améliorer ses relations sociales. Et figurez-vous qu'elle était parvenue à se dégoter un copain.

Croix de bois, croix de fer. Un mec, un vrai, dont les parents — le hasard fait décidément bien les choses — possédaient aussi une baraque dans les dunes, à une dizaine de minutes de celle des Abramowitz.

J'avais essayé d'être réglo, sur ce coup-là, de l'encourager. Après tout, Scott était le premier petit ami sérieux de Ruth, style elle l'aimait bien, c'était réciproque, et il n'avait pas l'air gêné de lui tenir la main en public, bref, vous imaginez le tableau. N'empêche, soyons réalistes, quand une copine vous invite pour deux semaines de vacances et qu'elle passe ensuite lesdites semaines à traîner aux basques d'un garçon, il y a de quoi être déçue. J'avais donc consacré l'essentiel de mes journées sur la plage à lire de vieux livres de poche, et l'essentiel de mes soirées à tenter de battre Skip à Crash Bandicoot, sur sa PlayStation.

Ouais, franchement géniaux, mes congés d'été.

Quant à Ruth, elle n'avait pas arrêté d'attirer mon attention sur le côté positif de la situation. À savoir que, pendant ce temps-là, je n'étais pas chez moi à attendre que mon petit ami — si c'est bien ce qu'il est — daigne me rendre visite ou téléphoner. D'après elle, cette étape il-débarque-et-tu-n'es-pas-là constituait un stade crucial et incontournable du rituel courtois en bonne et due forme. Ainsi, avait-elle enchaîné, il allait se demander où j'avais bien pu disparaître et se mettre à échafauder des scénarios susceptibles de répondre à sa question. Avec un peu de chance, il en conclurait que j'étais dans les bras d'un autre !

Bizarrement, tout ce cirque est censé l'amener à vous aimer encore plus.

Ne chipotons pas, et partons du principe que c'est vrai.

Sauf qu'il y a un tout petit préalable indispensable à cette règle, et c'est que le type doit tenter de vous contacter. Sinon, il ignore que vous êtes absente. Sauf que mon copain — ou, devrais-je dire, le mec qui me plaît, vu que, techniquement, il n'est pas mon amoureux dans la mesure où nous ne sommes jamais sortis ensemble — ne vient jamais à la maison ni ne me téléphone. Tout ça parce qu'il s'est mis dans le crâne que je suis susceptible de l'expédier au trou, puisque les merveilleuses lois de l'Indiana interdisent les relations sexuelles avec une mineure.

Or, il est déjà sous le coup d'une peine de mise à l'épreuve.

Ne me demandez pas pourquoi, Rob n'a jamais voulu me le dire.

C'est son nom. Rob Wilkins. Ou l'Enfoiré, pour reprendre l'expression de Ruth. (Excusez son langage.)

Sobriquet que je trouve un tantinet injuste, car il ne m'a jamais menti. Dès l'instant où il a appris mon âge, il n'a pas tourné autour du pot pour m'informer qu'il était inutile d'espérer qu'il se passe quoi que ce soit entre nous. En tout cas, pas avant deux ans minimum.

Ce qui, je vous l'avoue, ne me dérange absolument pas. Un de perdu, dix de retrouvés. Certes, ils n'ont peut-être pas tous les yeux couleur de « brume flottant au-dessus du lac juste avant le lever du soleil », ni des tablettes de chocolat à croquer, ni une Indian[1] absolument mirifique qu'ils ont assemblée dans leur grange à partir de rien, et ce de leurs propres mains. Mais ça reste des mâles. En apparence.

Passons.

Pour résumer, j'avais été absente deux semaines, sans téléphone ni télé ni radio ni aucune source d'information. J'étais en *vacances*. De vraies vacances. Excepté pour ce qui était de se marrer. Alors, comment étais-je supposée avoir appris que, pendant ce temps-là, une fille de ma classe

---

1. La plus célèbre marque de motos américaine (fondée en 1901), avec Harley-Davidson qui date de la même époque.

15

avait avalé son extrait de naissance, hein ? Personne ne m'en avait rien dit.

Enfin, pas jusqu'à ce que je déboule à ma permanence du matin[1].

C'est ça, le problème, quand on vit dans une ville minuscule. Je partageais cette heure avec les mêmes personnes depuis l'école élémentaire. Bien sûr, de temps en temps, quelqu'un déménageait, un nouvel élève débarquait mais, pour l'essentiel, année après année, on retrouvait les mêmes tronches bien connues. Ce qui explique pourquoi, en ce jour de rentrée en Première au lycée Ernest-Pyle, je me suis glissée sur le siège du deuxième pupitre du deuxième rang. J'avais toujours été assise là, parce que, en permanence, nous étions placés par ordre alphabétique. Mon nom de famille, Mastriani, me mettait en seconde position des « M » de ma classe, derrière Amber Mackey, laquelle était systématiquement assise devant moi, en permanence s'entend.

---

1. Première demi-heure ou heure de cours quotidienne, pendant laquelle les élèves peuvent réviser leurs leçons, bavarder... ou finir leur nuit. L'enseignant chargé de cette classe équivaut, grosso modo, à notre professeur principal.

Sauf ce jour-là. Ce jour-là, elle n'est pas venue.

J'ignorais complètement pour quelles raisons. Comment aurais-je pu savoir, hein ? Amber n'avait encore jamais manqué la rentrée. Non qu'elle ait été plus accro aux nourritures intellectuelles que moi. Simplement, comme on ne fichait rien du tout le premier jour, à quoi bon le sécher, je vous le demande ? Par ailleurs, et contrairement à moi, Amber avait toujours apprécié l'école. Elle était pom-pom girl, elle ressassait du matin au soir son credo : « Nous soutenons l'équipe, nous ne sommes pas des mous, nous soutenons l'équipe, et qu'en est-il de vous ? »

Vous voyez le genre.

Une nana pareille, on s'attendrait à ce qu'elle soit là le premier jour de la rentrée, ne serait-ce que pour en mettre plein la vue avec son hâle, non ?

Donc, je me suis assise à la deuxième table de la deuxième rangée. Tout le monde est arrivé en prenant bien soin d'avoir l'air nonchalant, alors qu'on était tous au courant que la plupart – les filles du moins – avaient consacré des heures à choisir la tenue appropriée par excellence, histoire de montrer combien de poids ils (elles) avaient perdu pendant l'été... ou de souligner leurs nouvelles mèches... ou de vous éblouir avec leurs dents artificiellement blanchies. Chacun s'est assis à sa place assignée — nous avions suivi la procédure suffisamment de fois depuis la Sixième pour savoir qui était derrière qui pendant la permanence du matin. Ça bavassait à qui mieux mieux. « Alors, tes vacances ? Raconte ! » « Omondieu ! Tu es super bronzée » « Cette jupe est *tellement* mignonne ! »

Puis la cloche a retenti, le petit père Cheaver s'est pointé avec la feuille d'appel et nous a ordonné de nous calmer, bien que, à huit heures quinze du matin, personne n'ait été particulièrement tapageur. Il a jeté un coup d'œil à sa liste, a hésité, puis a dit :

— Mastriani.

J'ai levé la main, alors qu'il se tenait pratiquement devant moi, qu'il m'avait eue l'année précédente en cours d'histoire internationale et, donc, qu'il m'avait forcément identifiée. Certes, Ruth et moi ayant dépensé une partie considérable de notre paie de Wawasee en fringues, j'arborais — mais juste parce que mon amie avait lourdement

insisté — une jupe, détail qui avait peut-être déstabilisé Mister C, vu que je n'étais jamais venue au
lycée qu'en jean et T-shirt.

Ainsi que l'avait souligné Ruth, il ne fallait pas
que j'escompte voir Rob prendre conscience de
l'erreur qu'il avait commise en refusant de sortir
avec moi, à moins de réussir à séduire un autre
prétendant (et à m'arranger pour que Rob me
repère en compagnie de ce rival). Si bien que,
d'après Ruth, j'étais priée de « faire des efforts »
cette année. J'était habillée en Esprit de la tête
aux pieds, ce qui, en réalité, devait moins à mon
espoir de tourner la tête à d'éventuels princes
charmants qu'à notre retour tardif la veille au soir
(Ruth refuse catégoriquement de dépasser les
limites de vitesse quand elle conduit, même quand
il n'y a pas d'endroit à l'horizon où un flic en
patrouille risquerait d'être embusqué) — je n'avais
pas d'autres vêtements propres.

Si ça se trouve, ai-je songé, Cheaver ne m'avait
pas reconnue dans ma minijupe et mon pull en
coton assorti.

— Ici, Mister C ! ai-je donc lancé, afin de lui
prouver que j'étais bien présente.

— Je vous ai vue, Mastriani, a-t-il répondu

avec ses habituelles intonations traînantes. Avancez donc d'un rang.

— Oh non ! me suis-je récriée en contemplant le bureau vide devant moi. C'est la place d'Amber. Elle doit être en retard, mais elle ne va plus tarder, sans doute.

Mes paroles ont été accueillies par un silence étrange. Très bizarre, Tous les silences ne se ressemblent pas, en dépit de ce que leur définition — absence de bruit — laisserait supposer. Celui-là était, en quelque sorte, *plus* silencieux que les autres. Comme si tout le monde avait décidé de retenir son souffle au même moment.

Le père Cheaver, qui lui aussi avait cessé de respirer, a froncé les sourcils. Rares sont les profs que je supporte, au lycée Ernest-Pyle, mais il se trouve que Mister C en fait partie. Au moins, lui n'a pas de chouchous — il nous déteste tous avec une identique ferveur. Moi moins que mes pairs, peut-être, parce que, l'an passé, j'avais été une des rares à faire les devoirs qu'il nous avait donnés. J'avais en effet trouvé l'histoire internationale plutôt intéressante, notamment les massacres en règle de tous ces peuples. — Vous étiez où, Mastriani, sur Mars ? a-t-il aboyé. Amber Mackey ne reviendra pas parmi nous cette année.

Sérieux, comment aurais-je pu deviner ?

— Ah bon ? Elle a déménagé ?

Mister C s'est contenté de me toiser d'un air extrêmement fâché, cependant que le reste de la classe soufflait un bon coup, comme un seul homme, et, au lieu de se taire, se mettait à jacasser comme un nid de pies. Je n'avais aucune idée de ce que mes camarades se racontaient, mais rien qu'à leurs visages scandalisés, j'ai compris que j'avais mis le pied dans le plat pour de bon, cette fois. Tisha Murray et Heather Montrose m'ont semblé particulièrement méprisantes à mon égard. L'idée m'a effleurée de me lever et d'en prendre une pour taper sur l'autre, sauf que c'est un truc que j'ai déjà essayé par le passé et qu'il ne marche jamais.

Un autre aspect concernant les « efforts » dont j'étais censée faire preuve en Première — mis à part m'arranger pour qu'un pauvre innocent s'amourache de moi afin de pouvoir déambuler main dans la main et l'air de rien devant le garage où Rob travaillait depuis qu'il avait réussi son bac l'année précédente – consistait à éviter les échauf-fourées. Sans charre. J'avais suffisamment été collée en Seconde à cause de mon incapacité à contrôler mes accès de fureur. Pas question de réitérer les mêmes erreurs cette année. Une des autres raisons, en sus de mon absence totale de jean propre, expliquant ce choix d'une minijupe. Pas fastoche de donner un coup de genou dans les parties de quelqu'un quand on est engoncée dans un mélange de Lycra et de rayonne.

Devant l'expression des gens qui m'entou-raient, je me suis dit qu'Amber s'était fait mettre en cloque, et que tout le monde était au parfum sauf moi. Ben tiens ! En dépit des cours d'ana-tomie dispensés par l'entraîneur Albright, obliga-toires pour tous les élèves de Seconde, durant lesquels nous sommes dûment prévenus contre les dangers d'une sexualité non protégée, ces choses-là arrivent. Même aux *cheerleaders*. Mais pas à Amber Mackey, vu que Mister C a lâché d'une voix plate :

— Elle est morte, Mastriani.

— Quoi ? Amber Mackey ? Vous êtes sûr ?

Non mais je vous jure, quelle imbécile ! J'ignore pourquoi je lui ai demandé ça. Après tout, quand un prof vous annonce que quelqu'un a cassé sa pipe, il y a toutes les chances pour qu'il dise la vérité. Seulement, j'étais tellement surprise. Ça va sans doute sonner comme un cliché, mais Amber Mackey avait été si... vivante. Elle n'était pas une de ces pom-pom girls à qui vous flanqueriez volontiers quelques paires de baffes. Jamais intentionnellement méchante avec personne, elle avait eu du mal à se fondre dans le reste de l'équipe, tant d'un point de vue social que sportif. Quant à ses résultats scolaires, elle n'aurait pas mérité de recevoir la médaille de la meilleure élève de l'année, si vous voyez ce que je veux dire. N'empêche. Elle avait essayé. Elle avait vraiment essayé.

Ce n'est pas le petit père Cheaver qui m'a répondu. C'est Heather Montrose.

— Ouais, elle est morte, a-t-elle craché. Tu débarques, ou quoi ?

Sa bouche, soigneusement enduite de gloss, était tordue dans une moue écœurée.

— Franchement, a renchéri Tisha Murray, j'attendais mieux de la Fille Électrisée.

— Qu'est-ce qu'il t'arrive ? a continué l'autre peste, ton super radar a rendu l'âme ou quoi ?

J'ai beau ne pas correspondre trait pour trait à ce que vous appelleriez une fille populaire, comme je ne passe pas ma vie à balancer des vacheries à tout le monde, à l'inverse de Heather et Tisha, il se trouve des gens prêts à prendre ma défense contre ces deux garces. L'un d'entre eux, Todd Mintz, défenseur de l'équipe de football[1], qui était assis juste derrière moi s'est écrié :

— Bon sang de bois, vous voulez bien baisser d'un ton, les filles ? Elle a arrêté d'avoir ses visions, vous avez oublié ?

— Paraît, ouais, a grommelé Heather en rejetant en arrière une mèche de sa longue crinière blonde.

— Paraît aussi que, y a pas deux semaines, elle a retrouvé un môme qui s'était perdu dans une grotte, un truc comme ça, a sifflé Tisha.

Ce qui était une contre-vérité patentée. Ça datait déjà d'un mois. Quant à l'admettre devant des horreurs de la trempe de Tisha, plutôt clamser. Heureusement, l'intervention stratégique de Mister C m'a évité de répondre à ces perfidies.

---

1. Américain ici, bien sûr, à ne pas confondre avec le foot (« soccer ») que nous connaissons en Europe.

— Pardonnez-moi, a-t-il lancé avec aigreur, mais aussi étrange que celui puisse paraître à certains d'entre vous, je suis ici pour faire classe. Alors merci de garder vos réflexions personnelles pour après la sonnerie. Mastriani, changez de place.

J'ai obtempéré, et tout le rang m'a suivie. J'en ai profité pour interroger Todd à voix basse.

— Alors, qu'est-ce qui lui est arrivé ?

Je pensais qu'Amber avait peut-être eu une leucémie, et que les autres *cheerleaders* allaient sans doute se mettre à laver des voitures à tour de bras, histoire de lever des fonds pour la lutte contre le cancer. Elles appelleraient sûrement ça l'Association Amber. Mais mon ancienne voisine de permanence n'était pas décédée de cause naturelle. En tout cas, pas si ce que Todd m'a chuchoté était vrai.

— Ils l'ont retrouvée hier. Dans une des carrières désaffectées. Étranglée.

Houps !

2

Et maintenant, expliquez-moi un peu qui ferait un truc pareil !

Je ne plaisante pas. J'ai envie de comprendre.

Qui étranglerait une pom-pom girl avant de jeter son cadavre au fond d'une ancienne carrière de calcaire remplie de flotte ? Je peux admettre qu'on ait *envie* d'étrangler une pom-pom girl. Notre lycée abrite certaines des plus teigneuses *cheerleaders* d'Amérique du Nord. Sérieux. Comme s'il fallait réussir un examen prouvant que vous n'avez aucune compassion envers le genre humain pour entrer dans la bande. Ces filles préféreraient s'arracher les cils plutôt que s'abaisser à parler à un élève d'une classe sociale inférieure à la leur.

N'empêche, de là à passer à l'acte ! En buter une ? L'effort n'en vaut pas la peine. En plus, Amber avait été différente des autres. Je l'avais même prise en flagrant délit, une fois, souriant à un Cul-Terreux ou Bouffeur-d'Avoine — le surnom péjoratif réservé à ceux que le ramassage scolaire va chercher au fond de la cambrousse pour les amener à Ernest-Pyle, le seul lycée du coin. Par opposition, ceux qui vivent en ville sont appelés les Bourges. Original, non ?

Amber avait été une Bourge, tout comme Ruth et moi. Je ne l'avais cependant jamais vue snober personne avec ça, contrairement à Heather, Tisha et leur clique. Lorsqu'il lui était arrivé d'être choisie comme capitaine d'une équipe, en éducation physique, Amber n'avait pas d'abord sélectionné des Bourges avant de compléter son équipe par des Culs-Terreux. Quand elle avait déambulé dans les couloirs avec ses livres et les pompons afférant à sa fonction, elle n'avait pas ricané devant les jeans à bon prix des Culs-Terreux, les seuls qu'ils avaient les moyens de s'offrir. Elle n'avait infligé de « Test Cul-Terreux » à nulle candide victime — il s'agissait de brandir un stylo sous le nez de quelqu'un en lui demandant ce qu'on tenait à la main. Si l'autre répondait un « stylo », il était tiré d'affaire. S'il avait le malheur de dire un « stylôôô », il était relégué au rang de Cul-Terreux et moqué pour son accent traînant du Sud.

Et cela vous étonne que j'aie des difficultés à gérer mes emportements ? Franchement, vous ne seriez pas en colère, vous, si vous deviez vous coltiner ce genre d'âneries toute la sainte journée ?

Bref, j'ai trouvé dommage que, parmi toutes les *cheerleaders*, ce soit Amber qui ait passé l'arme à gauche. En quelque sorte, je l'avais bien aimée. Je n'ai d'ailleurs pas tardé à découvrir que je n'étais pas la seule.

— Bien joué ! m'a sifflé quelqu'un en me doublant dans le couloir alors que je me rendais à mon casier.

— Ah, bravo ! a craché une autre personne quand je suis sortie du cours de sciences nat'.

Ce qui n'a pas été le pire. J'ai eu droit à un ironique « Merci beaucoup, la *Gourde* Électrisée ! » près de la fontaine à eau et me suis fait traiter de « connasse » — excusez leur langage — par un groupe de Pomponettes, les *cheerleaders* de Seconde.

— Je ne pige pas, ai-je signalé à Ruth alors que nous déballions nos instruments pour le dernier cours de la matinée, une répétition avec l'orchestre du bahut. J'ai l'impression que les gens m'en veulent pour la mort d'Amber. Comme si j'étais responsable,

Mon amie, qui appliquait de la colophane sur l'archet de son violoncelle, a secoué la tête. Apparemment, elle avait été mise au parfum en cours d'anglais avancé[1].

— Ce n'est pas ça, m'a-t-elle expliqué. Quand Amber n'est pas rentrée chez elle, le vendredi soir, ses parents ont appelé les flics et tout ça, sans résultat. Alors, des types ont suggéré de téléphoner chez toi en pensant... ben, tu sais... que tu serais capable de la localiser. Grâce à la télesthésie. Mais tu étais absente, bien sûr, et ta tante a refusé de donner à quiconque le numéro de portable de mon père. Or, c'est le seul moyen de nous contacter, à la campagne, et bref...

Pardon ?

---

1. Aux États-Unis, les élèves les plus doués dans une matière peuvent suivre des cours d'un niveau supérieur à celui requis par le cursus normal.

Ainsi, c'était *ma* faute. Ou, du moins, celle de tatie Rose. Voilà qui me donnait une nouvelle raison de la détester, celle-là.

Et dire que je m'étais échinée à convaincre tout le monde que j'avais perdu les talents métapsychiques m'ayant permis de retrouver des personnes portées disparues ! Cette faculté qui m'était tombée dessus quand j'avais été frappée par la foudre, au printemps dernier. Il me suffisait alors de regarder la photo de quelqu'un, et je devinais où il était. Un pur hasard. J'avais expliqué à la presse et au FBI que c'était terminé. Que la Fille Électrisée — ainsi que m'avaient surnommée les médias — n'existait plus. Mes perceptions extra-sensorielles s'étaient évanouies aussi mystérieusement qu'elles étaient apparues.

Sauf que ce n'était pas vrai. J'avais menti pour que les journalistes et les flics me fichent la paix. Ce que tout le monde au lycée semblait avoir deviné, malheureusement.

— Écoute, a poursuivi Ruth en pinçant quelques cordes, tu n'y es pour rien. Au pire, c'est ta dingue de grand-tante, la responsable. Elle aurait dû comprendre qu'il s'agissait d'une urgence et leur filer le numéro de mon père. En même temps, tu connaissais Amber, elle n'était pas très fute-fute. Elle serait sortie avec Freddy Krueger[1] s'il le lui avait demandé. Alors, pas étonnant qu'elle ait fini par être zigouillée au fin fond des carrières de Pike.

Si ces paroles étaient destinées à me réconforter, ça n'a pas marché. J'ai regagné mon pupitre parmi les flûtistes, mais j'étais incapable de me concentrer sur ce que notre prof, M. Vine, nous racontait. La seule chose qui me trottait dans la tête, c'était le concours de talents de l'année précédente, durant lequel Amber et son petit ami de toujours, Mark Leskowski, l'arrière de l'équipe de foot d'Ernest-Pyle, les Couguars, nous avaient offert une interprétation parfaitement nulle de *Anything You Can Do I can Do Better*[2]. Amber y avait mis tout son cœur, persuadée qu'elle et Mark allaient gagner la compétition. Ce qui

---

1. Personnage des sept films d'horreur de la saga inaugurée en 1984 par *Les Griffes de la Nuit* de Wes Craven. Freddy pénètre les songes de ses victimes pour les assassiner.

2. Chanson d'Irving Berlin tirée de la célébrissime comédie musicale *Annie Get Your Gun* montée à Broadway en 1946, racontant la vie et les amours de la tireuse d'élite Annie Oakley. Un film éponyme a été réalisé en 1950.

n'avait pas été le cas, naturellement. Le premier prix avait été attribué à un mec dont le chihuahua se mettait à ululer chaque fois qu'il entendait le thème musical de *Seventh Heaven*[1]. Amber avait été au septième ciel quand elle et son copain avaient décroché la deuxième place.

Au ciel, eh bien, elle y était, désormais, n'ai-je pu m'empêcher de songer.

— Très bien, a annoncé Vine juste avant la sonnerie. Cette semaine, nous procéderons aux auditions afin de sélectionner vos places dans l'orchestre. Les cuivres demain, les cordes mercredi, les instruments à vent jeudi et les percussions vendredi. Alors, soyez gentils et, pour une fois, préparez-vous. D'accord ?

Sur ce, la cloche a retenti, marquant l'heure du déjeuner. Sauf que, au lieu de foncer hors de l'auditorium, la plupart des musiciens ont tiré de sous leurs sièges sacs en papier et canettes de soda tiède. Tout ça parce que la majorité des mômes

---

1. Série TV extrêmement populaire (on en est à la onzième saison), connue en France sous le nom *Sept à la maison*, et racontant les aventures d'un pasteur californien, de sa femme et de leurs sept enfants.

qui jouent dans l'orchestre symphonique du bahut sont des forts en thème boutonneux à lunettes qui refusent de s'aventurer à la cafète, par peur que les élèves plus athlétiques les ridiculisent. Donc, ils préfèrent rester ici à mâchonner leurs sandwiches au thon ramollis tout en se disputant pour déterminer qui, de Kirk ou Picard, est meilleur capitaine[1].

Excepté Ruth et moi. Et d'une, l'idée m'a toujours été insupportable de manger dans une salle où l'on salive sans vergogne dans certains instruments à vent. Et de deux, Ruth avait d'ores et déjà stipulé qu'il était hors de question qu'elle et moi nous cachions dans les entrailles de l'auditorium maintenant que nous disposions d'une garde-robe flambant neuve. Et qu'elle avait perdu du poids. Oh que non ! Nous allions mater et nous faire mater. Bien que le cœur de Ruth soit censé appartenir à Scott, ce dernier vivait à cinq cents kilomètres d'ici, et nous n'avions que dix mois pour accrocher un cavalier en vue du bal de

---

1. Vieille querelle opposant les fans de la série *Star Trek* à propos du premier capitaine (Kirk) du désormais légendaire vaisseau spatial et de son remplaçant (Picard).

fin d'année. D'après elle, nous devions nous mettre en chasse immédiatement.

Cependant, avant que nous ayons eu le temps de filer, nous avons été accostées par une des personnes que j'apprécie le moins, ma collègue flûtiste Karen Sue Hanky, laquelle s'est empressée de m'informer que je pouvais renoncer à tous mes espoirs de rester troisième flûte cette année, dans la mesure où elle s'était entraînée quatre heures par jour avec un professeur particulier déniché dans une université locale.

— Tant mieux pour toi, ai-je éludé en essayant de l'esquiver.

— À propos, n'a-t-elle pas manqué d'ajouter, les efforts que tu as fournis pour aider à retrouver Amber ont été très efficaces.

Et si j'espérais avoir eu droit à toute la panoplie possible de reproches à propos de ce triste sujet, j'en ai été pour mes frais. Ça a été dix fois pire à la cantine. Moi, je n'avais envie que d'une seule chose, acheter mes croquettes de pomme de terre et déguerpir. Vous croyez qu'on m'en aurait laissé le loisir ? Pensez-vous ! Ruth et moi avions à peine rejoint la queue du self que Heather Montrose et son clone démoniaque Tisha ont rappliqué, aussi sournoises que deux vipères, et ont commencé à balancer des commentaires déplaisants.

Ça m'échappe. Honnêtement, ça m'échappe. À la fin de l'année scolaire, j'avais pris soin de répandre partout la rumeur selon laquelle je n'étais plus bonne à rien en matière de pouvoirs médiumniques. Alors, pourquoi tout le lycée était-il convaincu que j'avais menti ? La seule qui connaissait la vérité, c'était Ruth, et elle n'aurait jamais vendu la mèche. Pourtant, quelqu'un avait craché le morceau, aucun doute là-dessus.

— Alors, ça fait quoi ? a susurré Heather en se glissant derrière nous dans la file du *grill*. De savoir qu'une fille est morte à cause de toi, a-t-elle précisé.

— Je ne suis pour rien dans ce qui est arrivé à Amber, ai-je répondu en gardant les yeux baissés sur mon plateau. Quelqu'un l'a tuée, et ce n'est pas moi.

J'ai avancé de quelques pas, évitant soigneusement de prendre un bol de gelée au citron vert d'une couleur à vomir ou une part de gâteau de semoule suspicieusement grumeleux.

— D'accord, a admis Tisha, mais d'après le *coroner*, elle a été retenue prisonnière pendant un bon moment avant d'être assassinée. Elle portait des marques de licatures.

— Ligatures, l'a corrigée Ruth.

— C'est pareil. Donc, si tu avais été là, tu aurais pu la trouver.

— Eh bien, je n'étais pas là. Compris ? Désolée d'être partie en vacances.

— Voyons, Tisha ! l'a réprimandée son acolyte. Elle mérite un peu de repos de temps à autre. Je te rappelle qu'elle vit avec un attardé, après tout.

— Omondieu ! a soufflé Ruth avant de prudemment soulever son plateau, histoire qu'il ne soit pas dans la ligne de tir.

Parce que, forcément, elle était au courant. Peu de choses me mettent dans un état tel que j'en oublie tous les conseils en gestion de ma colère reçus de Goodheart, mon conseiller d'éducation perso. Malheureusement, presque deux années à m'entendre seriner que je dois compter jusqu'à dix avant de céder à ma rage, et deux années de colle pour avoir misérablement échoué à ce comptage pourtant simple, ne m'ont pas permis d'encaisser calmement toute allusion péjorative à mon frère Douglas.

Environ une seconde après ce mot malheureux, Heather était clouée au mur de parpaing derrière elle. Et c'est ma main qui l'y plaquait. Serrée autour de son cou.

— On ne t'a donc pas appris qu'il est mal élevé de se moquer de ceux qui ont moins de chance que toi ? ai-je sifflé, mon visage à cinq centimètres du sien.

Elle n'a pas répondu. Il faut dire qu'elle en était incapable, vu que je lui écrasais le larynx.

— Hé ! a lancé une voix grave dans mon dos. Qu'est-ce qui se passe, ici ?

Je n'ai eu aucun mal à en identifier le propriétaire, bien sûr.

— Mêle-toi de tes oignons, Jeff, ai-je riposté.

Je l'ai toujours eu dans le nez lui aussi, ce Jeff Day, plaqueur vedette de l'équipe de foot et crétin achevé.

— Laisse-la ! m'a-t-il ordonné en posant une grosse patte sur mon épaule.

Un coup de coude expédié avec précision a rapidement mit un terme à son intervention intempestive. Tandis qu'il haletait, la respiration coupée, j'ai relâché un peu la pression autour du kiki de Heather.

— Excuse-toi ! ai-je craché.

Hélas, j'avais sous-estimé le temps qu'il faudrait à Jeff pour reprendre son souffle. Les saucisses qui lui tiennent lieu de doigts ont de nouveau atterri sur mon épaule et, cette fois, il a réussi à me faire virevolter sur moi-même, si bien que je me suis retrouvée face à lui.

— Fous-lui la paix ! a-t-il beuglé, rouge comme une tomate.

J'ai cru qu'il allait m'en coller une. Vraiment. Sur le moment, l'idée m'a assez plu. Jeff me balançant une mandale, moi me baissant avant de lui aligner la patate du siècle en pleine tronche. Il y avait pas mal de temps que j'avais envie de lui écraser le pif, à ce Jeff Day. Plus précisément, depuis le jour où il avait dit à Ruth qu'elle était si grosse qu'on allait devoir l'enterrer dans un piano, comme Elvis (Presley, évidemment).

Hélas, je n'en ai pas eu l'occasion ce jour-là non plus. Tout ça parce que quelqu'un s'est vivement approché de lui et s'est emparé de son poing à l'instant où il le levait pour m'estourbir.

— C'est comme ça que les mecs comme toi prennent leur pied ? a rugi Todd Mintz. En frappant les filles ?

— On se calme ! est intervenu un troisième larron sur un ton sans réplique.

Là encore, je n'ai eu aucune difficulté à reconnaître la voix de l'empêcheur de se castagner en rond. Goodheart en personne, portant une salade mixte et un pot de yaourt.

— Tous dans mon bureau, a-t-il ajouté en indiquant du menton la sortie.

Furax, Jeff, Todd et moi l'avons suivi. Ce n'est qu'à la porte que le CE s'est retourné et a braillé, quelque peu exaspéré :

— Toi aussi, Heather !

Cette dernière s'est approchée de sa démarche furtive de belette.

Une fois dans le burlingue du père Goodheart, nous avons été régalés de phrases sur notre « année qui ne commençait pas sous les meilleurs auspices », sur la nécessité de songer à « offrir un meilleur exemple aux plus jeunes élèves », vu que nous étions en Première et tout le bataclan, sur le devoir qui nous « incombait de nous réconcilier et d'apprendre à nous entendre », surtout après la tragédie qui s'était déroulée durant le week-end. Et patati et patata.

— La disparition d'Amber nous a tous

ébranlés, a enchaîné Goodheart avec une sincérité écœurante, mais tâchons de nous rappeler qu'elle aurait voulu que nous nous soutenions mutuellement dans notre chagrin au lieu de nous disputer comme des chiffonniers.

De notre prestigieuse assemblée, Heather était la seule qui n'ait encore jamais été traînée devant un CE pour s'être bagarrée. C'est pourquoi, plutôt que la boucler de façon à ce que nous puissions tous nous tirer d'ici vite fait, elle a tendu un ongle manucuré dans ma direction et a lâché :

— C'est sa faute.

Todd, Jeff et moi avons levé les yeux au ciel, devinant déjà la suite. Ça n'a pas loupé. Goodheart s'est lancé dans son discours « Je me fiche de savoir qui a commencé, il est interdit de se battre », qui a duré quatre minutes et demie, vingt secondes de rab par rapport à celui qu'il avait élaboré l'an dernier.

— Vous êtes tous de formidables adolescents, a-t-il conclu, votre potentiel est illimité, alors ne le gaspillez pas en usant de violence à l'égard les uns des autres.

Sur ce, il nous a autorisés à partir.

Sauf moi, évidemment.

— Je n'ai pas commencé, ai-je attaqué bille en tête sitôt les autres disparus. Heather a traité Douglas d'attardé mental.

Le petit père Goodheart a avalé une cuillérée de yaourt.

— Jess, a-t-il répondu, la bouche pleine (malpoli, va !), tu as donc l'intention de réitérer les mêmes bêtises ? Tu comptes me rendre visite quotidiennement pour avoir joué des poings ?

— Non.

J'ai tiré sur l'ourlet de ma minijupe. Elle m'allait à ravir ; n'empêche, je me sentais un peu toute nue, là-dedans. En plus, elle n'avait pas fonctionné. Je m'étais quand même retrouvée au beau milieu d'une rixe.

— J'essaie vraiment de suivre vos conseils, me suis-je défendue. Le truc de compter jusqu'à dix. Mais les autres... eh ben, ils n'arrêtent pas de m'accuser.

— De quoi ?

— D'être responsable de l'assassinat d'Amber.

Je lui ai rapporté les gracieusetés auxquelles j'avais eu droit toute la matinée.

— C'est ridicule ! s'est-il exclamé. Tu n'aurais pas pu éviter ce qui est arrivé, quand bien même tu disposerais encore de tes pouvoirs. Ce qui n'est pas le cas.

Il s'est interrompu, m'a reluquée avec suspicion et a insisté :

— N'est-ce pas ?

— Juré craché !

— Alors, où sont-ils allés pêcher l'idée que tu aurais pu intervenir ?

— Aucune idée. Dites donc, ai-je ajouté en matant sa salade, qu'est-ce qui vous arrive ? Où est passé le méga cheeseburger ?

Depuis que je le fréquentais, les déjeuners de Goodheart avaient toujours consisté en un hamburger accompagné d'une portion de frites, grande taille — pour les deux — si possible.

— Je suis au régime, a-t-il expliqué avec une grimace. Ma tension artérielle et mon cholestérol ont dépassé les limites du raisonnable, d'après mon toubib.

— Flûte alors ! me suis-je écriée, connaissant son amour pour les frites. Désolée.

— Je survivrai. La question est plutôt : qu'est-ce qu'on va faire de toi ?

Nous sommes convenus qu'on allait me « donner une deuxième chance », mais qu'au

« prochain accroc », j'étais « cuite ». Ce qui signifiait en retenue, avec un R majuscule. Nous étions
en pleine conversation mondaine — au sujet de
Russel, le fiston du CE qui avait commencé à cra-
pahuter à quatre pattes — quand la secrétaire a
déboulé dans le bureau, l'air soucieux.

— Paul, a-t-elle annoncé, des agents de police
sont là. Ils veulent embarquer Mark Leskowski
pour un interrogatoire. C'est à propos de la jeune
Mackey, naturellement.

— Dieu du ciel ! s'est écrié Goodheart.
Helen, contactez les parents de Mark par
téléphone, s'il vous plaît. Et avertissez M. Feeney,
le proviseur.

Moi, j'assistais à tout cela, fascinée. Imaginez,
le personnel du lycée Ernest-Pyle en pleine alerte
rouge ! Cette soudaine effervescence m'a certes
éjectée de chez Goodheart, mais je me suis affalée
dans l'un des sièges en vinyle de la salle d'attente,
d'où j'aurais le loisir d'observer l'agitation sans
être dérangée. Je trouvais intéressant d'assister à
ce qui se passait quand un autre élève que moi
— pour une fois — avait des ennuis. Quelqu'un est
allé chercher Mark, quelqu'un d'autre a alerté ses
parents pendant que Goodheart discutait le bout

de gras avec les deux adjoints du shérif. Apparemment, comme Mark n'avait que dix-sept ans, les flics n'avaient pas le droit de l'extirper du territoire du bahut sans l'autorisation de ses vieux.

Au bout d'un moment, le Mark en question s'est ramené, l'air complètement ahuri. C'était un beau gosse bien foutu aux cheveux sombres et aux yeux encore plus noirs. Tout footballeur qu'il était, il n'avait pas un cou de brute épaisse ni rien de ce genre. C'est souvent le cas, avec les arrières, contrairement aux avants.

— Que se passe-t-il ? a-t-il demandé à Helen, qui a jeté un coup d'œil nerveux en direction de la porte du petit père Goodheart.

Dans son antre, ce dernier continuait à s'égosiller contre les policiers.

— Euh... a-t-elle balbutié. Encore un petit instant. Assieds-toi.

Mark s'est posé sur le canapé de vinyle orange en face de moi, et je l'ai examiné par-dessus la brochure que je faisais semblant de lire, un truc vantant les mérites d'un engagement dans l'armée. La plupart des victimes de meurtre, me suis-je rappelée, connaissaient leurs exécuteurs. Mark avait-il étranglé sa petite amie avant de la jeter dans les carrières de Pike ? Pour quelle raison ? Était-il une espèce de malade mental pervers ? Souffrait-il de cette rage assassine dont ils parlent tout le temps dans *America's Most Wanted*[1] ?

— Hé ! a-t-il interpellé la secrétaire. Vous avez une fontaine d'eau froide, ici ?

La femme a acquiescé et, d'une main presque tremblante, a désigné l'endroit où l'objet se trouvait, un peu plus loin dans le couloir. Mark s'est levé pour aller remplir un gobelet en papier. Au passage, je n'ai pu m'empêcher de remarquer que son Levi's 505 moulait fort joliment son petit derrière. En revenant à sa place, il a soudain pris conscience de ma présence.

— Oh, désolé, s'est-il exclamé. Tu en voulais ?

— Qui, moi ? ai-je répliqué en levant les yeux de mon tract militaire, l'air de rien. Non merci.

— Bon.

---

1. Émission tapageuse consacrée à la traque de criminels qui passe sur la chaîne Fox TV depuis une quinzaine d'années. Elle aurait permis d'arrêter plus de sept cents criminels et de retrouver une trentaine d'enfants disparus.

Il s'est rassis, a bu son eau, a cherché du regard une poubelle tout en écrasant son gobelet et, n'en voyant aucune, l'a déposé sur la table basse qui nous séparait.

— Alors, qu'est-ce que tu fiches ici ? m'a-t-il demandé.

— J'ai essayé d'étrangler Heather Montrose.

— Ah ouais ? s'est-il marré. Moi aussi, ça m'a démangé plusieurs fois.

J'ai failli lui signaler qu'il serait sans doute plus avisé d'éviter de débiter ce genre de réflexions devant les flics, mais me suis abstenue — la secrétaire était trop occupée à prétendre qu'elle n'espionnait pas notre conversation.

— C'est que Heather, a-t-il poursuivi, peut être une vraie...

Il a poliment ravalé son gros mot. Un vrai boy-scout, ce Mark Leskowski.

— ... bref, tu vois ce que je veux dire.

— En effet. Écoute, je suis navrée pour Amber. C'était ta copine, non ?

— Ouais, a-t-il acquiescé en cessant de me regarder pour contempler la table. Merci.

La porte du bureau de Goodheart s'est ouverte, et le CE est sorti en affichant une jovialité forcée.

— Mark ? Comment va ? Viens par ici une minute, s'il te plaît. Des gens voudraient s'entretenir avec toi.

Hochant la tête, Mark s'est levé. Il a essuyé ses paumes sur ses cuisses. Quand il les a retirées, deux taches humides marquaient son jean. Il transpirait, alors que, à cause de l'air conditionné qui fonctionnait à plein régime, j'avais presque froid, malgré mon pull. Ce gars-là était nerveux, très nerveux.

— Ben, à plus ! m'a-t-il lancé avant de s'éloigner.

— C'est ça. À plus.

Juste avant de suivre Mark dans la pièce, Goodheart m'a repérée.

— Fiche-moi le camp d'ici, Jessica ! m'a-t-il ordonné en désignant le couloir du pouce.

J'ai obéi.

3

— J'ai pigé, a dit Ruth.

Ce même jour, nous rentrions du lycée dans sa décapotable, cheveux au vent. Je n'ai pas relevé, parce que nous venions de rater l'embranchement de Pike's Creek Road.

— Zut ! Tu l'as loupé, ai-je maugréé.

— Quoi donc ? s'est-elle étonnée en buvant une revigorante gorgée de son Coca Light acheté au drive-in. Nom d'un chien ! s'est-elle ensuite exclamée en comprenant. Tu rigoles ?

— Ce n'est pas un *tel* détour ! me suis-je défendue.

— Tu n'apprendras donc jamais, hein ? a-t-elle soupiré.

— Ben, qu'y a-t-il de mal à passer devant l'endroit où il travaille ?

— C'est une violation caractérisée du Règlement Garçons, voilà ce qu'il y a de mal. J'ai grogné.

— Je ne plaisante pas, a-t-elle poursuivi. Les mecs détestent qu'on leur coure après, Jess. Ils considèrent ça comme leur chasse gardée.

— Je ne lui cours pas après. Je suggère juste que nous passions devant le garage où il bosse.

— Ça revient au même. C'est du harcèlement. Comme l'appeler et lui raccrocher au nez quand il répond. (Ouille ! Je plaidais coupable.) Ou traîner dans les endroits qu'il fréquente. Ou mémoriser son emploi du temps et faire semblant de tomber sur lui par hasard.

Coupable. Coupable. Coupable.

— Il suffirait que tu prétextes avoir besoin d'un bidon d'huile pour qu'il ne se doute de rien, me suis-je énervée.

— Aurais-tu l'amabilité d'oublier Rob Wilkins pendant cinq minutes afin de m'écouter ? J'essaie de te dire que je pense avoir deviné pourquoi tout le monde estime que tu as encore tes pouvoirs surnaturels.

— Ah ouais ?

Je m'en fichais complètement. La journée avait été épuisante. Non seulement j'avais découvert qu'une camarade avait été assassinée, voilà aussi que le reste du lycée en rejetait la responsabilité sur moi.

— Tu sais quoi ? Mark Leskowski m'a proposé un verre d'eau, aujourd'hui, à l'étage des CE. Même perdue en plein désert, je n'aurais jamais...

— Karen Sue, a annoncé Ruth en bifurquant devant le magasin Kroger.

— Où ça ?

— Idiote. Karen Sue raconte à qui veut l'entendre que tu es toujours médium. Suzy Choi m'a rapporté qu'elle l'avait surprise samedi soir chez le glacier en train de déblatérer sur ton compte et celui du môme perdu dans une grotte et que tu as retrouvé cet été.

Rob Wilkins m'est aussitôt sorti de l'esprit.

— Je vais la tuer ! me suis-je écriée.

Ruth a hoché la tête avec compassion, tornade de boucles blondes.

— Et nous qui pensions avoir pris toutes les précautions possibles, a-t-elle râlé.

Je n'en revenais pas. Certes, Karen Sue et moi

n'avions jamais été amies ni rien. De là à me trahir d'une manière aussi... j'étais stupéfaite. Je n'aurais pas dû l'être. Nous parlions de Karen Sue, que diable ! La fille dont ma mère m'avait demandé pendant des années pourquoi je ne prenais pas exemple sur elle – elle ne se battait jamais, s'habillait convenablement et ne préférait pas regarder une rediffusion de *Battlestar Galactica*[1] au lieu d'aller à l'église le dimanche.

Karen Sue Hanky, mon ennemie jurée.

— Je vais la tuer, ai-je répété.

— Je n'irais pas jusque-là, a commenté Ruth en se garant dans mon allée, mais une sérieuse semonce s'impose.

D'accord. Je m'en allais te la semoncer à mort.

— Et maintenant, a repris Ruth, qu'en est-il de ce Mark Leskowski ?

Je lui ai résumé notre rencontre dans la salle d'attente des CE.

— Mais c'est horrible ! s'est-elle exclamée. Mark et Amber formaient un si joli couple ! Il

---

1. Vieille série SF datant de 1978 (24 épisodes) qui a connu une suite en 1980 (10 épisodes) et un troisième remake en 2003. Trois films ont également été tournés (1978, 1999 et 2003).

l'adorait. Comment la police peut-elle le soupçonner d'être pour quelque chose dans son meurtre ?

— Va savoir, ai-je marmonné en me souvenant des paumes moites de Mark (détail que je n'avais pas précisé). Il a peut-être été la dernière personne à la voir.

— Mouais. Hé ! Si ça se trouve, ses parents engageront peut-être mon père pour le défendre. Enfin, s'il est accusé de quoi que ce soit.

Le paternel de Ruth est le meilleur avocat de la ville.

— C'est ça. Bon, j'y vais. À plus.

Nous étions rentrées à une heure si indue, le dimanche, que j'avais à peine eu le temps d'échanger un mot avec les miens. Raison supplémentaire expliquant pourquoi je n'avais pas été mise au courant de l'assassinat d'Amber.

— À plus ! Oh dis donc, c'était quoi, aujourd'hui à la cafète, cette intervention de Todd Mintz en chevalier servant protégeant la belle princesse des attaques de Jeff Day ?

Je l'ai dévisagée avec ahurissement, vu que je n'avais absolument pas repensé à l'incident. Mais maintenant qu'elle le mentionnait...

— Il doit détester Jeff autant que nous, ai-je rétorqué en haussant les épaules.

— Ben tiens ! s'est-elle esclaffée en reculant. Et ta minijupe n'y est pour rien. Qui avait raison d'affirmer qu'un changement de look allait opérer des miracles dans tes relations sociales ?

Elle a klaxonné en s'éloignant, bien qu'elle n'ait pas beaucoup de chemin à parcourir. Les Abramowitz habitent la maison voisine de la mienne. Voilà pourquoi, alors que je grimpais les marches de notre perron, je n'ai pas réussi à échapper à son frère jumeau, Skip.

— Hé, Mastriani ! m'a-t-il lancé. Tu veux venir prendre ta trempe à Bandicoot ?

Je me suis penchée pour l'apercevoir par-dessus la haute haie qui sépare nos jardins. Nom d'une pipe ! J'avais déjà donné en étant quasiment incarcérée en sa compagnie durant quinze jours ; s'il croyait que j'allais faire du rab, il prenait ses rêves pour la réalité.

— Une autre fois ? ai-je poliment répliqué.

— Pas de souci !

Frissonnant de terreur, je suis entrée... pour tomber sur encore plus abominable que Skip.

— Jessica ! m'a interpellée tatie Rose en me

coinçant dans le hall avant que j'aie eu l'opportunité de me réfugier dans ma chambre. Te voilà enfin. Je commençais à croire que je ne te verrais pas de tout mon séjour.

Je m'étais débrouillée pour l'éviter la veille en revenant tardivement et le matin même en déguerpissant sans petit déjeuner. J'escomptais qu'elle serait partie avant mon retour.

— Ton père m'emmène à l'aéroport dans une demi-heure, a-t-elle enchaîné.

Trente minutes ! Bon sang ! Si seulement Ruth avait accédé à ma demande de faire le détour par le garage de Rob, je me serais épargné le calvaire de cette rencontre !

— Salut, tatie.

Je me suis inclinée pour l'embrasser. Ma grand-tante est le seul membre de ma famille que je peux, sans vantardise, me targuer de dominer. Mais seulement parce que l'ostéoporose l'a ratatinée. Elle mesure à présent un mètre quarante-sept, soit deux centimètres et demi de moins que moi.

— Laisse-moi te regarder, a-t-elle exigé en me repoussant avant de m'inspecter d'un œil brun et embué par l'âge mais néanmoins critique.

Mouais ! a-t-elle commenté. Je suis heureuse de constater que tu portes enfin une jupe. Mais pourquoi est-elle aussi courte ? C'est autorisé, à l'école ? De mon temps, si j'avais osé me balader dans cette tenue, on m'aurait renvoyée aussi sec chez moi pour que je me change.

Pauvre Douglas ! Condamné à deux semaines de concentré de tatie Rose. Pas étonnant qu'il ait fait semblant de dormir hier au soir. À sa place, je n'aurais plus jamais parlé de ma vie à une traîtresse de mon espèce.

— Toni ! a braillé Rose à l'attention de ma mère. Viens donc un peu par ici ! Tu n'as pas honte de laisser ta fille s'attifer comme ça ?

Ma mère a débarqué dans le hall, bronzée, ravie de son escapade sur la côte est. Mon père et elle n'étaient revenus que quelques heures avant moi.

— Elle est ravissante, a-t-elle décrété en remarquant avec plaisir mon ensemble. C'est bien mieux que l'an passé. Elle refusait de porter autre chose que des jeans et des T-shirts.

— Bon, ai-je grommelé, mal à l'aise, un pied sur la première marche de l'escalier mais hésitant à m'éclipser. J'ai été super contente de te revoir, tatie Rose. Désolée, mais j'ai des tonnes de devoirs...

— Des devoirs ! a protesté ma mère. Le jour de la rentrée ? À d'autres !

Flûte de flûte ! Elle m'avait percée à jour. Comme d'habitude. Ma mère n'ignorait rien des sentiments que je nourrissais à l'encontre de tatie Rose, et elle n'avait pas l'intention de se coltiner la centenaire toute seule. Dire qu'elle avait abandonné le malheureux Douglas aux griffes de la sorcière pendant quinze jours ! Un sacré bail ! Une punition à la fois ingénieuse, d'une cruauté sans nom et totalement imméritée. Reconnaissons cependant que mes parents, s'ils souhaitaient que mon frère soit surveillé de près, n'auraient pu s'y prendre mieux. Rien n'échappe à tatie Rose.

— C'est du rouge à lèvres, ça, Jessica ? a-t-elle d'ailleurs demandé quand nous avons quitté la pénombre du hall pour la cuisine brillamment éclairée.

— Euh... non. Juste du baume protecteur.

— Du rouge à lèvres ! s'est récriée la vieille peau. Du rouge à lèvres et des minijupes ! Pouah ! Je ne suis plus surprise que ces garçons nous aient harcelés au téléphone en ton absence. Ils te prennent sûrement pour une fille facile.

— Vraiment ? me suis-je étonnée. (Je savais naturellement que des nanas, Heather Montrose pour ne pas la citer, avaient appelé.). Des garçons ont essayé de me contacter ? L'un d'eux se prénommait-il Rob ?

— Tu penses bien que je ne leur ai pas demandé leur nom. Et je leur ai défendu de se manifester à nouveau. Je leur ai expliqué que tu n'étais pas une traînée.

Un juron m'a échappé ; ma mère a sourcillé. Heureusement, tatie Rose, lancée dans sa diatribe, ne l'a pas entendu.

— Une urgence, qu'ils n'arrêtaient pas de prétendre. Il fallait absolument qu'ils te joignent pour une urgence. N'importe quoi ! On les connaît, les urgences des adolescents ! Ils étaient sûrement en rupture de stock de limonade à la cerise au café du coin.

— Figure-toi qu'une camarade de classe a été enlevée, ai-je grondé en fusillant du regard la dingue édentée. Une pom-pom girl. Ils l'ont retrouvée hier, flottant dans l'une des carrières. Elle avait été étranglée.

— Omondieu ! s'est écriée ma mère, atterrée. C'est celle dont ils parlaient ce matin dans le journal ? Une amie à toi ?

Et puis quoi encore ? Faut pas pousser mémé dans les orties. Juste tatie Rose.

— J'étais assise derrière elle durant la permanence du matin, rien de plus. Depuis la Sixième.

— Oh, non ! a gémi ma mère en se couvrant le visage des mains. Ses pauvres parents ! Ils doivent être anéantis. Il faut que nous leur envoyions quelque chose de bon.

Les restaurateurs, non mais je vous jure ! À chaque coup dur, leur premier réflexe est de nourrir la ville entière. Au printemps dernier, quand la moitié des flics du comté avaient campé devant chez nous pour empêcher les hordes de journalistes d'interviewer la Fille Électrisée, la seule obsession de ma mère avait été de s'assurer qu'ils ne manquaient pas de biscuits au miel et aux amandes.

Tatie Rose, elle, ne s'est pas laissé attendrir.

— Une pom-pom girl, a-t-elle reniflé. Elle ne l'a pas volé ! Ça lui apprendra à sautiller de tous les côtés dans une jupette indécente. Tu devrais en prendre de la graine, Jessica, sinon tu y passeras toi aussi.

— Tatie Rose ! s'est exclamée ma mère, outrée.

— Ben quoi, a grommelé la vieille toquée. Ce n'est pas exclu. Surtout si tu continues de l'autoriser à se fagoter comme une dégoûtante !

J'ai estimé que j'avais eu mon compte de mondanités.

— Ça a été un plaisir, tatie, ai-je rétorqué en me levant de ma chaise, mais je crois que je vais aller dire bonjour à Douglas. Il dormait, quand je suis...

— Douglas ! a craché le démon en levant les yeux au ciel. Je voudrais bien savoir quand il ne dort pas, celui-là.

Ce qui m'a permis de deviner comment mon frère avait réussi à supporter la compagnie du fléau quinze jours durant sans personne pour l'épauler. En feignant de ronfler. Il s'y appliquait d'ailleurs encore quand j'ai déboulé dans sa chambre, un instant plus tard.

— Laisse tomber, Doug ! ai-je beuglé en le toisant de toute ma (petite) hauteur. Je sais que tu ne dors pas.

Il a soulevé une paupière.

— Elle a fichu le camp ? s'est-il enquis.

— Presque. P'pa doit passer la chercher dans quelques minutes pour l'emmener à l'aéroport. M'man exige que tu descendes l'embrasser

En gémissant, il a enfoui sa tête dans l'oreiller.

— Je rigole ! l'ai-je rassuré en m'affalant sur le lit à côté de lui. M'man est en train d'avaler la dose du traitement que tu viens de subir pendant deux semaines. À mon avis, tatie Rose ne risque pas d'être réinvitée de sitôt.

— Un martyre, a-t-il marmonné. Ç'a été un martyre,

— D'accord, mais c'est fini, maintenant. Comment va ?

— Je ne me suis pas tranché les veines, non ? Alors, c'est que ça doit aller.

J'ai mis un moment à digérer cette repartie. La raison pour laquelle Douglas, bien qu'âgé de vingt ans, ne peut rester sans surveillance, c'est sa tendance à entendre des voix imaginaires. On parvient à tenir celles-ci à l'écart grâce à des médicaments, ce qui n'empêche quelques crises occasionnelles. Ou « incidents », comme les appellent les psys. Genre, les voix lui ordonnent de faire quelque chose, en général une ânerie, comme... se tuer, par exemple.

« Incidents. » On rêve !

— Tu sais quoi ? a-t-il repris. J'ai vraiment failli m'incidenter tatie Rose. Ça a été à deux doigts.

— Ah bon ?

Dommage qu'il ait résisté à l'envie. Ainsi, j'aurais eu le message m'annonçant la disparition d'Amber à temps pour la sauver.

— Et les Fédéraux ? Ils ont donné signe de vie ?

Le FBI, tout comme mes camarades de lycée, refusait d'admettre que j'avais perdu mes pouvoirs métapsychiques. Au printemps, ses agents avaient été tellement enchantés de découvrir mes « extra-ordinaires aptitudes » qu'ils m'avaient recrutée d'office afin de localiser certains individus peu ragoûtants figurant sur leur liste des affreux à choper. Ils n'avaient omis qu'un petit détail — me demander si j'étais d'accord. Ce qui, évi-demment, n'était pas le cas. J'avais été contrainte d'en passer par toute une série de choses déplai-santes — y compris mentir en affirmant que je ne jouissais plus de mes talents divinatoires — pour me tirer de leurs sales pattes. Depuis, ils avaient pris l'habitude de me suivre partout dans l'espoir que je me trahirais, ce qui leur permettrait, j'imagine, de tendre un doigt accusateur, style : « Ah ! Ah ! Menteur à quatre moteurs, quand tu pètes tu fais du beurre ! »

Enfin, j'espérais que ça n'irait pas plus loin que ça.

Repoussant son oreiller, Douglas s'est redressé et assis.

— Pas de mystérieuses camionnettes blanches garées dans la rue depuis que tu es partie pour Wawasee. Exceptée Rose, le coin a été plutôt calme, sans toi ni Mike.

Un silence s'est installé, tandis que nous songions à notre frangin. De l'autre côté du couloir, par la porte ouverte de sa chambre, j'ai vu que son ordinateur, sa collection de bouquins et son télescope avaient disparu. À cette heure, ils étaient sans doute entreposés dans sa piaule du campus, à Harvard. Au lieu de nous embêter, Douglas et moi, Mike allait torturer son colocataire avec son obsession pour Claire Lippman, la jolie rouquine qu'il avait assidûment espionnée par la fenêtre.

— Lui parti, ça va être zarbi, a fini par conclure Doug.

— Ouais.

Sauf que je ne pensais pas à Mike, à cet instant. Je pensais à Amber. Claire Lippman, la fille que notre frère avait idolâtrée à distance pendant un bon nombre d'années, consacrait l'essentiel de son temps libre, l'été, à bronzer aux carrières. Y avait-elle aperçu Amber avant qu'un meurtrier lui ravisse son existence ?

— En quel honneur t'es-tu mise sur ton trente et un ? a soudain demandé Douglas.

Surprise, j'ai baissé les yeux sur ma jupe.

— Oh ! Le bahut.

— Pardon ? s'est-il récrié. Depuis quand te préoccupes-tu de ton apparence pour aller au lycée ?

— Je suis en train de tourner une page, l'ai-je informé. Plus de jeans, plus de T-shirts, plus de bagarres, plus de colles.

— Intéressante, l'association. Mettre les jeans sur le même plan que les batailles rangées et les retenues. Mais admettons. Ça a marché ?

— Pas franchement.

Et je lui ai narré ma journée, glissant pudiquement sur ce que Heather avait dit de lui. Une fois que j'ai eu fini, il a poussé un long sifflement.

— C'est à toi qu'ils en veulent, a-t-il murmuré. Alors que tu n'avais aucun moyen d'être au courant de ce qui se passait.

— Bah ! Amber comptait parmi les gens populaires, et ces derniers ne doivent pas leur popularité à leurs capacités de raisonner objectivement mais, pour l'essentiel, à leur allure. Et à leur tendance prononcée à jouer les moutons de Panurge.

— Qu'est-ce que tu vas faire ?

— Qu'est-ce que tu veux que je fasse ? Il est trop tard je te rappelle ; elle est morte.

— Ben... tu ne pourrais pas... voir son assassin ? Mentalement. En te concentrant super fort.

— Désolée, ça ne fonctionne pas comme ça.

Ce qui est regrettable. Mes performances médiumniques se limitent en effet à trouver des adresses. Je ne blague pas. Montrez-moi une photo du premier quidam venu, l'endroit où il est m'apparaîtra en rêve la nuit suivante. En revanche, deviner à l'avance les prochains numéros du loto ? Non. Prévoir les catastrophes aériennes ou un fléau national imminent ? Que dalle ! La seule chose dont je sois capable, c'est localiser les gens. Et ce, uniquement pendant mon sommeil. Enfin, la plupart du temps en tout cas. Cet été s'était produit un incident bizarre — il m'avait suffi de serrer contre moi l'oreiller d'un môme pour deviner où il était... Rien qu'un coup de pot, à mon avis.

— Tant que j'y pense, a soudain lancé Douglas en se penchant pour tirer un paquet de sous son lit, j'étais chargé de ramasser le courrier des Abramowitz pendant leur absence. J'ai pris la liberté de les soulager de ceci. Ta copine du 0800-TEOULA, non ?

Il m'a tendu une grande enveloppe en papier kraft dont la destinataire était Ruth. J'ai pris le pli, l'ai ouvert. À l'intérieur, à l'instar de ce qui se produisait chaque semaine, un mot de ma « copine », expédié à Ruth dans la mesure où je soupçonnais les Fédéraux de guetter quelque chose dans ce genre pour prouver que je leur avais menti en affirmant être désormais privée de mes pouvoirs. Un mot de Rosemary, mon agent opérant à l'OFED, l'Organisation Fédérale pour les Enfants Disparus, et la photo d'un gosse dont elle s'était assurée qu'il manquait réellement à l'appel... pas un fugueur, qui avait choisi de s'évaporer, ni un môme enlevé par celui de ses parents qui n'en avait pas la garde, mais un moutard que les siens recherchaient.

J'ai contemplé le cliché de ce nouveau cas — une fillette asiatique aux dents de lapin avec des barrettes à cheveux en forme de papillon — et j'ai soupiré. Amber Mackey, qui avait été assise devant moi en permanence durant cinq ans, était peut-être morte, la vie continuait bel et bien pour ceux qu'elle laissait derrière elle.

Allez donc dire ça à ses parents.

4

Le lendemain matin au réveil, je savais deux choses : un, que Courtney Hwang vivait dans Baker Street, à San Francisco ; deux, que j'étais bonne pour me taper le bus de ramassage scolaire ce jour-là.

Ne me demandez pas le rapport entre les deux — il n'y en avait aucun.

En tout cas, le trajet en car allait me donner l'opportunité dont j'aurais été privée en me faisant voiturer par Ruth : discuter avec Claire Lippman afin de lui tirer les vers du nez sur ce qu'elle savait à propos de la disparition d'Amber aux carrières.

J'ai commencé par téléphoner à Ruth. Le coup de fil à Rosemary attendrait que j'aie dégoté une cabine à laquelle personne ne puisse me relier, des fois que les responsables du 0800-TEOULA tracent l'appel. Ce qui, soit dit en passant, ne loupait jamais.

— Tu veux prendre le bus ? a répété une Ruth incrédule.

— Je n'ai rien contre ton cabriolet, l'ai-je rassurée. C'est juste que j'aimerais bien avoir une petite conversation avec Claire.

— Tu veux prendre le bus ?

— Écoute, ma vieille, rien que pour cette fois. J'ai envie de cuisiner Claire au sujet de ce qu'elle a pu voir aux carrières le soir où Amber a été kidnappée.

— Très bien, prends-le donc, ce bus. Ça m'est égal. Qu'est-ce que tu as ?

— Quoi ?

— Sur toi. Que t'es-tu mis sur le dos, aujourd'hui ?

— Une minijupe vert olive, un haut beige en maille avec gilet assorti à manches mi-longues et des espadrilles de la même couleur.

— À talons ?

— Oui.

— Parfait, a-t-elle décrété en me raccrochant au nez.

La mode, ce n'était pas de la tarte. J'ignore comment se débrouillaient les nanas populaires. Au moins, mes cheveux, que je portais très courts et ébouriffés, n'exigeaient ni brushing ni entretien. Sinon, je n'y aurais pas survécu, je pense.

Claire était assise sur le porche de la maison devant laquelle le car récupère les lycéens du voisinage – j'habite un quartier où les voisins ne s'offusquent pas que vous posiez vos fesses sur leur perron pour attendre le bus. Elle mangeait une pomme tout en lisant ce qui ressemblait à un script. Claire, élève de Terminale, était la vedette incontestée du club de théâtre d'Ernest-Pyle. Son carré roux flamboyait sous le soleil du matin. Il était évident qu'*elle* s'était coiffée. Ignorant les bébés de Troisième et les minables dépourvus de bagnole qui s'étaient attroupés sur le trottoir, j'ai foncé droit sur elle. – Salut, Claire.

Elle a levé la tête et m'a regardée en louchant (à cause du soleil, s'entend). Puis elle a avalé sa bouchée avant de répondre.

— Oh, salut, Jess ! Qu'est-ce que tu fiches ici ?

— Rien de spécial, ai-je dit en m'installant sur la marche en dessous de celle qu'elle s'était attribuée. Ruth devait partir plus tôt

J'ai croisé les doigts pour que celle-ci ne déboule pas au même moment. Ou, si c'était hélas le cas, pour qu'elle ne klaxonne pas, une de ses petites manies ridicules quand nous filions comme des reines loin des condamnés au ramassage scolaire, généralement considérés comme de pauvres types.

— Ah bon, a-t-elle réagi en jetant un coup d'œil admiratif à mes jambes nues. Où as-tu réussi à bronzer de façon aussi chouette ?

Claire Lippman avait toujours été une obsédée de la bronzette. C'est à cause de cette obsession d'ailleurs que mon frère Mike avait attrapé la sienne à son égard. Elle consacrait la quasi-totalité de ses étés à se dorer au soleil en bikini sur le toit de son garage... à moins qu'un beau garçon se pointe en voiture pour lui proposer d'aller aux carrières. S'y baigner est strictement défendu, bien sûr, c'est la raison pour laquelle tout le monde le fait, Claire la première. N'empêche, avec sa peau de rousse, son hobby devait être super frustrant, vu qu'il lui fallait quasiment deux mois pour obtenir un hâle à peine décelable. À côté d'elle, j'avais l'air de Pocahontas. Pocahontas et la petite sirène, genre

— J'ai travaillé comme mono dans une colonie de vacances, ai-je expliqué. Ensuite, Ruth et moi avons passé deux semaines dans les dunes, du côté du lac Michigan.

— Tu en as, de la chance, a-t-elle soupiré, envieuse. Moi, j'ai été obligée de me coltiner ces imbéciles de carrières pendant deux mois.

Ravie de constater que nous abordions de manière aussi fluide le sujet qui me tenait à cœur, je me suis lancée.

— Ah, oui, c'est vrai. Alors, tu devais être présente le jour où Amber Mackey a disparu...

Voilà ce que j'ai commencé à dire. Sauf que je n'ai pas pu terminer. Parce que, pour mon plus grand déplaisir, une Trans Am rouge s'est garée devant l'arrêt de bus, et que le frère de Ruth, Skip, a passé la tête par le toit ouvrant pour beugler :

— Jess ! Hé, Jess ! Qu'est-ce que tu fous ici ? Tu t'es disputée avec Ruth ?

Tous les débiles de la patrouille des randonneurs — c'est ainsi que Ruth et moi les appelons parce qu'ils ont des sac à dos énormes — se sont retournés pour me mater. Et laissez-moi vous dire qu'il n'y a rien de plus humiliant que d'être le point de mire d'un tas de mectons de quatorze ans.

— Non, Ruth et moi ne nous sommes pas disputées, ai-je été forcée de répondre. C'est juste que j'avais envie d'y aller en bus, ce matin.

Dans toute l'histoire du ramassage scolaire, personne n'avait sans doute jamais sorti pareille énormité.

— Arrête de proférer des âneries, m'a d'ailleurs rétorqué Skip. Grimpe, je t'emmène.

Les petits crétins qui avaient regardé Skip pendant qu'il parlait ont derechef pivoté dans ma direction, guettant fiévreusement ma réaction.

— Hum, ai-je maugréé en sentant que je rougissais. Non merci, Skip. Je discute avec Claire.

— Elle n'a qu'à venir aussi, a-t-il répliqué en replongeant dans les profondeurs de la voiture pour ouvrir la portière. Allez, zou !

Claire ramassait déjà ses livres.

— Super ! a-t-elle piaillé. Oh, super ! Oh, merci !

J'ai suivi le mouvement de mauvaise grâce. Voilà qui ne m'arrangeait pas du tout.

— Tiens, Claire, disait Skip quand je me suis approchée, tu n'as qu'à monter derrière...

Claire, qui mesure un bon mètre soixante-quinze, a hésité en contemplant la minuscule banquette arrière.

— Laisse, ai-je soupiré, je m'y colle.

Après que je me suis encastrée dans la pénombre riquiqui du coupé, Claire a rabattu le siège avant et s'y est installée.

— C'est vraiment chou de ta part, Skip, a-t-elle minaudé en vérifiant son reflet dans le rétroviseur. Merci beaucoup. Prendre le bus n'est pas une épreuve ni rien, mais... ceci est tellement mieux.

— Je m'en doute, a répondu l'autre en bouclant sa ceinture de sécurité. Ça va, derrière ?

— Génial, ai-je grommelé.

Il fallait absolument que je nous ramène sur mon enquête. Oui, mais comment ?

— Tant mieux, s'est réjoui Skip en enclenchant la première.

Nous sommes partis sur les chapeaux de roue, noyant les minables dans un nuage de poussière. J'avoue que cette partie-là de l'épisode m'a plutôt satisfaite.

— Alors, mes beautés, comment allez-vous, ce matin ? a enchaîné le jumeau de ma meilleure amie.

Vous voyez le problème ? Skip n'arrête pas de sortir des trucs de ce style. Comment voulez-vous prendre au sérieux un mec qui se la joue comme ça ? Ce n'est pas qu'il est moche — il ressemble beaucoup à sa sœur, blond dodu à lunettes. La seule différence, ce sont les nénés. Qu'il n'a pas. N'empêche, il n'est pas l'idéal masculin dont rêvent les jeunes filles. En dépit de son coupé sport. Dommage qu'il ne s'en soit pas encore rendu compte.

— Bien, a répondu Claire. Et toi, Jess ?

— Très, très bien, ai-je renchéri, recroquevillée sur le siège pas plus grand qu'une mangeoire. Où on en était, Claire ? ai-je ajouté en me décidant pour l'approche directe. À propos des carrières, le jour de la disparition d'Amber ?

Le vent qui s'engouffrait par le toit décoiffait complètement ses cheveux, mais elle avait l'air de s'en moquer comme d'une guigne, et elle y a passé les doigts avec délice. Ce n'est pas dans le bus que vous avez droit à un tel bol d'air pur.

— Ça a été un vrai cauchemar ! On était tous là, comme d'habitude, tu vois ? Rien de très intéressant. Des garçons de l'équipe de foot avaient apporté un gril ; ils ont organisé un barbecue, tout le monde était pas mal bourré, alors que je les avais prévenus qu'ils risquaient d'être déshydratés s'ils buvaient de la bière en plein soleil...

Pour quelqu'un dont le but premier était de se rôtir la couenne jusqu'à ce qu'elle soit bien craquante, Claire avait toujours été étonnamment préoccupée par sa santé. D'ailleurs, si elle avait tant de mal à obtenir le bronzage idéal, c'est qu'elle s'entêtait à s'enduire d'écran total.

— ... puis le soir est tombé, continuait-elle, et la plupart des gens ont commencé à rassembler leurs affaires. C'est là que Mark, Mark Leskowski, tu le connais ? Lui et Amber sortent ensemble depuis... toujours, quoi. Bref, il était là à crier « Quelqu'un a vu Amber ? ». Alors, on s'est tous mis à la chercher, d'abord dans les bois, puis, des fois qu'elle ait trébuché, dans l'eau. Comme on ne la trouvait pas, on a pensé que... qu'elle s'était fait raccompagner chez elle par un autre type. Bien sûr, on s'est gardés de donner cette explication à Mark, mais bon, c'est ce qu'on croyait tous.

Elle s'est tournée vers moi, ses beaux yeux bleus voilés.

— Sauf qu'elle n'est jamais rentrée à la maison. Et le lendemain, à la première heure, on est tous retournés là-bas pour la chercher.

— Mais vous n'avez rien trouvé.

— Pas ce jour-là, non. Son corps n'a reparu que le dimanche matin. Des tas de gens ont essayé de te joindre, tu sais. Ils espéraient que tu réussirais à la localiser. Cette fille, là, Karen Sue, elle affirme que tu as récupéré un gosse qui s'était perdu dans une grotte, cet été, alors on s'est dit que, peut-être, ton... truc psychique marchait encore.

Le truc psychique. Une autre façon de le définir.

Quoi qu'il en soit, j'allais buter Karen Sue, sûr et certain.

— Je n'étais pas facile à joindre le week-end dernier, me suis-je défendue. J'étais à...

Constatant que nous arrivions à l'embranchement de Pike's Creek Road, je me suis interrompue.

— Hé, Skip ! Tourne ici.

Docilement, il a obtempéré.

— On peut savoir pourquoi ? a-t-il néanmoins demandé.

— J'ai euh... envie d'un beignet, ai-je menti.

Il y a une pâtisserie, à côté du garage où travaille Rob.

— Oh ! s'est écriée Claire. Des beignets ! Miam ! Ils ne vous en servent pas, dans le bus.

Quand nous sommes passés en trombe devant le garage de l'oncle de Rob, je me suis tassée sur la banquette pour que Rob, des fois qu'il soit dehors, ne m'aperçoive pas. Ah ! Il était effectivement dehors, et il ne m'a pas vue. Qui c'est, la plus maligne ? Bref, il était penché sous le capot d'une Audi, ses doux cheveux bruns effleurant sa mâchoire carrée, son jean confortable magnifiquement usé à tous les bons endroits (si vous me suivez). Bien qu'il ne soit pas encore huit heures, l'air était tiède, et Rob portait une chemisette qui révélait ses biceps joliment saillants.

Je ne l'avais pas vu depuis presque trois

semaines. Il s'était montré au concert clôturant le camp de Wawasee. J'y avais un solo, et j'avais été surprise, ne m'étant pas attendue à ce qu'il se tape quatre heures de route juste pour m'écouter jouer. Ensuite, dans la mesure où j'avais dû supporter mes parents après la représentation et où, soyons réalistes, ces fameux parents n'approuveraient pas que je fréquente un type ayant un casier judiciaire et qui, par-dessus le marché et comme on dit, n'est pas né avec une cuiller en argent dans la bouche, il avait été bon pour se coltiner les quatre heures de retour sans que j'aie pu lui parler. Reconnaissez que ça en fait, des bornes, rien que pour écouter une fille exécuter un nocturne à la flûte traversière, une fille avec laquelle, au passage, vous ne sortez même pas.

Ce qui m'avait logiquement amenée à cogiter. S'il avait avalé autant de kilomètres pour mon concert, c'est qu'il m'aimait bien, malgré tout. Peut-être. En dépit du détournement de mineure et de tout le toutim.

Sauf que j'étais revenue depuis deux jours, et qu'il n'avait toujours pas téléphoné.

Bref, cet aperçu de Rob en train de vérifier le niveau d'huile d'une Audi étant sans doute tout

80

ce à quoi j'aurais droit avant longtemps. Je me suis rincé l'œil jusqu'à ce que nous entrions dans le parking de la pâtisserie, d'où je ne le voyais plus. Bon, d'accord, je suis consciente que mater les garçons tout en tâchant de résoudre un meurtre n'était pas très cool. Quoique... Alice détective a toujours eu le temps de sortir avec Ned entre deux énigmes, non ? Certes, Ned n'a jamais été sous le coup d'une peine de mise à l'épreuve, et il ne me semble pas qu'un seul des multiples mystères auxquels s'est confrontée Alice mettait en scène une *cheerleader* morte par strangulation. Mais bon, vous voyez le tableau.

J'ai envoyé Skip et Claire acheter les beignets, sous prétexte que j'avais un coup de fil à donner. Sur ce, je me suis approchée de l'appareil installé près de l'entrée, et j'ai composé le 0800-TEOULA.

Rosemary a paru contente que je me manifeste, même si, bien sûr, nous avons dû être brèves. Cette femme met sa carrière en danger en m'envoyant ces photos et ces dossiers d'enfants disparus qui ne sont pas supposés quitter le bureau, J'imagine que, pour elle, le risque en vaut la peine, du moment que les gamins sont récupérés.

Or, depuis que nous bossons ensemble, elle et moi avons retrouvé des tas de moutards. Naturellement, nous ne nous en vantons pas, histoire de ne pas attirer les soupçons sur nos petites personnes. Nous nous cantonnons à un gosse par semaine, ce qui, permettez-moi de le signaler, est toujours mieux que ce à quoi le 0800-TEOULA parvenait avant que je débarque.

Il y a un avantage à travailler avec Rosemary, et c'est sa discrétion. Contrairement au FBI ou aux flics, elle n'irait jamais avertir les journaux, genre le *National Enquirer*[1], ni ne les inviterait à débouler chez moi pour m'interviewer. Une masse de reporters agglutinés sur notre pelouse a tendance à déclencher un des « incidents » de Douglas. Voilà pourquoi j'avais menti, au printemps dernier, en soutenant devant qui voulait l'entendre que j'avais perdu mes pouvoirs.

Ce que, jusqu'à récemment encore, tout le monde avait gobé.

Tout le monde, sauf Karen Sue Hanky, apparemment.

---

1. Tabloïd américain à gros tirage, focalisé sur les scandales pouvant éclabousser les stars.

Bref, après avoir réglé mes affaires avec Rosemary, j'ai raccroché et j'ai rejoint les autres pour découvrir que Skip racontait à Claire la façon dont, alors âgés de huit ans, lui et moi avions décidé d'expédier son GI Joe dans l'espace au moyen d'un tuyau de plomb rempli de poudre, poudre que nous avions au préalable extraite de trois cents pétards. Il a omis de préciser qu'il avait fourré un feu de Bengale dans la tête de ma Barbie, acte sur lequel il s'était soigneusement gardé de me consulter et qui n'avait pas figuré au programme initial de cette mission spatiale telle que nous l'avions définie. De même, il a évité de spécifier que nous avions failli brûler vif dans l'aventure.

— Wouah ! s'est exclamée Claire en léchant le sucre saupoudré sur son beignet. Je vous ai toujours vus traîner ensemble, mais j'ignorais que vous faisiez des machins aussi cool.

— Oh, tu sais, a répondu Skip, Jess et moi, ça remonte à des années. Des *années*. Plaît-il ? C'était quoi, ce délire ? Avoir passé deux semaines en compagnie de ce mec dans la maison de vacances de ses parents ne signifiait pas pour autant que j'avais envie de renouer une relation qui n'avait été fondée que sur un amour partagé pour les explosifs, et à laquelle les adultes n'avaient pas tardé à mettre un terme lorsqu'ils avaient découvert notre illicite passion en raflant tous nos pétards. Skip et moi n'avons rien en commun. Rien, si ce n'est notre passé.

— Prête ? m'a-t-il lancé joyeusement alors que je rappliquais. On a intérêt à y aller, sinon on sera en retard à la permanence du matin.

La permanence. Mon agacement envers Skip s'est aussitôt dissipé.

— Dis-moi, Claire, ai-je réattaqué alors que nous nous dirigions vers la voiture, le vendredi où Amber a disparu, elle et Mark Leskowski sont-ils restés avec vous ou se sont-ils isolés pour passer un moment ensemble ?

— Tu rigoles ? s'est-elle récriée en rejetant en arrière ses cheveux cuivre qui, malgré le vent, paraissaient toujours aussi impeccables. Ces deux-là étaient inséparables. Mark est dans ma classe et, à chaque cours, on avait l'impression qu'il n'arrivait pas à se décoller des bras d'Amber...

Hum. Pas étonnant que cette dernière n'ait jamais réussi à rejoindre sa place avant la deuxième sonnerie.

— Mais ce fameux jour, ils étaient toujours aussi... inséparables ? ai-je insisté.

— Oh oui ! Deux ventouses agrippées l'une à l'autre. On n'a pas arrêté de les charrier à propos des risques qu'ils prenaient à se vautrer dans le lierre poison, vu le nombre de séjours qu'ils se sont octroyé dans les bois, seuls, histoire d'avoir « un peu d'intimité ».

J'ai grimpé sur la banquette arrière de la voiture.

— Et la dernière fois qu'ils se sont isolés, est-ce que Mark est revenu vers vous tout seul ?

Claire s'est installée à l'avant et a penché la tête, méditant la question. Skip a démarré, et je me suis demandé comment aurait réagi Rob s'il avait appris que j'étais passée devant son garage sans même m'arrêter pour un petit coucou.

— Tu sais quoi ? a repris Claire. Ça me paraît impensable, même si je ne leur prêtais pas beaucoup d'attention. Après tout, ces gens-là ne sont pas mes amis. Les pom-pom girls, le foot, ce n'est pas franchement mon milieu, tu comprends ? Si l'administration donnait au club de théâtre ne serait-ce que la moitié des subventions qu'elle accorde aux différents sports pratiqués au lycée, nous serions en mesure de monter des spectacles autrement plus aboutis. Par exemple, nous pourrions louer nos costumes au lieu de les fabriquer. Ou acheter un système de sonorisation avec micros plutôt que nous égosiller pour que le dernier rang nous entende...

Elle s'éloignait du sujet, là.

— Tu as raison, l'ai-je coupée pour tenter de la ramener à mes moutons. C'est injuste. Il faudrait réagir. Bref, tu n'as pas vu Mark revenir seul de sa dernière escapade dans les bois avec Amber ?

— Non. Je crois que quelqu'un aurait lancé une remarque si ç'avait été le cas. Ce n'est pas ton avis ? Tu ne penses pas qu'il y aurait eu au moins un mec pour brailler : « Hé, Mark ! Où est passée Amber ? »

— Ça paraît plausible, a acquiescé Skip.

— En effet, ai-je admis, pensive.

5

Ce mardi-là s'est tenue la commémoration en souvenir d'Amber. Ils l'ont organisée dans le gymnase, pas à l'église ni dans un salon funéraire. Le gymnase du lycée Ernest-Pyle, rien de moins.

Ils nous ont infligé cette corvée après les cours — présence obligatoire, merci. La seule absente, c'était Amber. Le petit père Feeney avait sans doute jugé limite de demander à ses parents de prêter le cercueil afin de l'exposer aux yeux des deux mille camarades de leur fille.

La fanfare a joué une version lente de l'hymne du bahut, histoire qu'il sonne triste, j'imagine. Puis le proviseur, Feeney, s'est levé et a discouru sur les formidables qualités d'Amber. Je doute qu'il l'eût jamais rencontrée, mais bon. Il n'était pas mal du tout, dans le costume gris sombre qu'il avait endossé pour l'occasion. Après lui, ç'a été le tour de l'entraîneur Albright de prononcer quelques mots. Vu que ce n'est pas un orateur hors pair, il n'a pas dit grand-chose, ce qui était tout aussi bien. Il s'est borné à annoncer que ses joueurs arboreraient un brassard noir sur leur tenue durant toute la saison, en mémoire d'Amber. N'ayant jamais assisté à un match, je n'ai rien compris à cette allusion. Enfin, jusqu'à ce que Ruth me l'explique. Puis la mère Tidd, la responsable des *cheerleaders*, a pris la parole et s'est lancée dans une logorrhée interminable sur le fait qu'Amber allait manquer à toutes les filles, surtout parce qu'elle était super douée pour exécuter les sauts arrière genoux pliés.

Sur ce, on a eu droit à un spectacle des pom-pom girls de Seconde et de Première. Et là, je ne vous mens pas, les Pomponettes et leurs copines nous ont servi une espèce de danse, au beau milieu du gymnase, sur l'air de *My Heart Will Go On*, la chanson ringarde tirée du film *Titanic*, par Céline Dion. Et, juré, des gens se sont mis à chialer. J'ai regardé autour de moi, et des tas d'élèves pleuraient comme des veaux. D'accord, le spectacle était bon. Il était clair que les filles s'étaient données à fond, en plus elles n'avaient eu que deux jours pour répéter. Mais de là à fondre en larmes… excusez-moi. Et je ne me considère pas comme une sans cœur ni rien. J'espère seulement que, quand je mourrai, nul n'aura l'idée de danser pendant ma cérémonie mortuaire. Je ne supporte pas ce genre de trucs.

En revanche, il y a eu autre chose pour me donner envie de pleurer. Vous êtes prêts ? Accrochez-vous.

Alors que le spectacle battait son plein, deux personnes sont entrées dans le gymnase. J'avais beau être assise sur les gradins du milieu — Ruth n'avait rien voulu rater de tout ce cirque, alors qu'elle ne savait même pas qu'il y aurait une danse —, ça ne m'a pas empêchée de les distinguer clairement. Suffisamment en tout cas pour comprendre qu'il ne s'agissait pas de lycéens.

Ni de profs.

C'étaient des Fédéraux.

Et pas n'importe quels Fédéraux, mais mes vieux potes, les Agents Spéciaux Johnson et Smith.

On aurait pu raisonnablement estimer que,

après leurs multiples déboires, ils auraient laissé tomber. Parce que, enfin, ils me traquaient depuis le mois de mai et ils n'avaient toujours aucune preuve solide qui leur aurait permis de m'épingler. Non que je me rende coupable d'actes illégaux. J'aide à ramener des enfants disparus dans leurs familles. OK, bouclez-moi, je suis une dangereuse criminelle.

Oh, ça va ! Je sais bien qu'ils ne cherchent pas à me flanquer au trou. Ils veulent juste que je travaille pour eux.

Malheureusement, l'idée me répugne de collaborer avec une institution qui passe son temps à forcer la main à des gens dont on peut raisonnablement penser qu'ils sont innocents des crimes dont on les accuse, exactement comme dans *Le Fugitif*[1]... Visiblement, les assurer que j'avais perdu mes pouvoirs n'avait pas suffi à les décourager. Oh que non ! Il avait fallu qu'ils mettent mon téléphone sur écoute, qu'ils lisent mon

___
1. Film d'Andrew Davies (1983) dans lequel un chirurgien (interprété par Harrison Ford) est accusé du meurtre de sa femme. Innocent, il est cependant condamné à mort et s'évade afin de découvrir la vérité, cependant que toute la police est à ses trousses.

courrier et qu'ils me suivent jusqu'au camp de Wawasee. Et voilà qu'ils avaient le toupet de débarquer au beau milieu de la cérémonie funèbre en l'honneur d'une de mes amies décédées...

Bon, Amber n'était pas vraiment une amie. N'empêche, j'avais été assise derrière elle pendant une demi-heure tous les jours de la semaine durant cinq ans. Ça compte sûrement, non ?

— Je me tire, ai-je annoncé à Ruth en récupérant mes bouquins.

— Comment ça, tu te tires ? s'est-elle alarmée. Tu n'as pas le droit, ce truc est obligatoire.

— Tu paries ?

— Ils ont collé des membres du conseil des élèves à toutes les sorties.

— Qui ne sont pas seuls, lui ai-je appris en désignant les Agents Spéciaux Johnson et Smith en train de bavarder avec le proviseur dans un coin du gymnase.

— Oh non ! a soufflé Ruth. Ça ne va pas recommencer.

— Oh si ! Et si tu crois que je vais attendre sagement ici qu'ils viennent m'accuser de haute trahison pour avoir déniché Courtney Hwang, ce qui est à coup sûr la raison de leur présence aujourd'hui, tu te fourres le doigt dans l'œil jusqu'au coude, ma vieille. À plus.

Sur ce, je me suis faufilée le long du gradin, ce qui m'a valu de sales regards de la part des élèves qui y étaient installés (pas parce que je lâchais Amber en pleine commémoration, mais parce que je leur écrabouillais les orteils) et me suis glissée dans l'espace près du mur, sans difficulté majeure, si ce n'est que mon atterrissage en espadrilles à talons n'aurait pas mérité la note maximale lors des championnats de gymnastique, si je puis me permettre ce détail. Après, je n'ai eu qu'à me faufiler tranquillement sous les bancs jusqu'à la porte la plus proche, où j'avais bien l'intention de feindre d'être souffrante, afin d'obtenir l'autorisation de me réfugier à l'infirmerie.

Sauf que, évidemment, quand j'ai émergé de sous les tribunes et que j'ai vu quelle élève montait la garde près de la sortie en question, j'ai pigé que je n'aurais pas à me forcer beaucoup pour jouer les malades. J'ai carrément eu la nausée.

— Jessica ! s'est exclamée Karen Sue Hanky en s'accrochant aux brochures *En mémoire d'Amber* qu'elle avait été chargée de distribuer à tout un chacun avant la cérémonie.

Les imprimés, quatre pages, rien de moins, contenaient des reproductions en couleur de photos d'Amber dans diverses poses de pom-pom girl entrecoupées d'extraits de *My Heart Will Go On*. La plupart des spectateurs, avais-je remarqué pendant ma balade sous les gradins, avaient jeté le leur par terre.

— Qu'est-ce que tu fiches ici ? a-t-elle continué en baissant la voix. Retourne t'asseoir, ce n'est pas encore terminé.

J'ai plaqué mes mains sur mon ventre. Rien de trop expansif, histoire de ne pas attirer sur moi l'attention des deux guignols du FBI, assez cependant pour que le message passe.

— Karen Sue, ai-je hoqueté. Je crois que je vais...

En titubant, je suis passée devant elle et j'ai franchi la porte pour me retrouver dans l'aile réservée aux salles de musique. Libre ! J'étais libre ! Il ne me restait plus qu'à gagner le parking pour y attendre Ruth. Avec un peu de chance, je pourrais même m'allonger sur son capot afin de peaufiner mon bronzage.

Malheureusement, Karen Sue m'a suivie dans le couloir, me mettant ainsi de sérieux bâtons dans les roues.

— Tu n'es pas malade, Jessica Mastriani, alors cesse d'essayer de m'entuber, a-t-elle déclaré d'une voix péremptoire. Tu agis exactement de la même façon en gym, chaque fois que Mme Tidd annonce les tests de santé du Président[1].

Ça m'a sciée. Non seulement, cette peau de vache se répandait en rumeurs selon lesquelles je disposais toujours de mes talents de télesthésie, il fallait en plus qu'elle m'empêche de semer les Fédéraux. Mais rassurez-vous, j'allais résister à ma colère. Parfaitement. J'avais tourné la page, après tout. La rentrée avait commencé depuis deux jours et, devinez quoi ? je n'avais pas encore été collée. Il n'était pas question que Karen Sue gâche ces excellentes performances.

— Tu as raison, Karen Sue, ai-je répondu en me redressant. Je me porte comme un charme. Il y a toutefois des gens dans ce gymnase que je préférerais éviter. Ça ne te concerne en rien.

---

1. Batterie d'exercices physiques imposés aux élèves américains afin de lutter contre l'obésité.

Alors, s'il te plaît, sois humaine (je me suis mordu la langue pour ne pas préciser « au moins une fois dans ta vie ») et laisse-moi partir. D'accord ?

— Qui c'est ?

— Des Fédéraux, puisque tu veux tout savoir. Figure-toi que j'ai des tas d'ennuis parce que les gens sont persuadés que j'ai toujours mes talents divinatoires, ce qui est *faux*.

Et j'ai bien insisté sur ce mot.

— T'es vraiment qu'une sale menteuse, Jess, a répliqué la garce en secouant la tête de telle façon que ses mèches blondes aux pointes parfaitement recourbées se sont agitées au-dessus de ses épaules. Tu as mis la main sur ce Shane, cet été, quand il s'est paumé dans la caverne.

— Certes, mais pas parce que j'ai eu une vision ni rien de ce genre. C'était une intuition, rien de plus.

— Tiens donc ? a-t-elle péroré avec une moue très collet monté. Eh bien, ce que toi, tu appelles une intuition, moi j'appelle ça des pouvoirs métapsychiques. Tu as reçu un don de Dieu, Jessica Mastriani, et le refuser est un péché.

L'autre problème, avec Karen Sue, c'est que c'est une petite sainte de fayote. (Que, gosses, nous avions eu grand plaisir à enfermer dans le placard du concierge lorsque la prof de catéchisme arrivait en retard, ce qui, à la réflexion, se produisait assez souvent.)

— Écoute, Karen Sue, ai-je grondé en éprouvant de plus en plus de difficultés à ne pas lui arracher ses brochures et à la moucher avec, je te suis très reconnaissante de te soucier de mon salut éternel et tout le bazar, mais pourrais-tu, exceptionnellement, tendre la joue gauche, non pas pour que je la gifle, mais du côté du mur de façon à ce que je déguerpisse d'ici ? Ainsi, ce sera comme si tu ne m'avais pas vue, et tu ne te rendras pas coupable d'un péché de mensonge quand on te demandera si tu sais où j'ai filé.

— Non, a-t-elle décrété avec un regard de commisération.

Et elle est repartie vers la porte, visiblement pour appeler à la rescousse quelqu'un de plus grand qu'elle afin de me retenir. Je l'ai attrapée par le poignet. Je n'avais pas l'intention de la frapper, je vous le promets. J'avais tourné la page, j'arborais un gilet en maille tout neuf, des espadrilles à talons et du baume sur les lèvres. Les filles habillées comme moi ne se battent pas. Les filles habillées comme moi préfèrent tenter de raisonner leurs ennemies sur un ton des plus amicaux.

— Le truc, Karen Sue, c'est que cette histoire de visions perturbe énormément mon frère Douglas. Les journalistes qui nous envahissent, qui nous harcèlent au téléphone, etc. Tu comprends pourquoi je tiens à garder le secret, hein ? C'est à cause de mon frangin.

— Ton frère est malade, a-t-elle rétorqué en récupérant son poignet, sans me quitter des yeux. Il est évident que son mal est un châtiment divin. S'il fréquentait plus assidûment l'église et priait avec plus de conviction, il irait mieux. Ton déni du don que t'a accordé Dieu n'arrange rien. Je suis même certaine que tu empires l'état de Douglas.

Qu'est-ce que vous vouliez que je réponde à ça ?

Rien. Il n'existe aucune réponse appropriée à ce type de délire.

Aucune réponse verbale en tout cas.

Les hurlements de Karen Sue ont attiré le proviseur, l'entraîneur Albright, la mère Tidd, la majorité des membres du conseil des élèves et les

Agents Spéciaux Johnson et Smith. Tout ce beau monde a déboulé à la vitesse grand V. En découvrant l'état de Karen Sue, Smith a sorti son portable pour appeler une ambulance.

Je suis prête à me porter garante que son nez n'était pas cassé. Rien qu'un petit vaisseau sanguin qui avait pété, sans doute.

— Hé, Karen Sue ! ai-je braillé tandis que Feeney et Johnson m'escortaient dehors. Si tu pries Dieu assez fort, il arrêtera peut-être tes saignements.

Bon, sorti du contexte, je reconnais que ça peut paraître dur. En plus, aucun des adultes n'avait entendu ce qu'elle m'avait balancé. J'ai eu beau protester — « Mais puisque je vous dis qu'elle m'a dit que… » —, ils n'ont pas voulu admettre que mon attitude était justifiée.

— Moi qui croyais que tu faisais des progrès, a soupiré Goodheart d'un air triste après qu'on m'eut traînée à l'étage où se situe son bureau.

— J'en faisais, ai-je objecté en me jetant sur un des canapés orange de la salle d'attente. J'aimerais vous voir à ma place, tiens ! Combien de temps supporteriez-vous les bêtises de Karen Sue avant de lui sauter dessus pour la massacrer, hein ?

Sauf que je n'ai pas dit « bêtises ».

— À ta place, a-t-il rétorqué, je ne laisserais pas une fille comme elle me déstabiliser.

— Elle m'a accusée d'être responsable de la maladie de Doug. Elle a affirmé que c'était une punition de Dieu parce que je refusais d'utiliser mes pouvoirs !

C'est évidemment le moment qu'a choisi l'Agent Spécial Johnson, lequel avait été embarqué d'office par le proviseur afin, j'imagine, de discuter mon cas, pour surgir comme un diable de sa boîte.

— Franchement, Jessica, s'est-il étonné. Je ne vous aurais pas crue sensible à ce genre de niaiseries.

— Si je le suis devenue, c'est votre faute, ai-je riposté aussi sec. Vous me suivez partout et tout le temps, vous déboulez au lycée, vous me harcelez. Et j'aime autant vous prévenir, je n'ai rien à voir dans l'histoire de cette fillette qu'ils ont retrouvée à San Francisco. Rien !

Johnson a levé les sourcils.

— J'ignorais qu'on avait retrouvé une fillette à San Francisco, a-t-il susurré avec douceur. Merci de me l'avoir appris.

— Vous... vous n'êtes pas venus pour Courtney Hwang ? ai-je balbutié, ahurie.

— Contrairement à ce que vous semblez croire, Jessica, a ricané ce malotru, le monde ne tourne pas autour de votre petite personne. Et mon boulot encore moins. Jill et moi sommes ici pour des raisons qui ne vous concernent en rien.

La porte du couloir s'est ouverte, et l'Agent Spécial Smith a fait son apparition.

— Eh bien, a-t-elle soupiré, voilà qui était génial ! La prochaine fois que vous aurez envie d'écraser votre poing sur le nez d'une jeune fille, Jessica, arrangez-vous pour que je ne sois pas dans les parages.

Je les ai contemplés tour à tour, elle et son collègue.

— Minute, papillon ! ai-je dit. Si vous n'êtes pas ici à cause de moi, que nous vaut l'honneur de votre visite ?

La porte s'est ouverte derechef et, cette fois, c'est Mark Leskowski qui a surgi dans la salle d'attente, l'air hébété et étrangement vulnérable pour un type qui mesure plus d'un mètre quatre-vingts et pèse dans les quatre-vingt-dix kilos.

— Vous souhaitiez me parler, monsieur Goodheart ? s'est-il enquis.

Le CE a jeté un coup d'œil aux Fédéraux.

— Euh, oui, Mark, a-t-il répondu. Ou plutôt, ces... ces agents aimeraient avoir une petite conversation avec toi. Mais avant, je souhaite leur dire quelques mots. Monsieur ? Madame ?

— Pas de souci, s'est empressé d'acquiescer l'Agent Spécial Johnson avec un sourire.

Sur ce, lui et Jill ont tourné les talons et se sont enfermés avec Goodheart dans le bureau de ce dernier.

Incroyable ! Plus, même ! Indescriptible. J'avais aplati le pif de Karen Sue Hanky et aussitôt été propulsée devant le Conseiller d'Éducation pour y subir des mesures disciplinaires, et *on m'oubliait carrément* ? Qui plus est, mes deux ennemis jurés, les Agents Spéciaux Johnson et Smith, débarquaient à Ernest-Pyle pour courir sur le haricot de *quelqu'un d'autre* et non sur le mien ? Décidément, le meurtre d'Amber Mackey avait fait beaucoup plus que la ravir à notre affection. Il avait mis l'univers que je connaissais cul par-dessus tête.

Une hypothèse qu'a confirmée la suite des événements, quand Mark Leskowski, arrière de l'équipe de foot, vice-président des Terminales, et incontestable beau gosse aux dires de toutes, m'a souri — à moi, Jessica Mastriani, qui passait plus de temps en retenue qu'en cours — et a lâché :

— Quel plaisir de te revoir.

Nom d'un chien ! Appelez le Pentagone. Quelqu'un vient de créer un nouvel ordre mondial !

6

— Alors, a repris Mark, qu'est-ce qui t'arrive, cette fois ?

Je l'ai dévisagé. Qu'il était beau ! Pas autant que Rob Wilkins, naturellement, mais qui l'était, hein ? Néanmoins, il constituait un deuxième choix parfaitement acceptable.

— J'ai flanqué une beigne à Karen Sue Hanky, ai-je expliqué.

— Wouah ! s'est-il exclamé, apparemment impressionné. Bien joué !

— Tu trouves ?

Vous ne pouvez savoir à quel point il était réconfortant d'avoir l'approbation d'un gars aussi craquant en Levi's 505. Sérieux. La plupart du temps, Rob n'avait pas l'air d'apprécier mes actes, lui. Essentiellement parce qu'il craignait que je finisse par être tuée. N'empêche. Ça ne lui donnait pas le droit de me commander toute la sainte journée. Non ?

— Ça oui ! Cette nana est une telle arriviste que c'est à en gerber.

Omondieu ! Exactement l'opinion que j'avais de Karen Sue ! Et pourtant, prononcée par ces lèvres d'une masculinité ébouriffante, elle n'en semblait que plus légitime.

— Je ne te le fais pas dire. Une vraie... arriviste !

— Un peu, mon neveu ! Amber l'appelait « le Crampon ». Parce qu'elle s'accrochait toujours à nous autres et qu'elle essayait d'entrer dans notre bande.

Qu'il ait mentionné Amber m'a ramenée aussi sec à la réalité. Qu'est-ce que je fabriquais, bon sang ? Qu'est-ce que je fichais ainsi assise sur un canapé en plastique orange de l'étage des CE à convoiter Mark Leskowski ? Il avait été convoqué afin d'être interrogé par le FBI. Le FBI, nom d'une pipe ! Ce n'était pas de la rigolade !

J'ai jeté un coup d'œil sur la porte vitrée du

bureau de Goodheart, à travers laquelle je distinguais l'Agent Spécial Johnson qui bavassait à qui mieux mieux. Goodheart est le CE de Mark Leskowski autant que le mien, parce qu'il est en charge des noms de L à M. Remarquant ma ligne de mire, Mark a hoché la tête.

— J'imagine que je suis dans de sales draps, a-t-il murmuré.

— Ben... pour qu'ils en appellent au FBI...

— Oh, c'est toujours comme ça. Dans les affaires d'enlèvement, s'entend. Du moins, d'après Goodheart. Ces deux-là sont des agents régionaux.

Les Agents Spéciaux Johnson et Smith des régionaux ? Ah bon. Il ne m'était jamais venu à l'esprit qu'ils puissent avoir une maison, un foyer. Je me les étais toujours imaginés vivre dans des motels crapoteux. En même temps, c'était logique, qu'ils soient du coin. À l'idée que je risquais un jour de tomber sur l'un d'eux à l'épicerie du coin, j'ai réprimé un frisson.

— Ils ont classé ce qui est arrivé à Amber comme meurtre consécutif à un enlèvement, a continué Mark, parce qu'elle était... elle n'a pas été tuée tout de suite.

— Oh ! Tu ne devrais pas... je ne sais pas, moi, voir un avocat, quelque chose comme ça ?

— J'en ai un, a-t-il répliqué en contemplant ses mains qui gisaient entre ses cuisses. Il est en route. Mes parents aussi. Je pensais avoir tout dit au shérif, mais bon... je vais sans doute être obligé de recommencer. Avec ces deux-là.

J'ai suivi son regard. C'était au tour de Goodheart de parler à Johnson. Smith était invisible. Elle était sans doute assise sur ma chaise, près de la fenêtre. Je me suis demandé si elle contemplait la station de lavage de voitures, mon habitude quand j'étais coincée dans cet antre.

— Je ne comprends pas, a repris Mark en fixant cette fois la table basse qui nous séparait, et notamment la brochure qui proclamait : L'ARMÉE, UNE DEUXIÈME FAMILLE. J'aimais Amber, je ne lui aurais jamais fait de mal.

J'ai brièvement vérifié du côté de la secrétaire. Elle avait beau prendre des airs très concentrés pour jouer au Démineur, elle nous espionnait à tout-va. Si jamais le proviseur déboulait à l'improviste, elle taperait sur une touche de son clavier afin de remplacer le champ de mines par un dossier quelconque. Je le savais. J'avais passé assez de temps dans les parages pour connaître ses habitudes.

— Bien sûr que non, ai-je renchéri.

— Certes, a-t-il précisé en délaissant le prospectus militaire pour plonger ses tendres prunelles brunes dans les miennes, il nous arrivait d'avoir des problèmes, quel couple n'en a pas ? Mais nous nous efforcions de les résoudre. Avec beaucoup de bonne volonté.

Tu m'étonnes ! Enfin, si j'avais bien compris ce que Claire Lippman m'avait raconté. À ce petit barbecue, lui et Amber avaient été les champions du pelotage.

— Et voilà qu'elle... disparaît... Alors que tout le reste allait si bien. Tu sais, nous avons de réelles chances d'atteindre les finales d'État, cette année. Et puis...

Il s'est interrompu, a contemplé la pendule accrochée au mur derrière moi. J'ai noté une lueur bizarre dans ses yeux. D'abord, j'ai cru à un reflet des éclairages au néon, puis j'ai pigé. Nom d'un chien ! Mark Leskowski chialait ! Je vous promets que c'est vrai. Il chialait. Lui, un footballeur. Mark Leskowski pleurait sur sa bonne amie assassinée.

— Sans compter que les grandes universités vont envoyer leurs recruteurs[1], a-t-il ajouté en réprimant avec peine un sanglot. Pour m'évaluer. *Moi*. Je tiens là une véritable occasion de me tirer de ce bled pourri et de réussir.

À la réflexion, il larmoyait peut-être sur sa bourse d'études qui risquait de tomber à l'eau. Quelle qu'en soit la raison, il n'en reste pas moins qu'il pleurait. J'ai jeté un coup d'œil à la secrétaire, ne sachant trop comment réagir. C'est que je n'avais jamais eu à gérer de footballeurs déprimés, moi. Un frère suicidaire, pas de souci. Des meurtriers fous qui voulaient ma peau, du velours. Mais des sportifs en larmes ? Helen avait cessé de faire semblant de s'intéresser à son Démineur et avait remarqué elle aussi l'état de Mark. Pas plus que moi elle n'avait l'air de savoir quelle attitude adopter, d'ailleurs. Son regard ahuri a croisé le mien, et elle a haussé les épaules

---

1. Aux États-Unis, où la majorité des facs prestigieuses sont privées et où les études sont extrêmement onéreuses, l'autre façon d'obtenir une bourse en dehors de l'excellence de ses résultats scolaires est d'être un sportif accompli. Tous les ans, les universités envoient des recruteurs écumer les lycées du pays afin d'inviter les meilleurs athlètes à intégrer leurs équipes.

avec incrédulité. Puis, comme frappée par une idée géniale, elle a sauté sur ses pieds et a agité une boîte de kleenex.

Si c'est pas un geste secourable, ça ?

Mais bon. Vu que, apparemment, je n'avais pas trente-six solutions, je suis allée chercher les mouchoirs avant de revenir m'asseoir à côté de Mark.

— Tiens, ai-je dit en lui tendant la boîte. Tu verras, ça va s'arranger.

Il en a pris une grosse poignée et y a enfoui sa figure. Je l'ai entendu jurer entre ses dents.

— Non, a-t-il protesté avec véhémence. C'est inacceptable. Inacceptable !

— Je sais, ai-je acquiescé en lui tapotant l'épaule (qui m'a paru solide et musculeuse, très agréable au toucher). N'empêche, je suis sûre que tout ira bien. Ne te bile pas.

À cet instant, la porte du burlingue de Goodheart s'est ouverte à la volée, et les Agents Spéciaux Johnson et Smith sont sortis. Ils nous ont observés avec curiosité, Mark et moi, puis ont semblé comprendre ce qui se passait. Aussitôt, leurs visages se sont durcis.

— Mark ? a lancé l'Agent Spécial Smith en

avançant d'un pas, la voix on ne peut moins amicale. Vous voulez bien me suivre, je vous prie ?

Une fois près du canapé, elle a passé un bras sous le sien. Sans protester, il s'est levé, les kleenex toujours plaqués sur les yeux, et s'est laissé emmener vers l'une des salles de conférence de l'étage. L'Agent Spécial Johnson, lui, m'a toisée en croisant les bras.

— N'y songez même pas, Jessica, m'a-t-il avertie.

— Quoi ? me suis-je défendue en écartant les mains, geste universel de l'innocence incarnée. Je n'ai rien dit !

— Juste parce que nous sommes arrivés à temps. Je vous préviens : restez à l'écart de ce garçon. À moins que vous ne soyez au courant d'un détail...

— Non.

— Alors, ne vous en mêlez pas. Une jeune fille est morte, je n'ai pas envie que vous soyez la prochaine sur la liste.

Wouah ! Compris, gentil agent.

— Par ailleurs, a-t-il enchaîné en changeant de sujet, comme s'il avait craint de paraître trop aimable, je serais curieux d'en apprendre plus sur cette fillette de San Francisco.

— Quelle fillette de San Francisco ? Jamais entendu parler.

— À votre guise. Mais n'oubliez pas : interdiction de fourrer votre nez dans ce qui nous intéresse. Pigé ?

Sur ce, il a tourné les talons et a rejoint sa collègue et Mark. La secrétaire et moi avons échangé un regard. Nous étions bien d'accord. En aucun cas Mark Leskowski, un grand garçon qui n'avait pas honte de pleurer en public sur la disparition de sa petite copine, ne pouvait être un meurtrier.

Goodheart a surgi sur le seuil de son bureau.

— Rentre chez toi, Jessica, m'a-t-il lancé, apparemment surpris de me trouver encore là.

Pardon ? Il était cinglé, ou quoi ? Je venais d'envoyer mon poing dans la tronche d'une élève, et il m'ordonnait de regagner mes pénates ?

— Mais...

— File ! Appelez-moi le shérif Hawkins, Helen, s'il vous plaît, a-t-il ajouté à l'attention de la secrétaire,

File ? Rien d'autre ? Juste « file ! » ? Il m'avait

pourtant prévenue qu'au « prochain accroc », j'étais « cuite », non ? Où était passée la leçon de morale sur la gestion de ma colère ? Qu'étaient devenus les soupirs « Oh, Jess ! Je ne sais pas du tout comment me dépêtrer de toi. » Qu'en était-il de ma semaine de colle ? J'avais l'autorisation de partir, et basta ?

Constatant que j'étais figée sur place, Helen a plaqué sa main sur le combiné du téléphone pour que son interlocuteur n'entende pas.

— Qu'est-ce que tu attends, Jess ? Déguerpis avant que ça lui revienne.

Ce qui a eu le don de me sortir de ma transe – j'ai mis les bouts en vitesse.

Je lézardais sur le capot du cabriolet de Ruth quand celle-ci a enfin été libérée de la cérémonie. Elle avait l'air vaguement tracassé.

— Oh, salut ! s'est-elle ébahie, en me découvrant à cet endroit. Qu'est-ce que tu fiches ici ? Je croyais que Scully et Mulder étaient encore sur ton dos ?

— Non, cette fois, ils ont jeté leur dévolu sur une autre victime.

Je n'en revenais toujours pas, d'ailleurs, et ma voix trahissait mon étonnement.

— Vraiment ? a répondu Ruth en déver-rouillant sa portière avant de s'asseoir derrière le volant. Qui donc ?

— Mark.

— Leskowski ? s'est-elle écriée, choquée. Omondieu ! Ils doivent vraiment penser que c'est lui le coupable, alors.

— Ouais, ai-je acquiescé en m'installant. Sauf que ce n'est pas lui. Si tu l'avais vu, Ruth ! J'étais à côté de lui, dans la salle d'attente des CE, et il... chialait.

— Quoi ?! a-t-elle piaillé en cessant d'ins-pecter l'état de son rouge à lèvres dans le rétro-viseur. Je ne te crois pas, a-t-elle objecté aussitôt après.

— Je t'assure que si. C'était tellement mignon. Il l'aimait vraiment, c'est sûr. Il est super mal.

— Mark Leskowski en train de pleurer. Qui aurait parié là-dessus ?

Elle ne s'en remettait pas.

— Je sais. Bon, raconte-moi la fin de la com-mémoration.

Elle s'est exécutée sur le chemin du retour.

Après la danse, ils avaient eu droit à un long discours d'un spécialiste du soutien psychologique embauché pour l'occasion afin de nous aider à surmonter l'épreuve (la mort d'Amber, pas son éloge funéraire). Puis les pom-pom girls avaient annoncé que, juste après tout ce tralala, elles se rendraient aux carrières de Pike pour y jeter des fleurs, ultime hommage à leur collègue. Tout ceux qui l'avaient aimée étaient invités à se joindre à elles.

— Ben voyons ! ai-je commenté. Tous ceux qui l'avaient aimée, ça signifie juste la clique des gens populaires. Tu n'as pas l'intention d'y aller, toi ?

— Tu rigoles ? Ça me paraît pourtant clair. La soirée est organisée par l'équipe des *cheerleaders* du lycée Ernest-Pyle. En d'autres termes, les dondons sont priées de s'abstenir.

J'ai sursauté, un peu désarçonnée par son agressivité.

— Tu n'es pas une...

— Je l'ai été. Ça suffit à le rester à vie. À leurs yeux, du moins.

— Ton apparence n'a pas d'importance. Ce qui compte, c'est ce qui est à l'intérieur, et...

— Laisse tomber, veux-tu ? En plus, il faut que je répète. Mon audition pour décrocher ma place dans l'orchestre a lieu demain,

Je l'ai observée à la dérobée. Ruth était difficile à saisir, parfois. Elle était tellement certaine de certaines choses — le sérieux à apporter aux études ou l'interdiction de harceler les garçons, par exemple — et si hésitante sur d'autres. Elle était de ces personnes énigmatiques drapées dans leur mystère, comme on dit. D'autant qu'elle éprouvait les mêmes sentiments à l'égard des Bouffeurs-d'Avoine que ceux que les pom-pom girls nourrissaient à l'encontre des grosses, ce qu'elle condamnait. Allez comprendre !

— Je suis désolée qu'elle soit morte, a-t-elle poursuivi. N'empêche, tu ne m'ôteras pas l'idée que si c'était toi ou moi qui avions claqué, l'administration ne se serait jamais donné la peine de mettre sur pied une cérémonie funèbre.

— Bah ! C'est parce qu'elle a disparu dans des circonstances tragiques.

Ruth a lâché un gros mot avant de tourner dans notre rue, Lumley Lane.

— Écoute, elle était *cheerleader*, d'accord ? Ce n'est pas significatif, ça ? Ils n'organisent jamais de réunions en souvenirs des violoncellistes ou des flûtistes, me semble-t-il. Juste en celui des pom-pom girls. Hé ! s'est-elle soudain écriée en me toisant. Nous sommes passées devant l'embranchement de Pyke's Creek Road, et tu n'as pas moufté. Qu'est-ce qu'il y a ? Ne me dis pas que les grands yeux bleus de bébé de Mark Leskowski ont effacé le souvenir de l'Enfoiré ?

(Excusez son langage.)

— Il se trouve que Mark a les yeux bruns, ai-je rétorqué, agacée. Et Rob n'est pas un enfoiré. Et je me suis rangée à ton avis – le poursuivre de mes assiduités n'est pas la bonne manière de lui mettre le grappin dessus.

— Mouais. Skip a laissé échappé qu'il vous avait amenées au bahut, Claire et toi, ce matin. Tu l'as convaincu de s'arrêter pour acheter des beignets, non ?

— Je ne l'ai convaincu de rien du tout, me suis-je indignée. Il l'a décidé tout seul comme un grand !

— Pas de ça avec moi, s'il te plaît ! a-t-elle soufflé en levant les yeux au ciel. Alors, tu l'as vu ?

— Qui ? ai-je riposté, histoire de gagner un peu de temps.

— Tu sais bien. L'Enfoiré.

— Oui, ai-je avoué, vaincue.

— Et ?

— Et quoi ? Je l'ai vu, il ne m'a pas vue, point final.

— Nom d'une pipe ! s'est-elle esclaffée, tu es vraiment zarbi ! Omondieu ? Qu'est-ce que c'est que ça ?

Elle désignait le sol, et j'ai baissé le regard.

— Cette tache sur ton espadrille, a-t-elle précisé.

J'ai soulevé le pied pour examiner un minuscule point rouge sur ma chaussure beige.

— Oh, rien qu'un peu du sang de Karen Sue Hanky.

— Pardon ? Omondieu ! Que lui as-tu fait ?

— Je lui ai écrabouillé le pif, me suis-je rengorgée. Tu aurais dû être là. C'était magnifique !

— Magnifique ? s'est-elle lamentée en cognant sa tête contre le volant. Oh, Jess ! Tu te débrouillais si bien, jusqu'à maintenant !

Sa consternation m'échappait.

— Mais enfin, Ruth, elle le méritait amplement, me suis-je défendue.

— Ce n'est pas une raison. La seule chose à même de justifier la violence, c'est l'autodéfense Tu ne peux pas continuer ainsi, à battre comme plâtre tous ceux qui ont le malheur de lâcher une phrase qui n'a pas eu l'heur de te plaire. En plus, tu vas avoir de sérieux ennuis.

— Même pas ! Tralala ! Figure-toi qu'ils m'ont chopée en flagrant délit, et que Goodheart ne m'a pas enguirlandée. Il m'a juste ordonné de rentrer chez moi.

— Simplement parce qu'il avait un meurtrier présumé dans son bureau. Il était distrait, c'est tout.

— Mark Leskowski n'est pas un assassin. Qui plus est, il m'a complètement soutenue pour avoir flanqué une bonne trempe à Karen Sue. D'après lui, c'est une arriviste.

— Omondieu ! Qu'ai-je fait pour mériter une amie aussi tordue ?

Comme j'avais exactement la même opinion d'elle, je ne me suis pas vexée.

— Répétons ensemble, lui ai-je proposé. Neuf heures, ça roule ?

Vu que nous sommes voisines, nous ouvrons souvent les fenêtres de nos chambres respectives afin de régaler le quartier d'un concert gratuit, ce qui est également une façon plaisante de s'entraîner.

— D'accord. Mais si tu crois pouvoir cabosser la tronche de Karen Sue et t'en sortir comme ça, j'aime autant t'avertir que c'est toi qui te fourres le doigt dans l'œil jusqu'au coude, ma vieille.

Morte de rire, j'ai grimpé en vitesse notre perron. À d'autres ! Karen Sue allait avoir si peur de moi, dorénavant, que je n'aurais plus jamais à endurer ses vacheries. Et, cerise sur le gâteau, elle risquait de ne plus jouer aussi bien de la flûte durant son audition, le jeudi. À cause de son nez enflé. Là !

C'est sur ces exquises pensées que je me suis glissée chez moi. Hélas, j'avais à peine posé le pied sur la première marche de l'escalier que la voix de ma mère, pas très contente apparemment, m'est parvenue, en provenance de la cuisine. En fille docile, je me suis dirigée vers l'arrière de la maison.

— Salut, m'man !

À ma grande surprise, elle n'était pas seule.

Mon père lui tenait compagnie. Or, il n'est jamais rentré, à dix-huit heures le mardi.

— Salut, p'pa ! ai-je ajouté.

J'ai remarqué que ni lui ni elle n'avaient l'air particulièrement heureux. C'est alors que mon cœur s'est mis à battre, à deux doigts de l'affolement.

— Que se passe-t-il ? ai-je demandé. Est-ce que Douglas...

— Douglas va bien, m'a répondu ma mère d'une voix glaciale.

— Oh ! Ce n'est pas...

— Michael, m'a-t-elle interrompue, toujours aussi dure, va très bien lui aussi.

Le soulagement m'a submergée. S'il ne s'agissait ni de Doug ni de Mike, ça ne pouvait pas être bien grave. Avec un peu de chance, c'était même une bonne nouvelle. Genre, un truc que mes parents ne jugeaient pas génial mais que moi, je trouverais positif. Tatie Rose qui avait claqué d'une crise cardiaque, par exemple.

— Alors, ai-je insisté en me préparant à afficher une mine triste, qu'est-ce qu'il y a ?

— Nous venons de recevoir un coup de fil, m'a annoncé mon père, lugubre.

— Tu ne devineras jamais qui c'était, a enchaîné ma mère.

— Aucune idée. (Wouah ! ai-je songé. Tatie Rose avait vraiment cassé sa pipe.) Qui était-ce ?

— Mme Hanky, a annoncé ma génitrice sur un ton réfrigérant. La mère de Karen Sue.

Houps !

7

J'étais cuite !

Archi-cuite !

En même temps, j'estimais qu'ils n'avaient aucun droit de s'emporter contre moi — après tout, j'avais défendu l'honneur de la famille.

Et puis, quel bébé pleurnichard, cette Karen Sue ! Me dénoncer à sa mère, non mais je vous jure ! Comme de bien entendu, dans sa version de la confrontation qui m'avait amenée à lui coller une patate en pleine tronche, elle s'était soigneusement gardée de mentionner ses invectives, alors qu'elle comme moi savions à quoi nous en tenir. Sa version se limitait à dire que j'avais essayé de filer en douce de la commémoration, qu'elle avait tenté de m'en empêcher — pour mon propre bien, évidemment, et parce que mon attitude entachait le souvenir d'Amber Mackey —, et que je l'avais frappée. Quant à mon déni de mes pouvoirs divinatoires et les raisons de la maladie de Doug, elle avait pudiquement glissé dessus.

De même que ses allusions au manque d'assiduité de Douglas à la messe et à ses prières par trop faiblardes.

Bien sûr, ma mère ne m'a pas crue quand j'ai tout balancé. C'est que Karen Sue l'a embobinée, exactement comme elle a embobiné sa propre mère. Tout ce que ma génitrice voit quand elle la contemple, c'est la fille qu'elle aurait aimé avoir. Le genre de gentille fifille à sa maman qui accepte d'aller défendre les couleurs de ses biscuits maison au concours de pâtisserie annuel de la kermesse du comté et qui met des bigoudis toutes les nuits pour que ses tifs aient le pli idéal au matin. Ma mère ne s'est jamais remise d'avoir une fille qui économise tout son argent de poche pour s'acheter une Harley et se coupe les cheveux très court, histoire de ne pas avoir à s'en occuper.

Et qui, c'est vrai, passe son temps à se bagarrer et est amoureuse d'un type sous le coup d'une mise à l'épreuve.

La malheureuse ! (La maternelle, pas la gosse.)

Mon père, lui, m'a crue. À propos de ce que m'avait dit Karen Sue.

Je l'ai entendu se disputer avec ma mère après qu'ils m'ont bannie dans ma chambre, afin de « réfléchir à mes actes ». J'étais aussi censée réfléchir à la manière dont j'allais rembourser la note d'hôpital de Karen Sue (deux cent quarante-neuf dollars pour un séjour aux urgences ! Alors qu'elle n'avait même pas eu besoin de points de suture. Quelle arnaque !). Mme Hanky menaçait également de me traîner en justice pour le préjudice moral que j'avais infligé à sa progéniture. D'après elle, le préjudice moral subi par Karen Sue valait dans les cinq mille dollars. Je ne les avais pas. Il ne me restait qu'un millier de ronds sur mon compte d'épargne après notre razzia dans les boutiques du centre commercial de Michigan City.

J'étais donc supposée rester assise dans ma piaule et m'interroger sur la manière dont j'allais m'y prendre pour dégoter quatre mille billets. Et deux cent quarante-neuf dollars.

J'ai préféré aller rendre visite à Douglas.

— Salut, pauvre type ! ai-je lancé en

déboulant sans frapper, à ma bonne habitude. Devine un peu ce qui m'est arrivé aujourd'hui...

Il n'était pas là. Oui, vous avez bien lu : Douglas n'était pas dans sa chambre. Environ huit milliards de BD traînaient sur son lit, mais pas lui. Ce qui était bizarre. Parce que Doug, depuis qu'il avait été renvoyé à la maison par l'université parce qu'il avait tenté de se suicider, n'allait jamais nulle part. Sans charre. Il restait dans son antre à bouquiner. Certes, il arrivait que notre père le force à l'accompagner dans un des restaurants familiaux pour aider au service ou autres joyeusetés de ce style, mais hormis ça et ses séances chez le psy, mon frère aîné était toujours avachi sur son pieu.

Toujours.

Il s'était peut-être retrouvé à court de BD et avait décidé de filer au centre-ville en acheter de nouvelles ? Hypothèse plausible, puisque, les rares fois où il s'était éloigné de cette chambre durant ces six derniers mois, c'est là-bas qu'il avait filé.

Rester confinée dans mes quartiers à méditer sur la malveillance de mes actes n'était pas drôle. Et d'une, je considérais que je ne m'étais rendue coupable de rien d'épouvantable. Et de deux, on était en août et, dehors, l'air était plutôt agréable, pour une fin de journée. Je me suis donc installée sur la fenêtre en mansarde et j'ai observé les alentours. Ma chambre est au deuxième et dernier étage, l'ancien grenier pour être précise, les quartiers des serviteurs d'autrefois. Notre maison est la plus ancienne de Lumley Lane, elle a été bâtie au tournant du siècle. Du *vingtième* siècle. Des types de la ville ont même apposé une plaque sur la façade, comme quoi c'est un monument historique. Bref, des chiens-assis de ma piaule, on a une vue plongeante sur toute la rue.

Pour une fois, aucune camionnette blanche n'était garée le long du trottoir opposé, en train de surveiller mes faits et gestes. Parce que les Agents Spéciaux Johnson et Smith étaient au lycée, en compagnie de Mark Leskowski. Pauvre Mark ! Je ne pouvais deviner ce qu'il ressentait. Si Rob, par exemple, venait à mourir, Dieu seul sait ce dont je serais capable ! Et pourtant, nous n'étions jamais sortis ensemble. Enfin, pas plus de cinq minutes. Et si l'on m'avait accusée d'être responsable, si on m'avait collé son meurtre sur le dos, j'aurais carrément pété les plombs. Néanmoins, tout se passait comme si Mark était, aux yeux de tous, le seul suspect envisageable.

Comme l'avait prédit Ruth, ses parents avaient engagé M. Abramowitz. Certes, il n'avait pas encore été officiellement inculpé, mais ça n'allait plus tarder, apparemment.

J'ai découvert cet aspect de l'affaire (que le père de Ruth avait été engagé pour défendre Mark) quand, du rez-de-chaussée, mes parents m'ont beuglé qu'ils allaient chez les voisins afin de s'entretenir des menaces de poursuites judiciaires que la mère de Karen Sue brandissait au-dessus de ma tête. M. Abramowitz venait de rentrer du lycée, où il avait été appelé en consultation. Qui d'autre que Mark avait-il pu conseiller là-bas, hein ? La mascotte de l'équipe de foot qui protestait contre son nouvel uniforme ? – Il y a un reste de pâtes au frigo, a braillé ma mère. Réchauffez-le si vous avez faim. Tu m'as entendue, Douglas ?

C'est là que je me suis rendu compte qu'elle n'était pas au courant de l'absence de Doug.

— Je le lui dirai, ai-je crié.

Ce qui n'était pas un mensonge. J'avais bien l'intention de l'informer quand il daignerait réapparaître.

A priori, un grand garçon de vingt ans qui s'absente de chez lui pour un moment, ce n'est pas la mer à boire. Sauf que pour mon frère, si. Une sacrée mer, même. Un océan. À cause de lui, notre mère était une boule de nerfs, le considérant comme une fleur fragile qui risquait de se faner dès lors qu'on l'exposerait au moindre coup de vent. Ce qui est une bonne blague, parce que, croyez-moi, Doug n'avait rien d'une fleur. Simplement, il s'imaginait des trucs. Comme nous tous.

Bon, d'accord, des trucs un peu plus étranges que la majorité des gens.

— Et ne va pas t'imaginer que tu as le droit de sortir, Jessica Mastriani, a continué ma mère sur le même ton. Quand ton père et moi reviendrons nous aurons tous les trois une petite discussion.

Aïe ! Visiblement, le paternel n'était pas parvenu à la convaincre que j'avais dit la vérité au sujet de Karen Sue. Pas encore, en tout cas.

De mon poste d'observation, je les ai regardés s'éloigner. Ils ont traversé la pelouse qui s'étend devant notre maison, ont franchi la haie qui nous sépare des Abramowitz, alors qu'ils n'arrêtent pas de me disputer quand je le fais sous prétexte que les thuyas en souffrent. Passons. Quittant la fenêtre, je suis descendue voir ce qu'il en était de ces pâtes.

Je venais d'ouvrir le réfrigérateur quand quelqu'un a sonné. Notre maison est si vieille que la sonnette n'est pas un bouton sur lequel il faut appuyer, mais un machin antique avec une poignée à tourner.

— J'arrive ! ai-je crié en me demandant qui ça pouvait être.

Pas Ruth. Elle serait entrée directement, sans prendre la peine de s'annoncer. Quant aux autres, ils auraient appelé avant de se pointer. En arrivant dans le hall, j'ai distingué une silhouette nettement masculine derrière le rideau de dentelle cachant le carreau de la porte. Elle avait la taille et la forme de celle de Rob. Les battements de mon pouls ont commencé à accélérer de manière ridicule, puisque je savais pertinemment que Rob n'aurait jamais déboulé ainsi chez moi. Pas depuis que je lui avais confié à quel point ma mère risquait de piquer une crise si elle apprenait que j'appréciais un garçon qui : a) ne se destinait pas à des études longues, et : b) avait fait un séjour derrière les barreaux. J'ai même eu un accès de panique. Et si Rob m'avait effectivement aperçue à l'arrière de la Trans Am de Skip et qu'il débarquait pour me demander si je n'étais pas folle à lier de l'espionner ainsi ?

Mais quand j'ai ouvert le battant, j'ai vu que mon visiteur n'était pas Rob. Pour autant, mes palpitations ne se sont pas calmées. Parce qu'au lieu de Rob Wilkins, c'est Mark Leskowski qui avait investi notre porche.

— Salut ! a-t-il marmonné avec un sourire à la fois nerveux, timide et craquant. Ouf, je suis bien content que ce soit toi. Qui répondes. Parce que, tu comprends, un moment, je me suis demandé ce que j'allais dire si... euh... ton père, par exemple... euh... était à ta place. Heureusement, c'est toi.

Je suis restée plantée là à le dévisager. À ma place, vous auriez réagi de même. Imaginez une seconde que vous ouvriez votre porte et découvriez le meilleur arrière du bahut sur votre seuil en train de vous sourire timidement. Ah ! J'aimerais vous y voir, tiens !

— Euh... a-t-il repris, vu que je ne mouftais

pas. Je peux... euh... te parler ? Rien qu'une minute.

J'ai regardé derrière moi. Pur réflexe, bien sûr, puisque la maison était vide. Le truc, c'est que j'avais beau ne jamais avoir reçu de garçon chez moi, j'étais à peu près certaine que mes parents se seraient opposés à ce que j'invite celui-ci à l'intérieur alors qu'ils étaient absents. Il a d'ailleurs dû piger ce qui me trottait dans la tête, car il s'est empressé de s'exclamer :

— Oh ! Inutile que j'entre. On n'a qu'à s'asseoir ici, si tu préfères.

Je me suis secouée pour tenter de sortir de mon ébahissement. Et c'est sûrement mon hébétude qui m'a poussée à lâcher ce qui suit :

— Pourquoi n'es-tu pas en train de jeter des fleurs dans les carrières ?

Par bonheur, ma question abrupte n'a pas semblé l'offenser.

— Je n'ai pas pu, a-t-il répondu en baissant les yeux. Ma journée a été assez difficile comme ça, alors retourner là-bas... où ça s'est passé... c'était au-dessus de mes forces.

Omondieu ! Il souffrait vraiment, le pauvre chéri. Mon cœur s'est serré.

— Depuis que toute cette histoire a débuté, le seul moment où je me suis senti un peu humain, ç'a été avec toi, a-t-il enchaîné en plongeant son regard dans le mien. J'espérais avoir l'occasion de... tu sais. Discuter encore. Si tu n'as pas dîné, je me disais que nous pourrions aller manger un morceau quelque part. Pas de tralala, ni rien. Juste une pizza, par exemple.

Une pizza. Mark Leskowski souhaitait m'inviter à manger une pizza.

— Bien sûr, ai-je répondu en fermant la porte derrière moi. J'adore la pizza.

Hé, mollo, vous autres ! Je n'avais pas oublié que ma mère m'avait interdit de quitter la maison, et que j'étais punie pour avoir tenté de rectifier le nez de Karen Sue Hanky. Mais bon, Mark avait besoin de moi. Tout sur son visage indiquait que je lui étais absolument nécessaire. Et puis, hormis moi, vers qui se serait-il tourné, hein ? Qui d'autre que moi avait jamais connu les ennuis dans lesquels il était jusqu'au cou ? Moi, je savais ce que c'était qu'être traqué comme un animal par les prétendues autorités. J'avais déjà eu droit au goût amer de la solitude absolue face au monde entier. À l'*univers* entier. Certes, personne ne m'avait jamais soupçonnée d'avoir tué quelqu'un, n'empêche, tout le lycée m'avait reproché la mort d'Amber. N'était-ce pas pratiquement la même expérience ?

Donc, j'ai accepté de lui tenir compagnie. Je suis montée dans sa voiture, une BMW noire. C'était tellement évident. À aucun moment, je n'ai songé : « Omondieu ! J'espère qu'il ne va pas m'emmener dans les bois pour me liquider ! » D'abord, parce que je ne croyais pas une seconde que Mark Leskowski était capable de tuer quiconque, vu la sensibilité qui était la sienne. Ensuite, personne n'essaie d'assassiner quelqu'un en plein jour. (OK, en pleine fin de journée, sauf que le soleil brillait encore. Là !)

De plus, j'ai beau ne mesurer qu'un mètre quarante-neuf, j'ai déjà ratatiné des mecs autrement plus imposants que Mark Leskowski. Comme se plaît à le souligner Douglas, je n'ai aucun scrupule à recourir aux coups bas en cas de besoin.

Permettez-moi de vous dire en passant que le monde semble très différent vu de l'intérieur d'une BMW. Ou alors, il semblait très différent vu de l'intérieur de la BMW de Mark Leskowski. Elle avait en effet des vitres teintées, si bien que tout avait l'air... mieux. Sauf lui. Lui, ai-je découvert à l'occasion, était toujours splendide. Surtout quand, comme en cet instant, il était inquiet. Ses sourcils sombres formaient une espèce de barre broussailleuse d'une vulnérabilité absolument adorable. Un peu dans le genre d'un chiot golden retriever qui aurait oublié où il a planqué sa baballe.

— Le problème, c'est qu'ils croient tous que c'est moi, a-t-il lâché tandis que nous descendions Lumley Lane. Je... je n'en reviens pas. Qu'ils pensent ça. J'aimais Amber.

J'ai murmuré quelques encouragements. Malheureusement, j'avais l'esprit encombré par des idées style : « Je vous *prie*, mon Dieu, faites que Heather Montrose soit au centre-ville quand nous y arriverons. Je vous en *supplie*. Qu'elle me voie sortir de la BMW de Mark Leskowski. *Pitié*. Qu'elle me voie manger de la pizza avec lui. » C'était mal, tellement mal de ma part, de désirer qu'on m'aperçoive dans la voiture d'un garçon dont la petite amie était morte tragiquement, à peine quelques jours plus tôt. En même temps, si vous y réfléchissez, il était très mal de la part de Heather d'avoir été aussi méchante envers moi à cause d'un meurtre dont je n'étais pas responsable.

— Ces Fédéraux, continuait Mark, tu les connais, non ? En tout cas, eux ont l'air de te connaître. Ils sont si... cachottiers. Comme s'ils savaient quelque chose... comme s'ils avaient une preuve que c'est moi le coupable.

— Oh, je suis sûre que non, ai-je rétorqué avec aplomb quand nous avons tourné dans la Deuxième Rue.

— Évidemment, puisque ce n'est pas moi.

— Exact.

Dommage que je n'aie pas disposé d'un téléphone portable. Sinon, je me serais inventé une excuse pour contacter Ruth et lui annoncer que j'étais en compagnie de Mark. Mark *Leskowski*. Avec *Mark Leskowski*, dans sa BMW. Pourquoi toutes les filles de seize ans sur la planète ont-elles un mobile sauf moi ?

— Et puis, soliloquait l'Apollon des stades, s'ils avaient une once de preuve, ils m'auraient déjà arrêté. Non ?

Je l'ai contemplé. Qu'il était beau. Omondieu qu'il était beau. Pas autant que Rob Wilkins, certes, mais presque aussi craquant.

— Si.

— Ils te l'auraient dit aussi, n'est-ce pas ? Tu ne penses pas qu'ils te l'auraient dit, s'ils avaient quelque chose sur moi ?

— Bien sûr que non ! Pourquoi feraient-ils ça ? Tu me prends pour une balance ou quoi ?

— Non ! Non ! C'est juste que vous m'avez eu l'air si… amicaux, tous les trois.

Là, je n'ai pas pu m'empêcher d'exploser de rire.

— Désolée de te décevoir, Mark, mais les Agents Spéciaux Johnson et Smith et moi-même ne sommes pas franchement des potes. Pour résumer, je détiens quelque chose qui les inté-resse, point barre.

Il m'a jeté un coup d'œil intrigué. Nous attendions à un carrefour, si bien qu'il pouvait me regarder plutôt que fixer son attention sur la route. J'avais cependant remarqué qu'il avait tendance à me dévisager quand il aurait dû se concentrer sur sa conduite. Ajoutez à ça qu'il paraissait considérer les signaux de stop comme une simple suggestion et que conserver une dis-tance raisonnable entre sa voiture et celle qui nous précédait était une recommandation inutile. Bref, comme chauffeur, j'avais déjà rencontré mieux.

— Comment ça ? a-t-il demandé. Qu'est-ce que tu as qui les intéresse ?

Ç'a été mon tour de lui jeter un coup d'œil. Pas intrigué, cependant, plutôt ahuri. Comment s'était-il débrouillé pour ne pas être au courant ? On en avait parlé dans toutes les feuilles de chou du coin pendant des semaines. Et dans les journaux nationaux presque aussi longtemps. Même aux JT, et quelqu'un avait envisagé de produire un film, sauf que je n'avais pas du tout été enthousiasmée à l'idée qu'on expose ma vie privée sur grand écran.

— D'où tu sors ? La Fille Électrisée, ça ne te dit rien ?

— Oh, le fameux truc psychique ?

Apparemment, il n'avait pas seulement oublié cet épisode de mon existence. Je m'en suis aperçue quand il s'est engouffré sur le parking de *Mastriani*, un des trois restaurants qui appartiennent à mon père. C'est le plus chic de tous, bien qu'on y serve de la pizza. J'ai trouvé un tantinet zarbi que Mark m'emmène manger une pizza dans un des restaus de ma famille. Mais comme c'est la meilleure pizza de la ville, je n'allais pas me plaindre, hein ?

Ce n'est pas avant que nous ayons franchi la porte – hélas mille fois hélas, Heather Montrose n'était pas là pour me voir descendre de la BMW de Mark Leskowski – et que la serveuse chargée de notre table m'ait lancé « Eh bien, Jessica ! Quelle surprise ! » que je me suis rendu compte de l'erreur colossale que je venais de commettre.

Mark n'était pas le seul à avoir la mémoire courte. Ainsi, il m'était complètement sorti de l'esprit que la nouvelle employée que mon père avait embauchée chez *Mastriani* n'était autre que la mère de Rob.

8

Oui, c'est bien ça, La mère de Rob.

Non que mon père ait jamais su qui elle était, naturellement. Enfin, il était peut-être au courant qu'elle avait un fils et tout, mais il ignorait que je... fréquentais ledit fils. (Bon, d'accord. Que j'étais raide dingue amoureuse dudit fils.) Non, il avait recruté Mme Wilkins parce qu'elle avait perdu son boulot quand l'usine locale de pièces plastiques avait fermé. Je lui avais parlé d'elle (la mère de Rob, pas l'usine), soulignant combien elle était gentille et tout et tout. En revanche, je n'avais pas précisé la façon dont je l'avais rencontrée. Je n'étais pas allée le trouver en braillant : « Hé, p'pa, tu devrais embaucher la mère du mec sur lequel j'ai craqué, même s'il refuse de sortir avec moi parce qu'il a dix-huit ans, qu'il est sous le coup d'une peine de mise à l'épreuve, et que ce serait du détournement de mineure. »

Je n'avais rien dit de tel.

Or, voilà que j'avais complètement oublié que Mme Wilkins travaillait chez *Mastriani*... qu'elle y avait bossé tout l'été, pendant que moi, j'étais monitrice à Wawasee (et m'en sortais très honorablement, à en croire les compliments que j'avais reçus). Enfin, jusqu'à ce qu'elle se tienne devant moi, deux menus à la main. Là, la mémoire m'est revenue d'un seul coup d'un seul ! Bon sang ! Elle allait me servir, moi qui, à condition de jouer finement mes cartes, risquait de devenir un jour sa bru. Elle allait m'apporter une pizza, que je mangerais avec l'arrière vedette du lycée Ernest-Pyle qui, au passage, était soupçonné d'avoir zigouillé sa copine.

Génial. Tout simplement génial. Entre Skip qui avait le béguin pour moi, l'opinion publique qui me rendait responsable de la mort d'Amber et le procès que voulait m'intenter Karen Sue Hanky, mon année scolaire commençait on ne pouvait mieux. N'en jetez plus, la cour est pleine.

— Bonsoir, madame Wilkins, ai-je répondu avec un sourire tellement forcé que j'ai cru que mes joues allaient se déchirer. Comment allez-vous ?

La mère de Rob était une dame charmante à la crinière rousse empilée sur le haut du crâne avec un peigne en écaille de tortue.

— Très bien, merci. Quel plaisir de te revoir. J'ai entendu dire que tu avais participé à une colonie de vacances pour musiciens ?

— Oui, madame. Comme mono. Je suis rentrée il y a peu.

Et votre fils ne m'a toujours pas contactée. Trois jours entiers. Trois jours depuis mon retour, et s'était-il seulement donné la peine de passer devant chez moi sur son Indian ? Que dalle. Rien. Nada. Zéro.

— J'espère que tu t'y es amusée, a commenté Mme Wilkins.

Soudain, j'ai constaté, horrifiée, qu'elle nous conduisait à la table sept, « la table des amoureux », située dans le coin le plus sombre de la salle à manger. « Non ! ai-je eu envie de hurler. Pas la table des amoureux, madame Wilkins ! Je

ne sors pas avec ce type, je vous le jure. Je...
ne... sors... pas... avec... ce... type ! »

— Et voilà ! a-t-elle annoncé en posant les menus sur la table sept. Asseyez-vous, les enfants. Je vais vous apporter deux grands verres d'eau glacée. À moins que vous préfériez des Cocas ?

— Un Coca, pourquoi pas ? a dit Mark.

— Je... je... de l'eau suffira, ai-je bégayé, suffoquée.

Nom d'une pipe ! La table des amoureux ! Omondieu ! Dans quelle galère m'étais-je embarquée ?

— Un Coca et un verre d'eau, a résumé Mme Wilkins avant de s'éloigner.

Formidable ! J'avais décroché la timbale. Parce que je me doutais de ce qui risquait de suivre. Mme Wilkins raconterait à son rejeton qu'elle m'avait vue ici, en compagnie de Mark Leskowski. Elle était bien capable de mentionner la table des amoureux, qui plus est. Du coup, Rob penserait que j'avais enfin accepté l'idée que nous ne soyons qu'amis et rien d'autre. Et devinez quoi ? Eh bien, il commencerait à se croire autorisé à sortir avec une de ces pétasses – excusez mon langage – du *Chick*, un bar de motards où il aimait traîner. Quelles chances avais-je, moi, face à une nana de vingt-sept ans à gros nichons prénommée Darla ? Aucune, tiens ! Pas lorsque j'étais sous le coup d'un couvre-feu qui s'achevait à vingt-trois heures !

Ma vie était fichue. Définitivement fichue !

— Hé ! a lancé soudain Mark en baissant son menu.

Dans l'éclat des bougies — parce que oui, il y avait des bougies. Soyez réalistes, que diable ! C'était la table des amoureux —, il était encore plus beau que d'habitude. Mais quelle importance, hein ? On s'en fichait bien que Mark soit beau. Parce qu'il n'était pas celui que je voulais.

— J'avais oublié, a-t-il continué, mais cet endroit appartient à ta famille, non ?

— On peut dire ça, ai-je marmonné sans même essayer de dissimuler ma déprime.

— Oh, je suis désolé. Je ne voudrais pas que tu penses que j'ai choisi ce restau avec l'idée que je ne payerais pas. C'est juste que j'adore la pizza de *Mastriani*. Si tu veux, on peut aller ailleurs, et...

— Ah ouais ? Où donc ?

— Il y a *Joe*...

145

— Il est également à nous, ai-je soupiré.

— Oh ! a-t-il grimacé. Donc, vous possédez sûrement *Petit Joe* aussi, hein ?

— Ouais.

J'ai relevé le menton. Bon, nous étions installés à la table des amoureux. Cela ne signifiait pas pour autant que j'étais obligée de sortir avec Mark Leskowski. Certes, cette perspective n'aurait pas franchement constitué un sacrifice, mais, vu les circonstances, elle aurait été déplacée.

— T'inquiète, ai-je ajouté en tâchant de reprendre du poil de la bête. Nous pouvons rester ici. Seulement, tu fileras un bon pourboire, OK ? Parce que... Je connais très bien cette serveuse. Très, très bien, même.

— Pas de problème, m'a-t-il rassurée.

Puis il m'a demandé quelle pizza je voulais manger.

Écoutez, malgré les apparences, je ne suis pas complètement idiote. J'avais compris pourquoi Mark m'avait invitée à dîner. Ce n'était pas parce que, depuis que je m'étais mise à porter des minijupes, il avait brutalement découvert que j'étais dotée de jambes ultra sexy. Ni parce que, un peu plus tôt dans la journée, nous avions eu ce petit moment d'intimité dans la salle d'attente des CE, avant que les Fédéraux nous interrompent avec le sans-gêne qui les caractérise.

Non. Il m'avait proposé de sortir parce qu'il espérait me soutirer des informations... des informations que je ne détenais pas, d'ailleurs. Les Agents Spéciaux Johnson et Smith le soupçonnaient-ils d'avoir tué sa bonne amie ? Peut-être. Ou alors, ils avaient juste eu envie de lui poser quelques questions, histoire de s'assurer qu'il n'était pas le meurtrier.

Or n'avais-je pas consacré ces deux derniers jours à agir de même ? À tirer les vers du nez des uns et des autres au sujet des derniers moments d'Amber sur terre... ou, du moins, de ses derniers moments avec Mark ? Car j'avais beau m'efforcer de rejeter l'idée que j'étais responsable de sa mort, une part de moi continuait à penser que, si j'avais été présente, elle aurait été encore de ce monde. J'étais persuadée que si Heather et les autres avaient réussi à me contacter, j'aurais pu retrouver Amber avant qu'on la tue. J'en étais certaine comme j'étais certaine que Kurt, le chef de *Mastriani*, quand il découvrirait que j'étais assise à la table sept, allait s'arranger pour que les morceaux de *pepperoni* sur la pizza soient découpés en forme de cœur. Ce qu'il n'a évidemment pas manqué de faire, pour ma plus grande humiliation.

Mark s'en est à peine aperçu, cependant. C'est dire à quel point le fait d'être suspect dans l'affaire de l'assassinat de sa copine le rendait nerveux. Il s'est borné à me tendre une part et, tout en mangeant, nous avons échangé nos impressions sur les effets que vous laissait un interrogatoire en règle par le FBI.

Le plus triste, c'est que nous n'avions rien d'autre en commun, lui et moi. Mis à part d'avoir été questionnés par le FBI, s'entend. Ça, et notre aversion partagée de Karen Sue Hanky. Toute la vie de Mark, ai-je découvert, tournait autour du football. Les entraîneurs de plusieurs des Dix Grandes[1] l'avaient remarqué, ainsi qu'une ou deux des prestigieuses universités de la côte est. Il comptait bien décrocher la bourse d'études la

---

1. Soit les dix universités du cœur du Midwest (Illinois, Indiana, Iowa, Ohio, Michigan, Minnesota et Wisconsin), regroupées en une prestigieuse ligue sportive depuis 1898 et à laquelle s'est jointe l'université de Pennsylvanie en 1990. Voir aussi la note en page 108.

plus avantageuse qui s'offrirait à lui et jouer jusqu'à ce que la NFL[1] vienne frapper à sa porte. Une stratégie relativement raisonnable, bien que même moi, une ignorante crasse en sport, j'aie su que la NFL ne frappait pas à la porte de tous les footballeurs qui brillaient sur les stades universitaires. Et si ses projets ne réussissaient pas ? Avait-il un plan de secours ? Médecine ? Droit ? – Un plan de secours ? a-t-il répété, ahuri, en me contemplant au-dessus de notre repas.

— Non, sérieux, ai-je expliqué, en songeant que je n'avais peut-être pas été assez claire. Si jamais tu ne parviens pas à devenir joueur professionnel, qu'est-ce que tu feras ?

Il a secoué la tête, plus comme qui essaie de chasser une idée déplaisante qu'il n'avait pas envisagée que pour marquer son désaccord avec moi.

— Un échec serait inacceptable, a-t-il décrété ensuite.

On y revenait donc. À « l'inacceptable » qu'il avait déjà mentionné dans la salle d'attente des CE. Décidément, ces athlètes prenaient leur vocation très à cœur.

---

1. National Football Ligue, soit la ligue nationale de football.

— Oui, ai-je toussoté, un échec est toujours difficile, Mais ça se produit, quelquefois, et tu n'as d'autre choix que... de l'accepter.

— Voilà une erreur couramment répandue, a-t-il riposté en me fixant avec calme. La plupart des gens ont cette opinion. Pas moi. C'est ce qui me différencie des autres, Jess. Pour moi, l'échec n'existe pas.

Ah bon. Très bien.

Cette soirée en compagnie du petit ami d'Amber Mackey était un peu bizarre, j'avoue. Pas seulement parce que notre serveuse attitrée était la mère du gars dont j'étais follement entichée. Non, c'était plutôt l'idée qu'Amber m'avait précédée ici. Malgré moi, je me demandais ce qu'elle avait bien pu lui trouver, à ce Mark Leskowski. D'accord, il était super mignon... sauf qu'il était aussi un peu rasoir. Il ne connaissait rien à la musique ni aux motos, ni à des sujets aussi passionnants que ceux-là. Il avait vu la plupart des films récents, mais n'avait pas aimé ceux que j'avais jugés bons, et ses préférés me paraissaient d'une idiotie consommée. Par ailleurs, vu qu'il passait son temps à s'entraîner, il n'avait de temps pour rien. Ni lecture ni télé.

Incroyable, non ? Pas la moindre petite BD. Pas même un reportage animalier par-ci par-là.

Non qu'Amber ait jamais été Mademoiselle Intello. Néanmoins, elle avait eu d'autres intérêts dans la vie que de se trémousser en jupette avant, pendant et après les matchs. Ainsi, elle avait toujours été volontaire pour organiser des ventes de gâteaux afin de lever des fonds pour telle ou telle campagne humanitaire. Apparemment, elle dénichait toutes les semaines une nouvelle cause à défendre, de la collecte de vêtements de bébé pour mères célibataires sans le sou à celle de nourriture pour les affamés de pays d'Afrique dont aucun de nous n'avait jamais entendu parler.

Quoique... je me montrais peut-être trop dure à l'égard de Mark. Au moins, il avait un but dans la vie, lui. Ce n'est pas le cas de nombre de garçons. Mon frère Douglas, par exemple. Enfin, j'imagine que le sien, c'était d'aller mieux. N'empêche. Que ferait-il quand il y serait arrivé ? Rob en avait un, lui aussi. Il voulait monter son propre magasin de réparation de motos. Il allait travailler dans le garage de son oncle jusqu'à ce qu'il ait assez d'économies pour réaliser son rêve.

Vous savez le plus drôle ? Devinez un peu

qui n'en avait pas, d'objectif. Ben oui, en plein dans le mille : moi. Mis à part éviter que le FBI découvre que j'avais encore mes pouvoirs médiumniques. Et m'acheter une Harley quand j'aurais dix-huit ans. Et devenir Mme Robert Wilkins un de ces jours prochains.

Avant, il fallait cependant que je me dégote une carrière. Avant de me marier, je veux dire. Or, je n'avais aucune idée du type de boulot qui me plairait. On pouvait dire, sans trop s'avancer, que retrouver des mômes disparus n'était pas un métier. Pas que ce soit impossible, d'ailleurs. Il suffisait d'accepter de l'argent en échange d'une tâche que n'importe quel humain un tant soit peu décent aurait accomplie gratos. J'étais suffisamment allée à la messe pour avoir appris ça. Au moins.

Bref, je me suis interdit d'être aussi critique vis-à-vis de Mark. Ce garçon avait assez de difficultés comme ça sans en rajouter. Et puis, il a donné un chouette pourboire à Mme Wilkins, ce qui était fair-play de sa part.

— Amusez-vous bien ! nous a lancé celle-ci en agitant la main au moment où nous quittions notre table.

« Amusez-vous bien ! » Mon cœur s'est serré. Je n'avais pas du tout envie de m'amuser. Pas avec Mark Leskowski. La seule personne avec laquelle j'avais envie de m'amuser était Rob Wilkins. « Votre fils va bien, madame Wilkins ? Il est le seul avec lequel j'ai envie de m'amuser. Alors, soyez gentille et rendez-moi service : ne lui dites surtout pas que vous m'avez vue ici ce soir avec Mark Leskowski. Je vous en supplie. D'accord ? Et, pour l'amour de Dieu, n'évoquez SURTOUT pas la table des amoureux. SURTOUT PAS ! »

Naturellement, je ne pouvais pas lui balancer ça. Mettez-vous à ma place. Donc, à deux doigts de vomir, je me suis contentée d'agiter la main en retour et de crier :

— Merci !

Omondieu ! J'étais carrément foutue ! (Excusez mon langage.)

J'ai essayé de ne pas y penser. J'ai essayé d'être joyeuse et pétillante, ainsi qu'Amber l'avait été, au quotidien. Je ne blague pas. Aussi tôt ait-il été, aussi horrible ait pu être le temps dehors, Amber affichait une constante bonne humeur, à la permanence du matin. Elle avait vraiment aimé le lycée. Elle avait été de ces personnes qui, en se levant, souriraient à leur reflet dans le miroir. En tout cas, c'est l'impression qu'elle m'avait toujours donnée. À la réflexion, ça ne l'avait pas menée bien loin, la malheureuse. Mais bon, je me suis efforcée de ne pas songer à cela non plus tandis que Mark me raccompagnait à sa voiture. J'ai tenté de me concentrer sur des sujets plus marrants.

Sauf qu'aucun ne m'est venu.

— Tu dois sans doute rentrer tout de suite, a lâché Mark en m'ouvrant la portière passager.

— Oui. En fait, j'ai de petits ennuis. À cause de ce qui s'est passé avec Karen Sue Hanky.

— D'accord. Tu ne veux pas qu'on s'arrête un moment au *Banana* ? Pour un milk-shake, un cornet ?

Le *Banana*. Soit le glacier situé face au cinéma, sur la Grand-Rue, l'endroit où tous les membres de la clique populaire du bahut se rassemblaient. Vrai de vrai, Ruth et moi n'étions pas allées au *Banana* depuis notre tendre enfance, car dès que nous avions atteint la puberté nous avions compris que seule l'élite y était autorisée. Si vous n'étiez pas un sportif ou une pom-pom girl et que vous osiez quand même débarquer là-bas, tout le monde vous jetait de sales regards.

Ce qui n'était pas très grave, d'ailleurs, car la glace n'y était pas aussi bonne qu'au *Mille Saveurs*, un peu plus bas dans la rue. N'empêche, l'idée d'aller au *Banana* avec Mark Leskowski... c'était à la fois bizarre, pas très attirant et plutôt excitant.

— Pourquoi pas ? ai-je répondu avec nonchalance, comme si des garçons m'invitaient là-bas tous les jours de l'année. Un milk-shake serait le bienvenu.

Quand nous sommes arrivés, ce n'était pas la foule. Juste Mark et moi, ainsi que deux *cheerleaders* de l'équipe de lutte (appelée les Lutteuses ! Original, non ?), lesquelles m'ont toisée comme une crotte de bique à mon entrée, même si elles se sont détendues en découvrant Mark derrière moi, au point de s'arracher un sourire. Todd Mintz était là lui aussi, et il m'a saluée d'un borborygme avant d'en taper cinq à Mark.

Je me suis finalement décidée pour un milk-shake menthe avec pépites de chocolat, tandis que mon cavalier prenait une barre au caramel avec éclats de noisette. Nous nous sommes installés à une table de pique-nique qui avait une vue dégagée sur la Grand-Rue, jusqu'au tribunal. Bâtiment que flanquait la prison, n'ai-je pu m'empêcher de songer. Derrière la prison, le soleil se couchait dans un festival de couleurs flamboyantes. C'était magnifique, été indien et tout le toutim. Sauf que ça restait la prison.

Lieu où Mark risquait de terminer et d'où il pourrait admirer tout un tas de crépuscules flamboyants. De derrière les barreaux. L'idée a dû lui traverser l'esprit également, car il s'est détourné du spectacle pour m'interroger sur les cours que je suivais. Ce qui est le signe incontestable que votre interlocuteur est au désespoir, si vous voulez mon avis. Ne me serais-je pas aperçue un peu plus tôt dans la soirée que Mark et moi n'avions rien en commun, cette conversation me l'aurait démontré par A + B.

Par bonheur, une voiture s'est pointée au beau milieu de ma description de mon cours de civilisation américaine, et les passagers qui en sont descendus ont hélé Mark à pleins poumons. Contrairement à ce que j'ai d'abord cru, ce n'était pas parce qu'ils étaient heureux de le voir. En fait, ils avaient des nouvelles importantes à annoncer.

— Omondieu ! a piaillé Tisha Murray.

156

Elle portait encore sa tenue de *cheerleader*, revêtue pour la cérémonie funèbre, même si elle semblait avoir laissé ses pompons dans la bagnole.

— Omondieu ! Nous sommes tellement contents de tomber sur toi. Nous t'avons cherché partout. Viens vite ! C'est une urgence.

Mark s'est levé de table, ayant tout oublié de sa glace.

— Que se passe-t-il ? a-t-il demandé en prenant Tisha par l'épaule. Pourquoi m'avez-vous cherché ?

— Pas toi, idiot ! a-t-elle répliqué avec une impolitesse rare.

Bien que je pense qu'elle ne souhaitait pas l'être. C'est juste qu'elle était tellement hystérique qu'elle en oubliait toutes ses bonnes manières.

— *Elle !* a-t-elle précisé.

Et elle a tendu le doigt. Vers moi.

— Toi, a-t-elle enchaîné. C'est toi qu'il nous faut.

— Moi ?

J'ai failli tomber à la renverse. Nulle *cheerleader* d'Ernest-Pyle n'avait jamais exprimé le moindre intérêt à l'égard de ma petite personne. Enfin, sauf ces deux derniers jours, et seulement pour me reprocher d'avoir laissé mourir Amber.

— Et en quoi pourrais-je vous être utile ? ai-je répondu suavement.

Aussi exceptionnelle soit la situation, je reste bien élevée, moi. Ah !

— Ça a recommencé ! nous a-t-elle annoncé. Cette fois, c'est Heather. Il la tient. Celui qui a tué Amber a enlevé Heather ! Tu dois la retrouver, tu m'entends ? Tu dois la retrouver avant qu'il l'étrangle elle aussi !

9

Il n'est sans doute pas très malin de gifler une pom-pom girl. C'est pourtant ce que j'ai fait.

Écoutez, elle était complètement hystérique. N'était-ce pas ainsi qu'on était censé réagir face à quelqu'un qui ne se contrôlait plus ? Avec le recul, je reconnais que ce n'était sûrement pas très intelligent, parce que ç'a eu pour seul résultat d'amener Tisha à fondre en larmes. Et pas des larmes bien élevées, oh que non ! Elle était secouée de gros sanglots, comme un bébé. Il a fallu que Mark interroge Jeff Day pour comprendre ce qui s'était passé. Or, Jeff Day ne dispose pas d'un vocabulaire aussi étendu que Tisha.

— On était au machin du souvenir, a-t-il

expliqué, cependant que Tisha se répandait sur l'épaule de Vicky Huff, une des Pomponettes. Tu sais, aux carrières. Les nanas ont balancé des tas de fleurs, des bouts de couronne mortuaire, toutes ces merdouilles de la cérémonie (Excusez son langage, à ce pauvre Jeff Day.) à la flotte. Pour le symbole et toutes ces conneries. (Re.)

Ai-je précisé que Jeff n'était pas franchement sur la liste des flèches du bahut ?

— Après, ç'a été l'heure de se tirer, tout le monde est retourné aux bagnoles... sauf Heather. Elle s'était... envolée ?

— Comment ça, envolée ?

— Ben, tu vois, quoi ! a répondu l'autre en haussant ses très larges épaules. Elle était plus là.

— C'est inacceptable, a commenté Mark.

Était-ce une référence à la disparition de Heather ou à l'insouciance de Jeff face à cette disparition ? je n'en étais pas très certaine. Enfin, jusqu'à ce que Jeff Day se corrige en bégayant.

— Ce que je veux dire... ce que je veux dire, c'est qu'on l'a cherchée partout... sauf qu'elle était plus là.

Je me suis souvenue que, en tant qu'arrière,

Mark avait une influence énorme sur les brutes de l'équipe.

— Les gens ne disparaissent pas comme ça, Jeff, a-t-il d'ailleurs rétorqué.

— Je sais, a admis piteusement le gros débile. Mais Heather si.

— Comme dans ce film, est intervenue Tisha en relevant son visage couvert de larmes. *Blair Witch*[1], celui où les ados s'évanouissent dans la nature. Exactement pareil. Un moment, Heather était là. La seconde d'après, pfuit ! plus personne. On n'a pas arrêté de l'appeler, on a fouillé partout, mais c'était comme si... comme si... elle s'était évaporée. Comme si cette sorcière l'avait chopée.

— Je doute fort que la disparition de Heather soit le résultat d'un acte de sorcellerie, ai-je riposté en la toisant, sourcils levés.

Tisha a essuyé ses yeux de ses doigts pas plus gros que des allumettes. Pom-pom girl miniature,

---

1. Film de 1999 (titre exact : *Le Projet Blair Witch*), devenu culte, qui raconte la disparition de trois jeunes cinéastes dans la forêt, alors qu'ils effectuent un reportage sur la sorcellerie. Vu son immense succès, la formule a donné lieu à une suite, des jeux vidéo, etc.

c'était toujours elle qui terminait en haut de la pyramide ou effectuait les sauts périlleux avant de retomber dans les bras de ses collègues.

— Je sais bien que ce n'était pas une vraie sorcière. C'était sûrement un Cul-Terreux.

— Ah bon.

— Ouais. J'ai vu un film, une fois, où des bouseux des montagnes, eh ben ils enlevaient la femme de Michael J. Fox, tu sais, Tracy Pollan. Elle était une bi-athlète médaillée olympique, ils la kidnappaient et l'obligeaient à porter leur eau et tout, et après elle se sauvait[1].

Parfois, le monde dans lequel je vis me fait halluciner. Vraiment.

— Peut-être, a-t-elle enchaîné, des cinglés de Culs-Terreux comme ceux du film habitent les bois et les carrières, et ils ont kidnappé Heather. J'en ai déjà vu là-bas, des Bouffeurs-d'Avoine. Ils vivent dans des taudis sans eau courante ni électricité. En plus, les toilettes sont dehors. (Elle s'est remise à chialer.) Ils l'ont sûrement flanquée au fond de leurs toilettes.

---

1. Allusion au film de Stephen Gyllenhaal, *The Abduction of Kari Swenson* (1987).

Force m'était de lui reconnaître qu'elle avait une imagination débordante. Néanmoins, son scénario me paraissait un peu *too much*.

— Laisse-moi résumer, ai-je repris, histoire de voir que j'avais tout compris. Tu penses qu'un rustaud dérangé qui squatte les carrières a enlevé Heather pour la fourrer dans ses chiottes ?

— Ces choses-là arrivent, a renchéri Jeff Day.

— Tu parles d'une idiotie ! s'est emporté Mark au lieu de soutenir son coéquipier.

Jeff Day était le genre de type qui aurait flanqué son poing dans la figure de tout inconscient ayant osé le traiter d'idiot. Pas si l'inconscient était Mark, cependant. Apparemment, Mark était un Dieu, pour Jeff.

— Désolé, mec, s'est-il excusé pitoyablement.

Mark l'a ignoré.

— L'un de vous a-t-il prévenu la police ? a-t-il lancé à la cantonade.

— Évidemment, qu'est-ce tu crois ? s'est indigné un autre footballeur, Roy Hicks, qui ne voulait pas passer pour un crétin fini, à l'instar de Jeff Day, devant son arrière préféré.

— Un tas d'adjoints du shérif ont déboulé là-bas, a précisé Tisha. Ils nous ont aidés à la

chercher. Ils ont même fait venir des chiens reni-
fleurs. Nous, on est partis, seulement parce qu'on
voulait la trouver *elle*, a-t-elle précisé en tournant
vers moi ses yeux dégoulinants de mascara.

Visiblement, elle avait oublié mon prénom.
Pourquoi l'aurait-elle mémorisé, d'ailleurs ?
J'étais si loin de sa sphère sociale que j'aurais aussi
bien pu être invisible... Sauf quand il s'agissait
de sauver ses amies de péquenots psychotiques,
bien sûr.

— Il faut que tu la retrouves, a-t-elle poursuivi, et le soleil crépusculaire a brillé dans ses
yeux humides. *S'il te plaît*. Avant... qu'il soit
trop tard.

La poisse ! Non, c'est vrai, quoi ! Comment
allais-je convaincre le FBI que je n'avais plus mes
talents psychiques si je n'étais même pas fichue
d'en persuader mes camarades de classe ?

— Écoute, Tisha, me suis-je lancée,
consciente qu'elle n'était pas la seule à me
contempler avec espoir (ajoutez Mark, Jeff Day,
Todd Mintz, Roy Hicks et tout un assortiment
choisi de *cheerleaders*, vous imaginez le tableau,
genre boîte de chocolats variés avec nœud-nœud
rose autour). Je ne... C'est-à-dire que, je ne...

— Je t'en supplie, a murmuré Tisha. C'est ma meilleure amie. Comment réagirais-tu si *ta* meilleure amie était kidnappée ?

Flûte !

Bon, ce n'était pas comme si j'avais quelque chose contre Heather Montrose. Enfin, si, mais ce n'était pas le problème. Le problème, c'est que j'essayais de garder profil bas quant à cette histoire de pouvoirs surnaturels. En même temps, si Tisha avait raison, si un tueur en série rôdait dans les parages, il risquait fort de détenir Heather, comme, quelques jours plus tôt, il avait séquestré Amber. Pouvais-je décemment ne pas lever le petit doigt et laisser une fille mourir, même une garce de la trempe de Heather Montrose qui venait juste en deuxième position derrière Karen Sue Hanky dans la liste des gens que je ne supportais pas ? Non. Non, c'était impensable.

— J'ai perdu mon don, ai-je précisé, histoire de me couvrir, au cas où. J'accepte quand même d'essayer.

Tisha a poussé un long soupir, comme si elle avait cessé de respirer en attendant ma réponse.

— Oh, merci ! s'est-elle exclamée. Merci !

— De rien, ai-je marmonné. Et maintenant, j'ai besoin d'un objet lui appartenant.

— Appartenant à qui ? s'est enquis cette gourde en penchant la tête sur le côté.

Ça lui donnait l'air d'un oiseau. Un moineau en train de zyeuter un ver de terre, genre. Et le vermisseau, c'était moi.

— À Heather, ai-je dit lentement pour qu'elle capte. Vous avez un sweat-shirt, quelque chose ?

— Il y a ses pompons, a-t-elle proposé en bondissant vers la voiture dans laquelle elle était venue.

— C'est vraiment comme ça que tu les localises ? a demandé Todd Mintz, perplexe. En touchant un truc de la personne disparue ?

— Oui. Enfin, en quelque sorte.

Ce qui était faux, bien sûr. Depuis que j'avais été frappée par la foudre au printemps dernier, j'avais effectivement retrouvé des tas de gosses manquant à l'appel. Sauf que je n'y étais parvenue qu'une seule fois en état de veille. Pour les autres, il avait fallu que je dorme. Sans charre. Mes pouvoirs si particuliers ne fonctionnaient qu'ainsi – pendant que je pionçais. Ce qui signifiait que lire la bonne aventure en professionnelle était

166

exclu. Vous ne me verriez jamais sous une tente avec une boule de cristal et un gros turban sur la tête. Je n'étais pas plus capable de prédire l'avenir que de voler. Mon talent était limité, et l'avait été dès le premier jour, à localiser les personnes disparues.

Et ce, juste quand je ronflais.

À une exception près. Lorsqu'un des colons de Wawasee dont j'avais eu la charge s'était enfui, j'avais serré son oreiller contre moi et j'avais eu une espèce de flash révélateur, une image de l'endroit exact où se tenait l'affreux moutard et de ce qu'il était en train de faire.

J'ignorais complètement si cela se reproduirait ou non avec Heather. La seule chose que je savais, c'était que si la personne qui l'avait enlevée était la même que celle qui avait réglé son compte à Amber, je ne pouvais me permettre d'attendre le matin pour agir.

— Tiens ! a soufflé Tisha en accourant et en me remettant deux grosses boules de serpentins pelucheux argentés et blancs. Et maintenant, trouve-la. Vite !

J'ai contemplé les pompons. Ils étaient étonnamment lourds. Pas étonnant que toutes les filles de l'équipe aient les bras aussi musclés. J'avais cru que c'était à cause de toutes les roues et autres acrobaties qu'elles accomplissaient, mais c'était plutôt à cause de ces énormes machins qu'elles trimballaient partout.

— Hum, ai-je maugréé, consciente que les regards de tous les clients du *Banana* étaient posés sur moi, je ne... il vaudrait mieux que je rentre chez moi. Si j'ai quoi que ce soit, j'appellerai. Qu'en dis-tu, Tisha ?

Pas grand-chose apparemment, mais avait-elle le choix ? Il était hors de question que je reste plantée là et que je plonge mon nez dans les pompons de Heather Montrose devant tout le monde – c'était ainsi que j'avais agi avec Shane, grâce à mon flair. (Sauf que c'était son oreiller que j'avais reniflé, pas ses pompons.) Heureusement, Mark a paru comprendre, lui, et me prenant par le coude, il a déclaré :

— J'allais te ramener, de toute façon.

C'est donc sous les yeux inquisiteurs de l'élite du lycée Ernest-Pyle presque au complet que Mark Leskowski m'a escortée à sa BMW et m'a gentiment installée sur le siège passager avant de s'asseoir au volant et de me conduire en douceur à la maison.

En douceur, non parce qu'il voulait que notre soirée se prolonge, mais parce qu'il était bien trop occupé à jacasser pour appuyer sur le champignon. Faire les deux en même temps devait sans doute dépasser ses compétences.

— Tu comprends ce que ça signifie, hein ? pérorait-il. Si Heather Montrose a réellement été kidnappée, et par le même type que celui qui a enlevé puis tué Amber, eh bien, ils vont devoir abandonner leurs soupçons à mon encontre, non ? Après tout, j'étais avec toi tout le temps. C'est vrai, hein ? Ces mecs du FBI ne pourront pas m'accuser.

— Ouais, ai-je répondu en baissant les yeux sur les pompons de Heather.

Est-ce que ça allait fonctionner ? Une brassée de serpentins argentés et blancs me mèneraient-ils à une nana qui s'était volatilisée ? Ça ne me semblait pas très probable. Néanmoins, j'ai fermé les paupières, j'ai enfoncé mes doigts dans la peluche et j'ai essayé de me concentrer.

— Et avant d'être avec toi, poursuivait Mark,

j'étais avec eux. Sans mentir. Je suis venu directement de l'interrogatoire à chez toi. Donc, je n'ai pas eu l'occasion de rencontrer Heather ni rien. Elle était déjà là-bas aux carrières, en compagnie de tous les autres. Il y a aussi cette serveuse. Elle m'a vue.

— Oui.

Pas fastoche, de réfléchir, avec cette logorrhée. Tant pis ! J'attendrais d'être à la maison, dans l'intimité de ma chambre. Une fois chez moi, j'aurais autant d'occasions que j'en voudrais.

Las, j'avais rêvé ! En effet, mes vieux étaient rentrés avant moi et ils s'étaient postés sur le porche avec leur figure des mauvais jours.

Une fois encore, j'étais cuite !

— Ce sont tes parents ? s'est enquis Mark en se garant dans notre allée.

— Oui, ai-je hoqueté.

Nom d'un chien ! Ils allaient me massacrer.

— Ils ont l'air sympas, a commenté mon chevalier servant en agitant la main dans leur direction.

Il est sorti de la voiture et l'a contournée pour m'ouvrir la portière. Ça, aucun doute, Mark Leskowski était un véritable gentleman.

— Bonsoir, madame et monsieur Mastriani !
a-t-il lancé. J'espère que vous ne m'en voudrez
pas d'avoir emmené votre fille dîner. Je me suis
arrangé pour que ça soit rapide, vu que nous,
avons école demain.

Zut ! Il ne se rendait donc pas compte qu'il
insistait un peu trop, et que mes parents n'étaient
pas complètement débiles ?

En tout cas, ils n'ont pas bronché. Ma mère est
restée assise sur la balancelle de la véranda, mon
père sur les marches du perron. Ils m'ont suivie
des yeux tandis que je m'extrayais de la BMW.
Je ne les avais encore jamais vus aussi inquiets.
C'était sûr, j'étais bonne pour le couvent.

— Eh bien, j'ai été ravi de vous rencontrer,
madame et monsieur, a enchaîné Mark. Puis-je
me permettre de préciser que j'adore vos restaurants ? a-t-il ajouté en recourant à ce charme
naturel qui faisait de lui un chef incontesté sur les
stades. On y mange merveilleusement.

— Hum… merci, fiston, a répondu mon père,
passablement éberlué.

— Merci pour cette soirée, Jessica, m'a dit
ensuite Mark en prenant celle de mes mains qui ne
tenait pas les pompons de Heather. J'ai apprécié

l'écoute que tu m'as apportée. J'en avais vraiment besoin.

Il ne m'a pas embrassée, ni rien de ce genre. Il a juste serré mes doigts, m'a adressé un clin d'œil, puis est remonté dans sa voiture et s'est éloigné.

En me laissant seule pour affronter le peloton d'exécution.

Je me suis tournée vers mes géniteurs en carrant les épaules. C'était ridicule. J'avais seize ans, que diable ! J'étais presque une femme. Si j'avais envie de flanquer une trempe à une fille puis de sortir en charmante compagnie (celle de l'arrière vedette de l'équipe de foot du lycée), c'était mon droit...

— M'man ? P'pa ? Écoutez, je vais tout vous expliquer. Ce n'est pas ce...

— Où est ton frère, Jessica ? m'a interrompue ma mère en se levant.

Je les ai regardés sans comprendre. La nuit était tombée, à présent, et je les distinguais mal. Mais mes oreilles, elles, fonctionnaient très bien, et ma mère venait de me demander où était passé mon frère. Pas moi. Lui. Les miracles étaient-ils de ce monde ? Allais-je échapper à tout un tas d'ennuis pour être sortie sans autorisation ?

— Tu veux dire Douglas ? ai-je bêtement lâché.

Ma stupidité s'explique uniquement par mon ahurissement devant la chance qui me souriait (enfin !).

— Non, ton frère Michael, a raillé mon père qui, visiblement, n'était pas assez angoissé pour avoir perdu son humour. Évidemment que nous parlons de Douglas, andouille ! Quand l'as-tu vu pour la dernière fois ?

— Aucune idée. Ce matin, je crois.

— Omondieu ! s'est exclamée ma mère en se mettant à arpenter la véranda. Je le savais ! Il a fugué, Joe ! J'appelle les flics !

— Il a vingt ans, Toni. S'il a envie de se balader, c'est son droit le plus strict. Aucune loi ne l'interdit.

— Mais ses médicaments ! a protesté ma mère. Comment sais-tu s'il les a pris avant de s'en aller ?

— Le médecin nous a assuré qu'il était sérieux, a éludé mon père avec un haussement d'épaules.

— N'empêche ! a-t-elle riposté en ouvrant la porte. Il les a peut-être oubliés, aujourd'hui ? je téléphone au commissariat.

C'est là que nous les avons entendus. Tous les trois au même moment. Des sifflements. Quelqu'un marchait dans Lumley Lane en sifflotant. J'ai tout de suite deviné qui c'était, bien sûr. Doug avait toujours été le meilleur siffleur de la famille. C'est d'ailleurs lui qui m'avait appris. Je ne réussissais encore que quelques mélodies populaires, mais lui était capable de vous sortir des symphonies entières, en vous donnant l'impression qu'il n'avait même pas besoin de respirer.

Quand il a émergé dans le halo de lumière dégagé par la lampe du porche que ma mère s'était empressée d'allumer, il s'est arrêté net, interdit, et nous a dévisagés en clignant des yeux. À la main, il avait un sac au logo de la libraire de BD du centre-ville.

— Salut ! a-t-il lancé. Qu'est-ce que c'est ? Un conseil de famille ? Vous avez commencé sans moi ?

Figée, ma mère s'est contentée d'imiter la carpe, ouvrant et fermant la bouche avec une régularité remarquable. En soupirant, mon père s'est redressé.

— Là, tu vois Toni ? Je t'avais dit qu'il allait bien. Et maintenant, rentrons. Le match a commencé.

Sans un mot, elle a tourné les talons et l'a suivi à l'intérieur. J'ai regardé mon frangin en secouant la tête.

— Un jour normal, je t'en aurais voulu à mort d'avoir disparu comme ça sans prévenir, ai-je ronchonné. Mais ils étaient si soucieux pour toi qu'ils ont oublié de m'enguirlander. Donc, je te pardonne, pour cette fois.

— Voilà qui est très aimable de ta part, a-t-il rétorqué.

Nous avons grimpé le perron ensemble. Baissant les yeux, il a remarqué les pompons que je tenais.

— Tu te prends pour qui ? a-t-il demandé. Marcia Brady[1] ?

— Non, ai-je soupiré. Madame Irma.

---

1. Personnage d'une série TV très populaire dans les années 70, *La famille Brady* (*The Brady Bunch*).

10

Ça n'a pas marché. Évidemment.

Les pompons, s'entend. Je n'en ai tiré qu'un gros rien du tout... et un de ces serpentins pelucheux qui m'est rentré dans le nez quand je les ai reniflés.

Ce coup de les humer n'était pas aussi bizarre qu'il semblait l'être, dans la mesure où la vision que j'avais eue de Shane durant l'été paraissait avoir été déclenchée par une réaction olfactive. Peut-être parce que j'avais apprécié le môme et que je m'étais sentie responsable quand il s'était enfui du chalet où nous vivions. Quant à Heather, eh bien oui, je ne l'aimais pas beaucoup, et je m'estimais pour absolument rien dans sa disparition.

Alors pourquoi n'arrivais-je pas à trouver le sommeil ? Puisque j'étais si peu concernée par ce qui était arrivé à cette garce, comment expliquer que j'étais allongée sur mon lit, incapable de m'endormir, les yeux fixés sur le plafond ?

Aucune idée, bon sang ! Cela pouvait s'expliquer par la tonne d'appels téléphoniques que j'avais reçus dans la soirée pour me demander si je l'avais dénichée, oui-ou-merde-non-mais-sans-blague-qu'est-ce-que-tu-fous ? (Excusez leur langage.) Toutes les *cheerleaders* du lycée, Heather exceptée, avaient dû y aller de leur coup de grelot. Ma mère — qui était déjà d'une humeur qu'il aurait été un peu osé de qualifier de bonne, du fait des poursuites judiciaires que Mme Hanky avait l'intention d'entamer contre moi et des soudaines envie de bougeotte qui s'étaient emparées de Douglas — avait même menacé de débrancher l'appareil s'il avait le malheur de sonner encore une fois.

J'avais d'ailleurs fini par lui donner ma bénédiction, car j'en avais eu plus qu'assez d'expliquer à tout un chacun que je n'avais rien de neuf quant à Heather. C'était déjà assez pénible comme ça que toute la population lycéenne d'Ernest-Pyle croie que j'étais encore en pleine possession de mes pouvoirs métapsychiques. Maintenant, ils avaient aussi l'air de penser que je refusais de les utiliser pour aider certaines personnes, parce que j'étais jalouse de leur popularité.

— Oh non ! avait gémi Ruth quand je l'avais appelée pour lui raconter. Ne me dis pas qu'ils ont osé te balancer ça dans les gencives.

— Un peu, qu'ils ont osé. Tisha la première. « Jess, si tu nous en veux pour ce que t'a dit Heather à la cafète l'autre jour, laisse-moi te rappeler qu'elle a été choisie deux années de suite comme dauphine de la Reine du lycée[1], et qu'il t'incombe donc de te mettre au boulot. »

— Tisha Murray ne connaît pas le verbe « incomber », avait objecté Ruth.

---

1. La fête de bienvenue (Homecoming) est une tradition annuelle observée par de nombreux établissements scolaires nord-américains, fin septembre ou début octobre. Le but est de fêter le retour des élèves et de réveiller en chacun l'esprit de corps. Elle tourne autour d'un événement central (banquet, bal, compétition sportive). À la fin, une reine et parfois un roi (ce n'est pas systématique) choisis parmi les Terminales pour leur activisme au sein du lycée (la beauté suffit souvent pour la reine) sont élus par l'ensemble de leurs pairs. Les candidat(e)s qui n'ont pas été élu(e)s deviennent dauphines et dauphins.

— Peu importe. Tu vois le tableau.

— En tout cas, avait-elle raisonné (j'entendais des frottements — à sa mauvaise habitude, elle devait se limer les ongles tout en me parlant), ça signifie que Mark n'a pas tué Amber, finalement. Puisqu'il était avec toi quand Heather a disparu.

— Ben, faut croire.

— Conclusion, il est Consommable.

— Il n'est pas que ça, ma vieille. C'est un Dieu. En plus, je pense ne pas lui déplaire.

Je l'avais alors mise au courant des adieux que m'avait faits Mark Leskowski avant de m'abandonner à mes bourreaux de parents. Doigts serrés et clin d'œil. J'avais glissé sur son apparente absence de but dans la vie, mis à part devenir footballeur professionnel. Ce n'était pas là un détail susceptible d'impressionner mon amie.

— Wouah ! s'était-elle exclamée. Si tu commences à sortir avec l'arrière des Couguars, tu imagines le nombre de fêtes et autres mondanités auxquelles tu vas être invitée ? Tu pourrais même concourir pour devenir Reine du lycée, Jess ! Et gagner, si ça se trouve. Seulement, tu devras te laisser pousser les cheveux.

— Chaque chose en son temps, l'avais-je

calmée. D'abord, il faut que je prouve qu'il n'a pas estourbi sa dernière bonne amie. Et pour ça, il faut que je trouve le coupable. Et puis, je te rappelle qu'il y a Rob.

— Quoi Rob ? Cet enfoiré t'a totalement manqué de respect, je te signale. Voilà trois jours que tu es rentrée, et il n'a même pas appelé. Oublie l'Enfoiré, sors avec l'arrière. Lui n'a jamais été arrêté, au moins.

— Mouais.

— Il ne l'a pas fait, Jess ! Ce qui est arrivé à Heather en est la preuve.

À cet instant, il y avait eu un déclic, et Skip avait lancé :

— Allô ? Allô ? Qui est à l'appareil ?

— Je suis en ligne, Skip ! avait presque rugi Ruth.

— Ah ouais ? Avec qui ?

— Jess. Alors raccroche et fiche-nous la paix. J'en ai pour une minute.

— Salut, Jess ! m'avait salué l'idiot au lieu d'obtempérer à l'ordre de sa sœur.

— Salut, Skip. Merci encore de m'avoir emmenée, ce matin.

— Jess ! avait braillé Ruth. Ne l'encourage donc pas !

— Mieux vaut que je te laisse, avait marmonné Skip. Salut, Jess.

— Salut, Skip.

Nouveau déclic. Plus de Skip

— Toi, ma petite, m'avait alors menacée Ruth, je te conseille de régler ça rapidement.

— Ne t'inquiète donc pas, ma grande. Skip et moi sommes super cool.

— Pas du tout. Il est fou de toi. Je t'avais pourtant bien prévenue de ne pas jouer autant avec lui à la PlayStation, pendant nos vacances.

J'avais failli rétorquer que j'y avais été obligée, vu qu'elle m'avait laissée tomber comme une vieille chaussette, mais je m'étais mordu la langue.

— Bon, qu'est-ce que tu comptes faire, maintenant ? avait-elle ajouté.

— J'en sais rien. Aller me coucher, sans doute. Demain matin, je l'aurais trouvée, je pense, Heather.

— Tu ne penses pas, tu espères. Je te rappelle que tu n'as encore jamais cherché quelqu'un que tu détestais. Ça ne marche peut-être qu'avec les gens que tu ne méprises pas.

— Omondieu ! avais-je soupiré avant de raccrocher. Pourvu que ce ne soit pas vrai. Sauf que,
visiblement, ça l'était, car quand j'ai repris
conscience après m'être vaguement assoupie aux
alentours de minuit, je ne me suis même pas souvenue que j'étais censée localiser Heather. La
seule chose qui m'a traversé l'esprit, ç'a été :
« qu'est-ce que c'est que ce truc ? » Car ce n'était
pas mon réveil-matin qui m'avait tirée des vapes,
ni les gazouillis des oiseaux dehors, mais un bruit
sec. Oh bon sang ! J'ai ouvert les yeux. À la place
de la lumière du matin, l'ombre la plus noire
régnait. Et pour cause ! Quand j'ai tourné la tête
en direction de mon réveil, les chiffres m'ont
appris qu'il n'était que deux heures du matin.

Pourquoi si tôt ? Il me fallait de sacrées bonnes
raisons pour souffrir d'insomnies. J'avais le
sommeil lourd. Mike en avait toujours plaisanté,
affirmant qu'une tornade aurait pu dévaster la ville
sans que je frémisse.

Sauf que là, le bruit sec contre mes carreaux
n'étaient pas des grêlons. C'étaient des cailloux.
Quelqu'un était en train de balancer du gravier
sur mes fenêtres !

Rejetant les couvertures, je me suis demandé

de quel voyou il pouvait sagir. À mon avis, il n'y avait que les amis de Heather à être suffisamment anxieux pour se faire remarquer ainsi. Or, aucun d'eux ne savait que ma chambre était la seule à donner sur la façade, et la seule à avoir des chiens-assis. Titubant jusqu'à l'un d'eux, j'ai jeté un coup d'œil à travers la moustiquaire. J'ai effectivement repéré une silhouette sur la pelouse. La faiblesse du clair de lune ne m'a pas empêchée de noter qu'elle était grande et indiscutablement masculine. La largeur des épaules était trop importante pour appartenir à une fille. Quel gars de ma connaissance était donc capable de jeter des poignées de gravillons dans mes carreaux en pleine nuit ? Quel gars de ma connaissance savait où était située ma chambre ?

La vérité m'a soudain frappée.

— Skip ! ai-je sifflé. Ça va pas la tête ? Fiche-moi le camp d'ici !

— Qui c'est, Skip ? a rétorqué la silhouette en levant le visage vers le ciel.

J'ai sauté en arrière comme si je m'étais brûlée. Ce n'était pas Skip. Mais alors pas du tout.

Le cœur battant la chamade, je suis restée plantée au beau milieu de ma chambre, indécise.

Ce genre d'aventure ne m'était encore jamais arrivé. Hé, je ne suis pas une nana susceptible de pousser un garçon à la réveiller à coups de cailloux dans ses vitres toutes les nuits, moi. Peut-être que Claire Lippman était habituée à ça, moi non. J'étais désarçonnée

— Mastriani ! l'ai-je entendu chuchoter bruyamment.

Pas de danger qu'il réveille mes parents, lesquels dormaient à l'autre bout de la maison et du côté opposé. En revanche, il risquait d'alerter Douglas, dont la chambre donnait sur la maison des Abramowitz et qui avait le sommeil léger. Je ne tenais pas du tout à ce que Doug se lève et découvre que sa petite sœur tenait salon en pleine nuit. Si ça se trouve, c'était le genre de bagatelle à déclencher un « incident ».

Fonçant à la fenêtre, j'ai collé ma figure contre la moustiquaire.

— Ne bouge pas ! ai-je chuchoté. Je descends tout de suite.

Je me suis emparée des premiers vêtements qui me tombaient sous la main, jean et T-shirt, me suis glissée dans des tennis, ai sautillé jusqu'à la salle de bains où je me suis rincé la bouche à

185

l'eau et au dentifrice — une dame ne reçoit pas ses visiteurs nocturnes avec une haleine de dragon, même moi, je suis au courant du protocole. Ensuite, j'ai dévalé l'escalier en douceur, prenant soin d'éviter la marche qui craque juste avant le palier du premier étage, et je me suis retrouvée dans le hall où j'ai déverrouillé la porte d'entrée.

Alors, je suis sortie dans l'air frais de la nuit et me suis blottie dans les bras tièdes de Rob.

Et merci de garder vos réflexions pour vous. Oui, je sais. Trois jours. *Trois jours*, qu'il me faisait poireauter sans donner signe de vie. J'aurais dû être furax. J'aurais dû être blême de rage. Du moins, j'aurais dû l'accueillir avec une politesse froide, voire un ricanement railleur, un salut nonchalant (« Alors, ça roule ? ») au lieu de me jeter droit dans ses bras.

Ça a été plus fort que moi, na ! Il était tellement craquant, là sous la lune, si grand et si fort et si viril et si tout. Il venait juste de prendre une douche, parce que les cheveux de sa nuque étaient encore humides, et il sentait le savon et le shampooing, ainsi que ce truc que les mécanos utilisent pour retirer le cambouis qui se loge sous leurs ongles. Comment aurais-je pu ne pas lui sauter au cou ? À ma place, vous auriez fait exactement la même chose.

Certes, il devait être superbement inconscient de son charme époustouflant, car il a paru surpris de me retrouver accrochée à lui comme ces bébés macaques qui s'agrippent à leur mère dans les reportages animaliers.

— Eh bien, a-t-il lâché. Moi aussi, je suis ravi de te voir.

Il ne semblait pas mécontent, juste un peu ahuri.

« Moi aussi, je suis ravi de te voir. » Pas franchement ce qu'une fille espère entendre du garçon qui vient de la réveiller à deux heures du matin en jetant des pierres dans ses fenêtres. Un « Jess, je suis dingue de toi, fuyons ensemble ! » aurait été plus approprié. Allez, je me serais même contentée d'un « Tu m'as manqué. » Sauf que, à quoi j'ai eu droit ? juste un bon gros « Moi aussi, je suis ravi de te voir. »

Quand je vous dis que ma vie est nulle...

Je me suis écartée de lui et, vu que j'étais à trente centimètres du sol tant Rob est plus grand que moi, suis retombée sur terre. Dans tous les sens du terme. Car j'ai bien été obligée de m'apercevoir que je m'étais ridiculisée devant lui. Une fois de plus ! Vous parlez d'une humiliation !

Nous sommes restés debout sur la véranda, aussi empruntés que deux étrangers, tout ça à cause de ma maladresse congénitale en matière de relations sociales.

— Je t'ai réveillée ? a-t-il demandé.

— Hum, oui.

Il croyait quoi ? Il était deux plombes du mat', nom d'un chien ! L'heure idéale pour un entretien romantique, à mes yeux, Mais pas aux siens, apparemment.

— Désolé, s'est-il excusé.

Il avait fourré ses mains dans les poches de son jean. Pas parce qu'il y était forcé, de crainte de ne résister à l'envie de me serrer contre lui pour me couvrir d'une pluie de baisers, comme les héros des bouquins que je surprends parfois ma mère à lire, mais plutôt parce qu'il ne savait pas trop quoi faire d'autre avec.

— Je viens seulement d'apprendre que tu étais rentrée en ville, a-t-il poursuivi. Ma mère m'a dit que tu avais dîné au restau ce soir. Enfin, hier soir, plutôt.

Omondieu ! Elle avait vendu la mèche. Mme Wilkins avait mentionné qu'elle m'avait servie à la table sept, en compagnie de Mark Leskowski ! La table des amoureux ! J'ai prié de toutes mes forces pour qu'elle ait mentionné au passage que Mark et moi n'avions en rien l'allure d'un couple d'amoureux.

— Ouais. Je suis revenue dimanche soir. Fallait bien. Le bahut, et tout. Je reprenais lundi.

« Pauvre crétin ! », ai-je eu envie d'ajouter, mais je me suis retenue. Ce que je n'ai pas regretté, quand il a répliqué :

— Oui, je sais. Enfin, je m'en suis souvenu ce soir seulement. Dernière semaine d'août, reprise des cours, etc. Quand on arrête le lycée, on perd de vue le calendrier scolaire.

Mais oui bien sûr ! C'était ça, la raison pour laquelle il ne m'avait pas appelée. Il n'avait pas songé un instant que j'étais de retour. Il ne fréquentait plus le bahut. Comment aurait-il pu deviner que la rentrée avait eu lieu lundi ? En plus, comme il bossait toute la sainte journée, il n'avait pas remarqué les bus jaunes du ramassage scolaire, tout bêtement. Voilà pourquoi il ne s'était pas manifesté. D'autant que je lui avais demandé de ne pas se pointer ici, dans la mesure où mes parents n'étaient pas au courant pour lui et moi... enfin, pour moi, surtout, vu que lui... Glissons.

De nouveau pleine d'allégresse, je l'ai contemplé avec chaleur. Jusqu'à ce qu'il demande :

— Alors, c'est qui, ce mec ?

Houps !

Allégresse et chaleur se sont volatilisées aussi rapidement qu'elles étaient apparues.

— Quel mec ?

Ça, c'était pour gagner du temps. Quelque part au fond de moi, une petite, voix exultait. « Mais c'est qu'il est jaloux ! Le Règlement Garçons de cette idiote de Ruth est vraiment efficace ! » Parallèlement, une autre petite voix marmonnait : « Hé, c'est lui qui a refusé que vous sortiez ensemble. Et maintenant, il ose renâcler parce que tu fréquentes quelqu'un d'autre ? Envoie-le bouler ! » Tandis qu'une troisième exprimait mes remords de le blesser, si c'était bien le cas, ce qui était difficile à déterminer, dans la mesure où son ton comme son attitude étaient neutres. Vachement neutres, même.

— Ben celui avec lequel tu étais au restau, d'après ma mère.

— Oh, celui-là ! Euh... rien que Mark.

— Mark ? a-t-il répété en sortant une main de sa poche pour la passer dans ses cheveux humides. (Ce geste ne signifiait rien de précis, non ?) Ah ouais ? Il t'intéresse, ce type ?

Omondieu ! Je n'en revenais pas ! D'avoir pareille conversation, s'entend. C'était un peu fort de café, quand même ! Ce n'était pas moi qui avais été arrêtée alors que j'étais mineure ; ce n'était pas moi qui avais un problème avec mon âge et tout le bataclan. C'était lui qui était convaincu qu'en sortant avec moi, il risquait d'être accusé de les prendre au berceau, alors que je n'avais que deux ans de moins que lui et que j'étais, à mon humble avis, exceptionnellement mature pour mes seize ans. Et voici qu'il n'était pas content parce que j'étais sortie avec un autre, un qui, soit dit en passant, n'était plus loin d'avoir dix-huit ans, comme lui. La seule différence, c'est qu'il n'avait pas (encore) de casier.

J'aurais presque voulu que Ruth soit là pour assister à ça. Pouvait-on faire plus classique, comme situation ?

D'un autre côté, je me sentais super coupable. Parce que si j'avais eu le choix entre manger une pizza avec Mark Leskowski et écumer une casse à la recherche de pièces détachées en compagnie de Rob Wilkins, j'aurais sans hésitation préféré la deuxième option.

Voilà pourquoi, moins d'une seconde plus tard, j'ai décidé que je n'en pouvais plus. Eh oui, j'ai enfreint le Règlement Garçons. J'ai gâché tout ce labeur – ne pas l'appeler, ne pas le harceler, prétendre que j'étais attirée par un autre – en disant :

— Écoute, ce n'est pas ce que tu crois. La copine de Mark est celle qu'on a retrouvée morte dimanche. Je n'ai accepté son invitation que pour discuter. Les Fédéraux ne le lâchent pas, donc nous avons pas mal de choses en commun.

Les deux mains de Rob se sont soudain posées sur mes épaules. Ça m'a surprise. Ensuite, il m'a secouée comme un prunier. Ça m'a surprise encore plus.

— Mark Leskowski ? a-t-il grondé. Tu es sortie avec Mark Leskowski ? Tu es malade ou quoi ? Tu as envie de mourir ?

— Non. Ce n'est pas lui, le coupable.

— Conneries ! (Excusez son langage.) s'est-il

emporté en cessant cependant de me secouer. Tout le monde sait qu'il l'a butée. Sauf toi, apparemment.

— Chut ! Tu tiens à réveiller mes parents ? En ce moment, je n'ai pas franchement besoin qu'ils me surprennent dehors au milieu de la nuit en train de tailler une bavette avec...

— Au moins, moi, je ne suis pas un assassin.

— Mark non plus.

— À d'autres.

— Non. Tout le monde est d'accord, maintenant. Il n'a pas pu la tuer, Rob, parce que pendant que nous dînions ensemble, une autre fille a disparu, Heather...

Je me suis interrompue brutalement, haletante, comme si on m'avait refilé un grand coup de pied dans le derrière. Le derrière ? Le ventre, plutôt.

— Qu'est-ce qu'il y a ? s'est inquiété Rob en prenant mon bras, toute sa colère envolée. Tu vas bien, Jess ?

— Moi, oui, ai-je balbutié après avoir repris mon souffle. Mais Heather Montrose, non.

Une chose dont j'étais certaine, car au moment où j'avais prononcé son prénom, je m'étais rappelé le rêve que j'avais été en train de faire juste avant que les cailloux lancés par Rob me réveillent.

Un rêve ? Tu parles. Un cauchemar, plutôt.

Sauf que ça n'en avait pas été un. De cauchemar.

Parce que ce que j'avais vu avait été réel.

Bien trop réel.

11

— Viens ! ai-je ordonné à Rob en dégringolant
le perron. Nous devons la rejoindre avant qu'il
soit trop tard.

— Rejoindre qui ? a-t-il demandé en me
suivant, l'air perdu.

Chez lui, même la confusion était sexy.

— Heather, ai-je précisé en m'arrêtant près
du cornouiller planté au bout de notre allée.
Heather Montrose. C'est elle qui a disparu cet
après-midi. Je crois avoir deviné où elle est. Il
faut que nous y allions maintenant, avant...

— Avant quoi ?

J'ai avalé ma salive.

— Avant qu'il revienne.

— Avant que qui revienne ? Nom d'un chien, Jess ! Explique-moi exactement ce que tu as vu.

J'ai frissonné, alors qu'il devait faire dans les vingt et un degrés dehors. Ce n'était pas la température qui me donnait la chair de poule, mais les réminiscences de mon rêve au sujet de Heather. Rob avait posé la bonne question. Qu'avais-je vu précisément ? Pas grand-chose. Les ténèbres, surtout. C'était ce qui m'avait le plus effrayée. Heather devait d'ailleurs ressentir une angoisse identique.

Et le froid. Un froid perçant.

L'humidité. Le manque de place. La douleur. Beaucoup de souffrance.

Et la peur. La peur qui grandissait. La terreur, plutôt. Une terreur absolue qui ne ressemblait à rien de ce que j'avais pu connaître. Enfin, que Heather avait pu connaître, plus exactement.

Non. Que *nous* avions pu connaître.

— Il faut y aller, ai-je gémi en enfonçant mes ongles dans son bras, (Heureusement que je les coupais court, sinon, il aurait sacrément morflé.) Tout de suite.

— OK, a-t-il répondu en ôtant mes doigts de sa chair pour les serrer dans sa paume tiède. Tout ce que tu voudras. Tu souhaites qu'on aille la chercher ? Allons-y. Ma bécane est là-bas.

Il avait en effet garé sa moto un peu plus bas dans la rue. Quand nous y sommes arrivés, il a ouvert le top-case fixé à l'arrière et m'a tendu son casque de réserve et un blouson de cuir drôlement usé qu'il conservait pour les urgences, de même que des machins bizarres, comme une lampe de poche, des outils, une bouteille d'eau et, pour des raisons que je ne m'étais jamais expliquées, une boîte de barres aux céréales à la fraise. À mon avis, il en était friand, c'est tout.

— Prête ? a-t-il demandé quand j'ai sauté sur la selle, derrière lui.

J'ai acquiescé, n'osant ouvrir la bouche. J'avais peur, autrement, de me mettre à hurler comme une dingue. Dans le rêve, c'est ce que Heather voulait faire. Hurler. Mais elle ne pouvait pas. On l'avait bâillonnée.

— Mastriani ?

J'ai respiré un bon coup. Ça allait. Tout allait bien. Ça arrivait à Heather, pas à moi.

— Ouais ? ai-je chevroté.

Les manches de la veste en cuir étaient beaucoup trop longues pour moi et pendouillaient sur

197

mes mains quand je les ai serrées autour de sa taille. J'ai senti son cœur battre sous son blouson en jean, et j'ai essayé de me concentrer sur ce bruit plutôt que sur celui de l'eau qui dégouttait, le seul qui parvenait à Heather.

— Où va-t-on ?

— Oh ! Les ca... les carrières de Pike.

Il a hoché la tête et, l'instant d'après, le moteur a grondé, et nous avons décollé. D'ordinaire, une balade en moto au clair de lune en compagnie de Rob Wilkins aurait été le paradis sur terre, pour moi. Soyons honnêtes. J'étais dingue de son corps, et ce depuis l'année précédente, quand durant une retenue commune, il m'avait invitée à sortir avec lui pour la première fois, ignorant bien sûr que je n'étais qu'en Seconde et n'avais encore jamais fréquenté de garçon de mon existence. Le temps qu'il s'en aperçoive, il était trop tard : j'étais mordue.

J'aimais à penser que ces sentiments étaient réciproques. D'ailleurs, sa réaction en apprenant que j'avais dîné avec un autre mec indiquait, peut-être, qu'il m'appréciait un peu plus que comme une simple amie.

Malheureusement, je n'étais pas plus en état de

me réjouir de cette idée que de profiter de la balade sur son Indian. Parce que je savais ce qui nous attendait au bout. Au bout de la route, s'entend.

Nous n'avons pas croisé un seul véhicule en chemin. Pas avant que nous passions devant le croisement qui menait aux carrières, où était postée une unique voiture de patrouille. L'habitacle en était allumé, permettant à l'adjoint du shérif qui y était assis de consulter son bloc-notes, ce à quoi il était présentement occupé. Instinctivement, Rob a ralenti — une amende pour excès de vitesse n'était pas utile, à ce stade-là — sans pour autant s'arrêter. Sa méfiance envers les forces de l'ordre était presque aussi aiguisée que la mienne, même si la sienne était plus fondée, puisqu'il avait connu le système de l'intérieur, si je puis m'exprimer ainsi.

Une fois assez loin du flic pour pouvoir nous ranger sur le bas-côté sans qu'il nous repère, Rob m'a demandé, en laissant le moteur tourner :

— Il nous faut les renforts de la cavalerie ?

— Pas encore. Je préférerais... je veux d'abord m'assurer que je ne me trompe pas.

— Très bien. Alors on va où, maintenant ?

J'ai tendu le doigt vers les bois denses qui bordaient la route. Les bois denses, sombres et apparemment impénétrables qui bordaient la route.

— Génial, a commenté Rob sans enthousiasme.

Sur ce, il a rabattu la visière de son casque et m'a recommandé de m'accrocher.

Nous avons progressé lentement. Le sol était couvert de feuilles en décomposition et d'aiguilles de pin, et les arbres proches les uns des autres ne facilitaient pas les choses non plus. Une vraie course d'obstacles ! On n'y voyait goutte, si ce n'est ce que le faisceau du phare éclairait devant nous, des troncs pour l'essentiel. Des troncs et encore des troncs. Quand il fallait changer de direction, je tirais sur la manche de Rob en agitant le bras.

Et inutile de me demander comment je savais où aller, moi qui serais incapable de lire une carte même si ma vie en dépendait et qui ai réussi à rater deux fois mon code de la route. Ce qui est sûr, c'est que je n'avais jamais mis les pieds dans cette forêt. Contrairement à Claire Lippman, je n'étais pas autorisée à me baigner dans les carrières, et c'était la première fois que j'y venais.

L'interdiction parentale tenait à ce qu'il était illégal de nager ici et à ce que les eaux sombres et profondes renfermaient de multiples pièges cachés, comme des machines agricoles abandonnées pleines de piques acérées, des batteries de voiture qui fuyaient et dont l'acide contaminait lentement la nappe phréatique locale.

Le bonheur, non ? Croyez-moi, pour tout un tas d'ados qui n'avaient pas la permission de picoler au bord de la piscine de leurs parents, ça l'était.

Bref, j'avais beau n'avoir jamais fréquenté les environs, c'était comme si... eh bien, comme si je les connaissais comme ma poche. Mentalement, ainsi que l'aurait formulé Douglas. Je savais donc très bien où nous allions. Trop bien, même.

Pourtant, lorsque nous avons débouché sur une autre route, j'ai été surprise. Ce n'était pas exactement une route, plutôt une bande de terrain qui, des décennies plus tôt, avait été aplatie par les poids lourds d'extraction de calcaire qui l'avaient empruntée jour après jour. Désormais, ce n'étaient plus que deux ornières remplies d'herbes folles. Des ornières qui conduisaient à une vieille maison visiblement abandonnée, dont toutes les fenêtres étaient sombres et béantes (aucune vitre n'avait survécu), et sur la porte de laquelle était suspendu un panneau annonçant : DANGER – ENTRÉE INTERDITE. J'ai signalé à Rob de s'arrêter, ce qu'il a fait. Nous avons longuement contemplé la baraque dans la lumière du feu avant.

— Tu te moques de moi, a fini par dire Rob en coupant les gaz.

— Non, ai-je riposté après avoir ôté mon casque. Elle est quelque part là-dedans.

Lui aussi a retiré son couvre-chef. Une autre minute s'est écoulée. Pas un son ne s'échappait du taudis. De nulle part, d'ailleurs, mis à part les stridulations des criquets et les ululements intermittents poussés par quelque chouette.

— Elle est morte ? a-t-il demandé.

— Vivante. (J'ai dégluti.) Je crois.

— Il y a quelqu'un avec elle ?

— Je... je n'en sais rien.

— Bon, s'est-il soudain décidé en descendant de moto.

Il a farfouillé dans le top-case. À la lueur du phare combinée à celle du mince croissant de lune, j'ai vu qu'il en sortait sa torche électrique et... une clé à molette.

— Ça ne fait jamais de mal de prendre ses précautions, a-t-il marmonné en suivant mon regard.

J'ai acquiescé, même si je doute qu'il ait aperçu ce minuscule assentiment dans la pénombre.

— Bien, voilà comment on va procéder, a-t-il repris après avoir fermé le compartiment et s'être tourné vers moi. Moi, j'entre là-dedans et je jette un coup d'œil. Toi, si tu n'as pas de nouvelles de moi d'ici cinq minutes — tiens, prends ma montre —, tu grimpes sur la bécane et tu fonces jusqu'à la voiture de ce flic, compris ?

J'ai empoché sa montre tout en secouant la tête.

— Des clous ! Je viens avec toi.

Le peu que j'ai distingué de son expression a suffi à me laisser deviner qu'il n'était pas du tout d'accord.

— Tu attends ici, Mastriani, a-t-il riposté. Tout se passera bien.

Il était exclu qu'il se charge de ce qui me revenait de droit. C'était moi qui avais eu cette vision. C'était donc à moi de pénétrer dans cette baraque horrible pour vérifier si je n'avais pas halluciné.

— Nan ! Je veux y aller avec toi.

— S'il te plaît, Jess.

— Je t'accompagne.

Et là, à ma plus grande stupéfaction, ma voix s'est brisée, exactement comme celle de Tisha quand elle était devenue hystérique, au *Banana*. Étais-je, par hasard, en train de le devenir à mon tour ? Heureusement, Rob a fait comme si de rien n'était.

— Jess, a-t-il décrété, tu restes ici avec la moto, un point c'est tout.

— Et s'ils revenaient ? En admettant qu'ils ne soient pas à l'intérieur. S'ils revenaient et me trouvaient toute seule ici, hein ?

Naturellement, je ne pensais pas une seconde que ça risquait d'arriver. Quand bien même, d'ailleurs, je me sentais parfaitement capable de me sauver avec l'Indian qui atteignait les cent kilomètres-heure en quelques secondes seulement, grâce aux astucieux bricolages de Rob. Cependant, ma question a eu l'effet escompté. En soupirant, il a attaché la clé à un des passants de ceinture de son jean et m'a prise par la main.

— D'accord, viens, a-t-il bougonné.

Les marches du perron minuscule étaient presque entièrement pourries, et nous avons dû être prudents en les grimpant. Je doutais que quelqu'un ait jamais vécu ici. L'endroit avait sans doute plutôt servi à abriter les bureaux de la direction quand les carrières étaient encore en activité. En tout cas, il était évident que cette maison n'avait pas été habitée depuis fort long-temps...

Bien que quelqu'un y soit venu récemment, car la porte, qui avait été autrefois clouée, s'est ouverte sans difficulté lorsque Rob l'a poussée. Dans le faisceau du phare de la moto, j'ai aperçu les pointes luisantes des clous, là où le bois avait été arraché, alors que leurs têtes avaient rouillé sous l'effet du temps et des intempéries.

— J'ai un sacré mauvais pressentiment, a mar-monné Rob en éclairant l'obscurité humide avec sa lampe.

Qu'il ne compte pas sur moi pour dire le contraire. Je n'étais pas très fière non plus. Je n'entendais plus que les criquets et les battements de mon cœur. Plus un autre son, beaucoup plus faible. Mais très familier, hélas. Le clapotis de gouttes qui tombaient, peut-être d'un robinet mal fermé.

Ploc, ploc, ploc. Comme dans mon rêve.

Mon cauchemar. La réalité de Heather.

Resserrant sa main autour de la mienne, Rob est entré dans la baraque. Là encore, nous n'étions pas les premiers visiteurs. Et de loin. Pour commencer, il était clair que des tas de bestioles avaient investi les lieux, abandonnant derrière elles des crottes, des nids de feuilles et de branchettes sur toute la surface du plancher en décomposition. Mais les ratons laveurs et les opossums n'avaient pas été les locataires les plus récents de cette masure. En tout cas, au vu des innombrables bouteilles vides et paquets de chips froissés qui jonchaient le sol. Des gens s'étaient sacrément amusés, dans le coin. J'ai même senti une vague mais entêtante odeur de vomi.

— Super, a murmuré Rob en m'entraînant prudemment vers la seule porte de la pièce, l'entrée exceptée.

Elle pendait à ses gonds. Rob s'est arrêté et a lâché ma paume pour ramasser une canette de bière.

— Importée, a-t-il commenté après en avoir

lu l'étiquette et l'avoir reposée. Des Bourges, a-t-il ajouté en reprenant ma main. Pas très étonnant.

La pièce suivante avait visiblement été une cuisine, mais tous les éléments en avaient disparu, hormis quelques placards tachés de rouille et une cuisinière qui semblait définitivement fichue. Il y avait moins de déjections animales, ici, et plus de cadavres de bouteilles. Ainsi que, détail inté-ressant, un pantalon. Trop grand et pas assez stylé pour appartenir à Heather. Nous avons donc poursuivi notre visite.

La cuisine menait à une troisième et ultime – du moins, je l'ai cru – salle. Celle-ci comportait une cheminée où l'on avait balancé une caisse de bières vide.

— Le dernier locataire ne s'est pas beaucoup inquiété de récupérer sa caution, a marmonné Rob.

C'est alors que j'ai repéré l'escalier. Mes doigts se sont refermés sur ceux de mon compagnon. Suivant mes yeux, il a soupiré.

— Allons-y, a-t-il soufflé ensuite.

Les marches étaient à peine en meilleur état que celles du perron, et nous les avons gravies en prêtant attention aux endroits où nous mettions les pieds. Un mauvais pas, et nous serions passés à travers. Au fur et à mesure que nous grimpions, le bruit de liquide dégouttant était de plus en plus perceptible. J'ai prié pour qu'il ne s'agisse pas de sang. L'étage était constitué de trois pièces. La première, sur la gauche, avait été indubitablement une chambre à coucher. Un matelas gisait encore par terre, bien qu'il soit couvert d'un tel nombre de taches et de ternissures que je n'aurais accepté de le toucher qu'avec une paire de gants en latex. Les crissements sous nos chaussures ont confirmé mes pires craintes – des emballages de préservatifs recouvraient le sol.

— Au moins, ils prenaient leurs précautions, a marmotté Rob.

La deuxième chambre était encore pire. Ici, il n'y avait pas de matelas, juste quelques couvertures… mais tout autant d'emballages de capotes. J'ai vraiment cru que j'allais vomir. Pourvu que j'aie digéré depuis longtemps la pizza ingurgitée avec Mark !

Ne restait qu'une ultime porte et, honnêtement, je n'avais pas envie que Rob l'ouvre, parce que je savais quel spectacle nous allions découvrir derrière. C'était de là que provenait le son des gouttes qui tombaient.

— Sûrement la salle de bains, a dit Rob en lâchant ma paume.

— Non, me suis-je interposée. Laisse-moi faire.

— Si tu veux... a-t-il répondu.

L'obscurité m'empêchait de voir son visage, mais j'ai perçu l'inquiétude de ses intonations.

J'ai agrippé la poignée ; elle était froide. J'ai poussé le battant, et ma vision onirique est apparue sous nos yeux. Les murs salis par l'humidité, la cellule sombre et dépourvue de fenêtres, les toilettes antiques qui fuyaient. *Ploc, ploc, ploc.*

Et la silhouette recroquevillée dans la baignoire, la bouché étirée en un sourire hideux par le tissu répugnant qui retenait le bâillon en place, les cheveux crasseux et ébouriffés, les bras et les jambes tordus dans des positions douloureuses par des liens découpés dans le même matériau attachés aux poignets et aux chevilles.

Ce n'est que grâce à son uniforme à bandes

violettes et blanches que je l'ai identifiée. Et grâce à mon rêve, bien sûr.

— Oh, Heather, ai-je chuchoté d'une voix qui ne ressemblait pas du tout à la mienne. Pauvre chérie.

12

— La vache ! s'est exclamé Rob en dirigeant sa lampe sur le visage de Heather, sali de larmes.

Ce qui n'était pas très malin, car j'étais en train d'essayer de délier le nœud qui, derrière la tête de la victime, retenait le bâillon, et que je n'y voyais presque rien. J'avais grimpé dans la baignoire.

— Rob, éclaire par ici, tu veux ?

Il a obéi, malgré l'espèce de transe qui s'était emparée de lui. Difficile de le lui reprocher. Pour ce qui me concernait, j'avais eu une assez bonne idée de l'état dans lequel nous allions retrouver Heather. Lui n'avait pas été prévenu du tout. Or, c'était terrible. Vraiment terrible. Pire encore que ce que mon rêve m'avait laissé deviner, dans la mesure où j'avais vu *à travers* les yeux de la malheureuse. Dans mon cauchemar, *j'avais été elle.* Si je n'avais pas pu la/me voir, j'avais su cependant à quel point elle souffrait. Même si ce n'était que maintenant que je comprenais pourquoi.

— Heather, ai-je chuchoté après lui avoir libéré la bouche. Ça va ?

Question idiote, je l'admets volontiers. Elle était au plus mal et, à en juger par son apparence, elle n'irait plus jamais bien. En même temps, j'étais censée dire quoi, hein ? Elle n'a pas répondu. Sa tête est retombée sur le côté. Si elle n'avait pas perdu conscience, c'était tout comme.

— Tiens ! a lancé Rob en constatant les difficultés que je rencontrais en voulant détacher ses poignets.

Il a sorti son couteau suisse de sa poche et me l'a tendu. Il n'a pas fallu une seconde pour que la lame acérée tranche le tissu qui retenait les mains de Heather dans son dos. Ce n'est que quand l'un de ses bras libéré est mollement tombé le long de son corps que j'ai compris qu'il avait été brisé.

Non que Heather ait semblé s'en inquiéter beaucoup. Elle s'est roulée en position fœtale et s'est mise à frissonner comme en plein hiver, bien que Rob l'ait recouverte de sa veste en jean.

— Elle est en état de choc, a-t-il marmonné.

J'ai acquiescé. J'avais entendu parler des états de choc. On pouvait en mourir après un accident, même si l'on n'était pas gravement blessé. Et, si vous voulez tout savoir, Heather avait été méchamment amochée.

— Heather ? ai-je appelé en me penchant pour scruter son visage, car il n'était pas aisé de deviner si ma voix lui parvenait ou non. Tu m'entends, Heather ? Tout va bien. Tout va s'arranger.

— Heather ? a tenté Rob à son tour. Tu es sauvée. Écoute, tu peux nous dire qui a fait ça ? Peux-tu nous dire qui t'a mise dans cet état ?

Elle a enfin entrouvert les lèvres. Sauf que ce qui en est sorti n'était pas du tout le nom de son agresseur.

— Allez-vous-en, a-t-elle geint en me repoussant vainement de son membre valide. Allez-vous-en avant qu'ils reviennent... et vous trouvent ici...

Rob et moi avons échangé un regard. Toute à mon inquiétude pour Heather, j'avais oublié que ce genre de désagrément avait des chances de se produire. À savoir, qu'ils reviennent effecti-vement ici et nous découvrent sur le lieu de leur crime abject. J'ai espéré que Rob avait sa clé à molette à portée de main.

— Rassure-toi, Heather, ai-je essayé de la calmer. Même s'ils rappliquent, ils ne pourront s'en prendre à nous trois.

— Oh si, a-t-elle persisté. Oh, si, ils peuvent. Si, si, si, si...

La situation était de plus en plus effarante. Moi qui avais cru qu'après l'avoir retrouvée l'affaire serait dans le sac, je commençais à avoir de sacrées chocottes. En tout cas, l'affaire était tout sauf dans le sac, apparemment. Il restait un tas de détails à régler. Ainsi, comment diable allions-nous la sortir d'ici ? Elle ne serait pas capable de tenir sur la moto. Je n'étais même pas certaine qu'elle soit en état de s'asseoir.

— Écoute, ai-je lancé à Rob, il faut que tu ailles chercher ce flic. Celui posté au carrefour. Qu'il appelle une ambulance.

— Ça va bien la tête ? a-t-il riposté en me regardant comme une folle. C'est toi qui vas aller le prévenir.

Je me suis efforcée de garder un ton mesuré et

aimable, histoire de ne pas affoler Heather qui avait déjà suffisamment à faire pour l'instant.

— Je reste ici avec elle, tu vas chercher le flic.

— Histoire qu'ils te cassent le bras comme à elle quand ils — qui qu'ils soient — débouleront ici ? a-t-il rétorqué sur un ton tout sauf aimable, plutôt déterminé et lugubre, même. Que dalle. C'est toi qui t'y colles.

— Sans vouloir te vexer, je crois qu'elle sera mieux avec quelqu'un qu'elle...

— Et toi, m'a-t-il interrompue, tu seras mieux à des kilomètres de cet endroit. Allez, viens !

Sur ce, il m'a attrapée par le coude et m'a sortie de la baignoire *manu militari*. Je n'avais pas du tout envie de partir. Enfin, si. Mais j'estimais devoir rester. Je ne voulais pas laisser Heather. Je n'étais pas très sûre de ce qui lui était arrivé, mais quoi que ç'ait été, elle était tellement traumatisée que je n'aurais pas été étonnée plus que ça qu'elle en ait oublié son propre nom. Il était impensable que je l'abandonne en compagnie d'un garçon qui ne lui était pas familier, d'autant qu'il n'était pas difficile de deviner que celui qui lui avait infligé ça était un inconnu. Ou du moins, *des* inconnus, puisqu'elle avait dit « ils ».

D'un autre côté, je ne tenais pas vraiment à être toute seule avec elle pendant que Rob s'empressait de trouver des secours.

Heureusement, il a choisi à ma place. Les petits amis dotés d'un fort caractère sont parfois très pratiques.

— Suis nos traces, m'a-t-il ordonné une fois qu'il m'a eu traînée dehors. Celles que nous avons laissées dans les bois. Tu les aperçois ? Bien. Suis-les jusqu'à ce que tu sois revenue à la route, puis tourne à gauche. Pigé ? Et ne t'arrête pas. Ne t'arrête surtout pas. Quand tu auras mis la main sur le flic, dis-lui de prendre le vieux chemin de la fosse. Compris ? Le chemin de la fosse. S'il est du coin, il saura de quoi tu parles.

Comme il m'avait flanqué son casque sur le crâne, j'ai eu du mal à protester. Néanmoins, une fois en selle — mes semelles atteignaient à peine les cale-pieds — j'ai tenté d'exprimer les réticences pour le moins fortes que j'éprouvais à l'encontre de ce plan. Sauf qu'il ne m'a pas écoutée, trop occupé à démarrer l'Indian.

— Ne t'arrête pas ! a-t-il crié encore une fois

par-dessus le bruit du moteur (qui n'était pas si fort, d'ailleurs, car il en prend grand soin). Pas tant que tu n'es pas devant un mec en uniforme.

— Mais Rob, ai-je braillé, je n'ai encore jamais conduit de moto, moi ! Je ne suis pas certaine d'y arriver.

— Tu te débrouilleras.

— Hum. Il faut que je t'avoue... je n'ai pas mon permis et...

— Ne t'inquiète pas de ça. Fonce !

Jusqu'alors, il avait serré la poignée du frein. Il l'a relâchée, et la bécane a bondi en avant. Morte de trouille, je me suis agrippée au guidon. J'étais si petite que j'ai été obligée de carrément me coucher sur le réservoir pour attraper les poignées... mais bon, j'y suis arrivée. Je me suis vite aperçue que j'allais m'en sortir... enfin, tant que je roulerais. Car il était impossible que mes pattes courtaudes puissent toucher le sol pendant que je tâcherais de maintenir l'engin — qui devait peser ses quatre cents kilos — debout. En tout cas, Rob avait eu raison sur au moins un détail : je ne pouvais pas m'arrêter ; non parce que les agresseurs de Heather risquaient de traîner dans les parages, à l'affût, mais parce que si je m'arrêtais, je ne serais pas capable de relever cette idiote de machine.

Et donc, j'ai filé à travers bois, m'appliquant à suivre les ornières que les roues de l'Indian avaient tracées à l'aller. Il n'était pas très compliqué, au bout du compte, de voir où j'allais, car le phare portait à environ trois mètres. En revanche, il était beaucoup plus difficile de virer que je l'avais pensé. Mes bras étaient douloureux à force de louvoyer entre les arbres qui ne cessaient de se précipiter à ma rencontre.

Mais bon, j'étais en train de réaliser mon rêve de toujours. Une moto bien à moi, le vent qui me giflait le visage, rouler aussi vite que j'en avais envie sans personne pour me l'interdire...

Sauf que, quand on évolue au milieu des troncs en pleine nuit à la recherche d'un flic, sur la moto de son petit copain qui, aucun doute, est trop grosse pour vous, on n'avance pas très vite. Pas si l'on ne tient pas à se retrouver cul par-dessus tête... Ma pire crainte n'était pas qu'un des attaquants de Heather me saute soudain dessus parderrière et me renverse à terre. Non, j'avais surtout peur que le moteur cale parce que j'allais trop doucement. J'ai essayé de passer la vitesse supérieure et me suis rendu compte qu'en accélérant un peu la machine était bien plus facile à manœuvrer. Au lieu de rester focalisée sur les obstacles, j'ai tâché de m'intéresser à l'espace qui les séparait. Ça semble bizarre, mais ça a fonctionné. Ça revenait un peu à utiliser *la force qui est en toi*, un truc comme ça. « Fais-toi confiance, Jess, me suis-je exhortée avec la voix d'Obi-Wan Kenobi. *Devine* la forêt. *Sens* la forêt. *Sois* la forêt... »

Au passage, je *déteste* la forêt.

Juste après ça, j'ai émergé de la lisière pour escalader le bas-côté de la route. Un instant, j'ai paniqué, pensant que j'allais basculer sur le flanc. Mais, au dernier moment, je me suis retenue du pied et, allez savoir comment, je me suis redressée avant de filer de nouveau. Cette acrobatie m'avait à peine pris une seconde, mais j'ai eu l'impression qu'elle avait duré une heure. Les battements de mon cœur dans mes oreilles étouffaient le grondement du moteur.

« Pourvu qu'il soit là ! » ai-je prié en fonçant en direction du carrefour où nous avions aperçu

la voiture de patrouille. « Pourvu qu'il soit là !
Pourvu qu'il soit là ! Pourvu qu'il soit là ! » Maintenant que j'étais sur le goudron, je pouvais lâcher
les chevaux. Aussi, je ne m'en suis pas privée, et
l'aiguille de l'indicateur de vitesse a grimpé de
vingt à trente, cinquante, soixante kilomètres-
heure...

Brusquement, la bagnole de la police est
apparue devant moi, toujours allumée. À l'intérieur, le poulet sirotait du café. La radio laissait
échapper de petits bruits par la fenêtre ouverte,
côté conducteur. C'est d'ailleurs là que je suis
venue me ranger, m'y appuyant pour éviter de
culbuter.

— Monsieur l'agent ! ai-je crié.

Je n'ai pas eu besoin d'en dire plus pour attirer
son attention. Après tout, quand un motard vient
se ranger tout contre votre voiture et s'y adosse
carrément, vous le remarquez immédiatement.

— Oui ? Qu'est-ce qui se passe ?

Ce gars était un bleu, dans les vingt-deux,
vingt-trois ans. Il avait encore de l'acné.
— Heather Montrose. Nous l'avons trouvée là-bas,
à l'intérieur d'une maison qui est au bout du vieux

220

chemin de la fosse, celle qui est abandonnée. Appelez une ambulance, elle est dans un sale état.

Le type m'a fixée une bonne minute, comme s'il essayait de déterminer si je me moquais de lui. Étant coiffée du casque de Rob, je ne sais pas trop ce qu'il voyait de mon visage, mais le peu qu'il a distingué a dû suffire à le convaincre que j'étais sincère, car il a pris sa radio pour demander des renforts et les secours d'urgence. Ensuite, il a relevé la tête vers moi et a dit :

— Allons-y.

Apparemment, les flics connaissaient l'endroit. Ils avaient déjà fouillé la baraque. À deux reprises, m'a précisé l'agent Mullins — c'était son nom. Une fois juste après la disparition de Heather, une seconde fois après que la nuit était tombée. Ils n'y avaient rien remarqué de suspect, excepté une pléthore de bouteilles de bière vides et de préservatifs usagés.

En tout cas, Mullins m'a entraînée sur une piste poussiéreuse peu empruntée, à quelques mètres seulement de la route. C'était un chemin d'accès bien plus pratique que les bois, car il n'était pas nécessaire d'éviter les arbres, ici. Je me suis demandé pourquoi mon radar psychique ne me l'avait pas indiqué plus tôt. Peut-être parce qu'il était plus long. Il nous a fallu un bon quart d'heure de progression lente et malaisée sur un terrain bosselé et envahi par les mauvaises herbes pour atteindre la maison, alors que je n'avais pas mis dix minutes pour rejoindre la route à travers la forêt. (Je m'en suis aperçue en consultant la montre de Rob, que j'avais conservée.)

En se rangeant près de la baraque, Mullins a repris sa radio pour indiquer sa localisation. Ensuite, il a coupé le moteur mais a laissé ses phares allumés, tandis que je descendais prudemment de la moto, que j'ai appuyée contre la voiture de patrouille. — Elle est à l'intérieur, ai-je précisé. À l'étage.

Le pandore a acquiescé. Il paraissait nerveux. Drôlement, même.

— Des gens l'ont agressée. Elle a peur qu'ils reviennent. Elle...

Nous ayant entendus, Rob a surgi sur le porche. Mullins devait être encore plus nerveux que ce que j'avais cru, ou alors la maison lui flanquait les jetons encore plus qu'à moi, car il a aussitôt porté une main à son côté, a mis un genou à terre et, pointant son pistolet sur Rob, a braillé :

— On ne bouge plus !

Levant les mains en l'air, Rob s'est figé sur place, l'air de s'ennuyer dans l'éclat des phares. Puis-je me permettre de préciser que Rob Wilkins est la seule de mes connaissances à sembler se barber quand on le menace d'une arme ?

— Hé, mec ! ai-je crié d'une voix que la frousse rendait plus aiguë que d'habitude. C'est mon copain. C'est... c'est un gentil, lui !

— Oh, pardon ! s'est excusé Mullins, penaud, en rengainant son feu.

— Ce n'est pas grave, a répondu Rob, qui a baissé les bras. Écoutez, vous avez une couverture ? Une trousse médicale d'urgence ? Elle ne va pas bien du tout.

Le jeunot a hoché la tête et s'est précipité vers la bagnole. Retirant mon casque, je me suis dépêchée de rejoindre Rob.

— Elle a dit quelque chose ? lui ai-je demandé. Qui lui a fait ça ?

— Pas un mot. La seule chose qu'elle n'arrête pas de répéter, c'est qu'ils vont revenir, et que nous allons drôlement le regretter.

— Ah ouais ? ai-je marmonné en passant une main dans mes cheveux mouillés de transpiration

(il fait une de ces chaleurs, sous ces casques !).
C'est déjà le cas, tu sais.

Et encore plus, quand, après avoir mené
Mullins dans la salle de bains, j'ai découvert que,
pour ce qui était des premiers soins, il était aussi
empoté que Rob et moi. La seule chose que nous
avons pu faire, donc, c'est tenter de lui donner
un maximum de chaleur et de confort et d'attendre les pros.

Ils n'ont pas tardé, d'ailleurs. J'ai eu l'impression que je venais à peine de grimper une
nouvelle fois dans la baignoire quand une demi-
douzaine de sirènes ont mugi dans la nuit.
Quelques secondes plus tard, les gyrophares
déclenchaient un festival de lumières rouges sur
les murs intérieurs du taudis, un peu comme ces
lampes psychédéliques des années 1970. Des voix
ont retenti. Mullins est sorti pour indiquer le
chemin aux secouristes.

— Tu entends ça, Heather ? ai-je murmuré en
tenant la main de son bras valide. Ce sont les flics.
Tout va aller bien, maintenant.

Elle a gémi. Visiblement, elle ne me croyait
pas. Comme si elle pensait que rien n'irait plus
jamais bien. Et elle avait peut-être raison. Du

moins, c'est ce que je me suis dit lorsque, bannis par les ambulanciers qui avaient besoin de toute la place possible dans cette salle de bains exiguë, Rob et moi avons descendu l'escalier et sommes sortis sur les marches du perron. Oh non ! les choses n'allaient pas s'arranger pour un sou. En tout cas, pas dans l'immédiat, et pas avant très longtemps.

Car les Agents Spéciaux Johnson et Smith se sont approchés en brandissant leurs plaques officielles.

— Jessica ? Monsieur Wilkins ? a lâché l'Agent Spécial Johnson. Voudriez-vous bien nous suivre, s'il vous plaît ?

13

— Mais puisque je vous dis qu'on cherchait un endroit tranquille pour s'envoyer en l'air ! ai-je répété pour la trentième fois consécutive au moins.

L'Agent Spécial Smith m'a souri. C'était une jolie jeune femme, même quand on la sortait du lit au beau milieu de la nuit. Elle portait des boucles d'oreille en perles, un corsage bleu empesé et un pantalon noir. Avec son carré blond et son petit nez en trompette, elle avait tout de l'entrain propre aux hôtesses de l'air ou aux agents immobiliers. Mis à part le Glock 9 mm attaché à sa ceinture, qui détonnait quelque peu sur l'image générale d'aimable désinvolture qu'elle dégageait.

— Rob nous a déjà avoué que c'était faux, Jess.

— Normal, c'est un tel gentleman. Mais croyez-moi, c'est la vérité vraie. Nous sommes allés là-bas en vue de nous câliner un peu, nous sommes tombés sur Heather, un point c'est tout.

— Je vois.

Smith a baissé les yeux sur la tasse de café fumant qu'elle serrait entre ses mains. Ils m'en avaient proposé une également, mais j'avais décliné – je n'avais pas besoin que ma croissance soit ralentie encore plus qu'elle ne l'était déjà grâce à mon fichu ADN.

— Vous et Rob avez l'habitude de quitter la ville et de parcourir vingt kilomètres rien que parce que vous avez envie de faire l'amour ? a-t-elle repris.

— Oh oui ! C'est tellement plus excitant !

— Je vois. Et vous vous attendez à ce que je vous croie, alors que Rob a les clés du garage où il travaille, et que vous auriez pu vous réfugier là-bas, un endroit autrement plus proche et plus propre que cette maison sur le vieux chemin de la fosse ?

— Bien sûr ! me suis-je indignée. Impossible

de jouer à la bête à deux dos dans le garage de son oncle. Si quelqu'un le découvrait, Rob serait viré.

L'Agent Spécial Smith s'est accoudée à la table de la salle d'interrogatoire du commissariat de police où nous étions installées et a posé sa tête dans sa main.

— Jessica, a-t-elle soupiré, l'air las, vous avez commencé par refuser l'invitation de votre meilleure amie d'aller dans sa maison de vacances parce que vous aviez appris qu'il n'y avait pas le câble là-bas. Vous soutenez en revanche que vous n'hésiteriez pas une seconde à mettre le pied dans un taudis comme celui des carrières. Vous pensez vraiment que je vais avaler ça ?

— Dites donc ! me suis-je exclamée, soupçonneuse. Comment êtes-vous au courant, pour le câble ?

— Le FBI sait tout, Jess.

Quelle angoisse ! Je me suis demandé s'ils étaient au courant des menaces de poursuites judiciaires de la mère Hanky. Certainement, ai-je conclu.

— D'accord, je reconnais que l'endroit est un peu rustique...

— Rustique ? s'est écriée Jill en se redressant. Pardonnez-moi, Jessica, mais je crois pouvoir affirmer que je vous connais assez pour savoir que si un garçon et, d'après moi, Rob Wilkins encore plus, vous emmenait dans une baraque pareille pour s'y adonner à des ébats intimes, nous nous retrouverions à traiter un cas d'homicide à l'heure qu'il est. Celui du garçon, en l'occurrence.

Je me suis efforcée de ne pas prendre ombrage de cette affirmation concernant ma personnalité mais, malheureusement, elle avait raison. Je ne comprenais pas qu'une fille ait pu autoriser un mec à la traîner dans des lieux aussi sordides. Mieux valait encore s'abaisser à faire ça dans la voiture dudit mecton que dans cette garçonnière répugnante. Une garçonnière ? Une pétaudière, oui !

Je ne suis pas en train d'affirmer que, si une nana doit perdre sa virginité, les draps de satin sont indispensables. Je ne suis quand même pas aussi bégueule. N'empêche, des draps sont un minimum. Et propres, si possible. Et sans que les restes de vieux rendez-vous galants jonchent le sol. Par ailleurs, on devrait toujours porter ses bouteilles de bière vides au container de recyclage avant même de songer à...

Oh, oui zut ! À quoi bon ? Elle me tenait, et elle le savait.

— Pouvons-nous donc, a-t-elle poursuivi, oublier ce conte ridicule selon lequel vous et M. Wilkins vous seriez rendus aux carrières pour une partie de jambes en l'air ? Nous ne sommes pas dupes, Jessica. Pourquoi n'avouez-vous pas ? Vous saviez pertinemment que Heather se trouvait là-bas, et c'est la raison pour laquelle vous et Rob y êtes allés.

— Je vous jure...

— Admettez-le, Jess. Vous avez eu une vision, n'est-ce pas ?

— Non. Vous n'avez qu'à demander à Rob. Nous sommes...

— Nous l'avons déjà interrogé. Il a affirmé que vous étiez partis dans le coin afin de chercher Heather et que, par hasard, vous l'avez dénichée dans la maison.

— Exactement ! ai-je triomphé.

J'étais fière que Rob ait songé à inventer d'aussi brillantes salades, sacrément meilleures que mes histoires de partie fine, à la réflexion. Même si

231

j'aurais bien aimé qu'elles soient vraies. Mes histoires de partie fine, s'entend.

— Pour votre bien, j'espère sincèrement que ce n'est pas vrai, Jessica. L'idée de vous deux tombant accidentellement sur la victime d'un enlèvement nous semblerait en effet quelque peu... suspecte. Et c'est un euphémisme.

Je l'ai toisée avec rage. J'avais toujours la montre de Rob. Ils ne nous avaient pas arrêtés, ne nous avaient donc pas dépouillés de nos objets de valeur. Oh que non. Ils nous retenaient juste « à fins d'interrogatoire ». Ce à quoi les Agents Spéciaux Johnson et Smith avaient consacré deux bonnes heures. À nous cuisiner. Le jour n'était plus loin, à présent, et si vous voulez tout savoir, je commençais à être vraiment fatiguée par toutes ces questions. Pas assez cependant pour ne pas saisir l'implication de cette dernière phrase.

— Comment ça « suspecte » ? Qu'êtes-vous en train de suggérer ?

Jill s'est contentée de me dévisager de ses beaux yeux bleus. J'ai éclaté de rire, bien qu'il n'y ait rien de très drôle là-dedans.

— J'y suis ! ai-je repris. Vous pensez que Rob

et moi sommes coupables ? Que nous avons kidnappé Heather, que nous l'avons tabassée et abandonnée à moitié morte dans cette baignoire ? Vous
pensez vraiment ce que vous insinuez ?

— Non. M. Wilkins travaillait au garage de
son oncle quand Heather a disparu. Nous avons
une demi-douzaine de témoins à même de le cer-
tifier. Quant à vous, vous étiez avec M. Leskowski, bien sûr. Là encore, nous disposons de
gens prêts à le jurer sous serment.

— Omondieu ! me suis-je écriée, baba. Vous
avez vérifié mon alibi ? Vous n'avez pas réveillé
Mme Wilkins, hein ? Ne me dites pas que vous
l'avez tirée du lit à ces heures indues ! Voyons,
Jill, comment avez-vous osé ? Vous m'avez mise
dans une situation impossible, maintenant !

— Très franchement, Jessica, cela m'est parfaitement égal. Tout ce qui m'intéresse, c'est
découvrir la vérité. Comment saviez-vous que
Heather Montrose était dans cette maison abandonnée ? La police l'a fouillée deux fois après
avoir appris sa disparition. Ils n'ont rien trouvé.
Expliquez-moi un peu comment vous avez eu
l'idée d'y retourner ?

Je l'ai fusillée du regard. Parce que, flûte ! Que

les Fédéraux lisent mon courrier, mettent mon téléphone sur écoute et autres joyeusetés du même acabit était une chose. C'en était une autre, toute différente, qu'ils se permettent de réveiller ma future belle-mère à point d'heure pour l'interroger sur le dîner que j'avais pris en compagnie d'un garçon qui n'était même pas son fils.

— Puisque c'est comme ça, j'exige un avocat, ai-je décrété en croisant les bras.

Au même instant, la porte de la petite pièce — une salle de conférence, l'avait appelée l'Agent Spécial Smith, mais on ne me la fait pas — s'est ouverte, et l'horrible partenaire de Jill a déboulé.

— Re-bonsoir, Jessica, m'a-t-il lancé en s'affalant sur la chaise voisine de la mienne. Pourquoi voulez-vous un avocat ? Vous n'avez rien à vous reprocher, non ?

— Je suis mineure, ai-je rétorqué. Vous êtes obligés de m'interroger en présence d'un parent ou d'un tuteur, les gars.

En soupirant, l'Agent Spécial Johnson a laissé tomber une chemise cartonnée sur la table.

— Nous avons déjà appelé vos parents. Ils vous attendent en bas.

J'ai hésité à me fracasser la tête contre un mur. J'étais sciée.

— Quoi ? ! Vous avez averti mes parents ?

— Ainsi que vous l'avez souligné, la loi nous contraint à vous questionner en présence...

— Mais je vous faisais seulement tourner en bourrique ! me suis-je écriée. Je n'en reviens pas que vous les ayez contactés. Vous avez une idée de la ratatouille dans laquelle vous venez de me fourrer ? Parce que, enfin ! je me suis tirée en douce de chez moi en pleine nuit !

— En effet, a aussitôt rebondi Johnson. Parlons-en. Pourquoi avoir filé en catimini ? Ne serait-ce dû, par hasard, à l'une de vos nouvelles visions métapsychiques ?

— Je vous ai déjà dit que j'avais perdu mes pouvoirs.

— Vraiment ? a susurré l'affreux en ouvrant son dossier. Dans ce cas, ce n'est pas vous qui avez téléphoné au 0800-TEOULA hier matin afin de leur annoncer où était Courtney Hwang ?

— Jamais entendu parler.

— C'est ça. Ils l'ont localisée à San Francisco. Elle avait été enlevée de chez elle, à Brooklyn, il y a quatre ans. Ses parents avaient abandonné tout espoir de jamais la revoir.

— Je peux rentrer chez moi ?

— L'appel a été passé à environ huit heures du matin depuis la cabine de la pâtisserie située dans la même rue que le garage où travaille M. Wilkins. Naturellement, vous n'êtes au courant de rien ?

— J'ai perdu mes talents divinatoires. C'était dans toute la presse, vous vous souvenez ?

— Nous savons en effet que vous avez raconté ça aux journalistes, a rétorqué l'Agent Spécial Johnson. Nous savons aussi que, à cette époque, votre frère Douglas traversait... disons... une période troublée, due à sa schizophrénie, laquelle avait peut-être été exacerbée par la pression exercée sur vous par les médias...

— Pas qu'elle, l'ai-je coupé, rageuse. Vous aviez également quelque chose à voir là-dedans, vous deux. Vous ne l'avez quand même pas oublié !

— On aurait préféré, Jessica. Et maintenant, permettez-moi de vous demander quelque chose. Savez-vous ce qu'est un profil ?

— Évidemment ! C'est quand les forces de la

loi arrêtent des innocents sous prétexte qu'ils correspondent à des stéréotypes.

— Hum... ce n'est pas exactement ce que j'avais en tête. Je pensais plutôt à un condensé ou à une analyse formelle de données précises permettant d'aboutir à des traits de caractère particuliers.

— N'est-ce pas ce que je viens de dire ?

— Non.

Décidément, cet Agent Spécial Johnson manquait d'humour. Sa collègue était drôlement plus rigolote... ce qui ne me la rendait pas beaucoup plus sympathique pour autant. Allan Johnson était sans doute le type le plus ennuyeux de la planète. Je m'en étais souvent fait la réflexion. Tout en lui était rasoir : ses cheveux ternes coiffés avec une raie sur le côté et qui avaient tendance à s'éclaircir sur le haut du crâne, ses lunettes à monture métallique brute de décoffrage, ses costumes invariablement gris charbon et même ses cravates, de couleur bleu pâle ou jaune unie. En plus, il était marié, ce qui était vraiment le détail le plus barbant de sa personnalité.

— Le profil du type d'individu susceptible d'avoir commis un crime comme ceux auxquels nous avons eu droit cette semaine, a-t-il repris, la strangulation d'Amber Mackey et l'enlèvement de Heather Montrose, pourrait s'établir comme suit : un Blanc, hétérosexuel, grand adolescent ou âgé d'à peine une vingtaine d'années, intelligent, voire très intelligent, ce qui ne l'empêche pas de manquer de compassion envers ses victimes, ou quiconque d'ailleurs, sauf lui-même, Ses amis et sa famille le considèrent sûrement comme normal, il peut aussi être très bien intégré socialement, alors qu'en réalité il est bourré de doutes, et pourquoi pas ? sujet à la paranoïa. Dans certaines affaires, nous avons découvert que les assassins de cette sorte agissent ainsi parce qu'ils entendent des voix intérieures ou ont des visions qui les mènent à...

Soudain, j'ai pigé. J'avais écouté ce petit laïus en acquiesçant — mouais, blanc hétéro, vieil ado, on aurait dit Mark Leskowski ; très malin, incapable d'empathie, ouais, lui encore ; il était footballeur, mais arrière, ce qui exigeait un minimum de sens stratégique, sans compter cette litanie des « inacceptables ». Sauf que ça ne pouvait être lui, vu qu'il avait été avec moi au moment de l'enlèvement de Heather. Et d'après les toubibs des urgences, les blessures qui lui avaient été infligées remontaient à six heures au moins, ce qui signifiait que le coupable – Heather n'était toujours pas en état de le nommer – l'avait attaquée aux alentours de vingt heures. Or, Mark et moi avions été ensemble à ce moment-là...

Mais quand Allan en est arrivé aux voix intérieures, je me suis un peu redressée.

— Hé, mollo ! ai-je protesté. Une minute...

— Oui ? Quelque chose vous tracasse, Jessica ?

Cet enfoiré – excusez mon langage – m'a regardée avec espoir.

— Vous vous fichez de moi, là. Vous n'allez tout de même pas coller ça sur le dos de mon frère !

— Voyons, Jess, est intervenue Jill, l'air pensif, pourquoi ferions-nous une chose pareille ?

— Vous me prenez pour une débile ou quoi ? Il vient juste de dire que...

— Je ne vois pas ce qui vous permet de conclure que nous soupçonnons Douglas, a susurré Johnson. À moins que vous soyez au courant d'un détail que nous ignorons.

— Oui, a renchéri l'Agent Spécial Smith.

239

Douglas vous a-t-il confié où trouver Heather, par exemple ? Est-ce ainsi que vous avez su qu'il fallait fouiller dans la baraque abandonnée du vieux chemin de la fosse ?

— Oh ! ai-je beuglé en me relevant si brusquement que ma chaise est tombée à la renverse. Ça suffit, vous deux ! Fin de l'interrogatoire ! Je me casse.

— Pourquoi vous fâchez-vous, Jessica ? s'est enquis l'Agent Spécial Johnson sans broncher. Se pourrait-il que ce soit parce que vous pensez que nous avons raison ?

— Cours toujours, espèce de toquard ! Tu ne feras pas porter le chapeau à Doug. Des clous ! Tu n'as qu'à poser la question à Heather, ducon ! Elle te dira que ce n'était pas lui.

(Bon, je sais, excusez mon langage.)

— Heather Montrose n'a pas vu ses agresseurs, a répondu ce sal... l'Agent Spécial Johnson avec entrain. On lui jeté quelque chose de lourd sur la tête, puis elle a été enfermée dans un endroit confiné et étroit, sans doute le coffre d'une voiture, et ce jusqu'à la tombée de la nuit. Quand on l'a sortie de là, ce sont plusieurs individus aux visages dissimulés par des cagoules de ski qui s'en sont chargés. Elle a tenté de leur échapper, mais ils ont su l'en dissuader en recourant à des arguments... hum, imparables. Le seul détail dont elle est certaine, c'est que leurs voix lui étaient vaguement familières. À part ça, elle ne se rappelle pas grand-chose.

J'ai avalé ma salive. Pauvre Heather ! N'empêche, mon devoir de sœur avant tout !

— Ce n'était pas Douglas, ai-je affirmé avec conviction. Il n'a aucun ami et il n'a jamais eu de cagoule.

— Dans ce cas, il ne devrait pas être très difficile de le disculper, a lâché Jill. J'imagine qu'il n'a pas quitté sa chambre, comme d'habitude. Non, Jessica ?

Je les ai fixés. Ils étaient au courant. J'ignore comment, mais ils savaient. Que Doug n'avait pas été à la maison à l'heure où Heather avait disparu. Et ils savaient aussi que je n'avais pas la moindre idée de l'endroit où il avait pu être. La moutarde m'est montée au nez, si forte que je m'attendais presque à ce que de la fumée me sorte des narines, comme dans les dessins animés.

— Si vous espérez entraîner Douglas là-dedans, tous les deux, ai-je répondu, autant dire

adieu à tous vos espoirs de me voir un jour collaborer avec vous.

— Qu'êtes-vous en train de laisser entendre ?
a immédiatement attaqué l'Agent Spécial Johnson.
Que vous avez encore vos pouvoirs extrasenso-
riels ?

— Comment avez-vous su où trouver Heather
Montrose ? a insisté Jill sur un ton peu amène.

Je me suis dirigée vers la porte. Une fois là, je
me suis retournée pour les contempler.

— Ne touchez pas à Douglas, les ai-je avertis.
Et je ne plaisante pas. Essayez seulement de le
regarder, et je déménage à Cuba pour raconter à
Fidel Castro tout ce qu'il a toujours voulu savoir
au sujet des agents qui bossent là-bas sous couverture.

Sur ce, j'ai ouvert le battant et suis sortie à
grands pas dans le couloir. Après tout, ils ne pouvaient pas m'en empêcher, puisque je n'étais pas
en état d'arrestation.

En tout cas, je n'en revenais pas. Sans charre.
J'avais compris que le gouvernement américain
souhaitait ardemment me salarier, mais s'abaisser
à suggérer que si je m'entêtais à refuser leurs
offres ils coinceraient mon frangin pour un crime

qu'il n'avait sûrement pas commis, c'était...
d'une rare indignité. Si jamais il avait appris ça,
j'étais certaine que George Washington[1] en aurait
rougi de honte.

Arrivée au niveau de la salle d'attente, j'étais
encore tellement fumasse que j'ai manqué de la
traverser sans m'arrêter, aveuglée par ma colère.
Ou parce que j'étais épuisée, Quoi qu'il en soit,
je suis passée droit devant Rob et mes parents qui
guettaient mon retour, à des coins opposés de la
pièce cependant.

— Jessica !

Le cri de ma mère a eu le don de me tirer de
ma fureur. De plus, elle s'est jetée à mon cou.

— Ça va, Jess ?

À demi étranglée par les bras de ma mère qui
en profitait pour me prodiguer l'affection débordante que je passe mon temps à fuir, j'ai aperçu
Rob qui se levait lentement du banc sur lequel il
avait été allongé.

---

1. 1732-1799, artisan de l'indépendance des États-Unis et
son premier président (1789-1792). Figure emblématique, la
plus prestigieuse et une des plus respectées de l'histoire du pays,
il suivit à la lettre les principes de la Constitution qu'il avait
contribué à élaborer.

— Que s'est-il passé ? a demandé ma géni-trice. Pourquoi t'ont-ils gardée si longtemps ? Ils ont parlé d'une jeune fille qu'on avait retrouvée... une autre *cheerleader*. Qu'est-ce que c'est que ce binz ? Et d'abord, explique-moi un peu ce que tu fichais dehors à une heure pareille !

J'ai levé les yeux au ciel et, à l'autre bout de la salle, Rob a souri. Puis il m'a lancé, juste avec les lèvres : « Appelle-moi. » Et, avec beaucoup de tact, il s'est éclipsé.

Du tact, mais pas assez, apparemment, car mon père s'est approché à son tour et a lâché :

— Qui c'était, ce garçon ? Celui qui vient de s'en aller ?

— Personne, p'pa. Juste un mec. Rentrons, d'accord ? Je suis crevée.

— Comment ça, juste un mec ? En plus, ce n'était pas celui qui t'a ramenée tout à l'heure ! Avec combien de garçons fricotes-tu en même temps, Jessica ? Et qu'est-ce que tu fabriquais en pareille compagnie au beau milieu de la nuit ?

— Je t'expliquerai tout dans la voiture, p'pa, ai-je répondu en le prenant par le bras pour le propulser hors du commissariat. Et maintenant, partons.

— Et le règlement ? s'est-il entêté, le bourricot.

— Quel règlement ?

— Celui qui stipule que tu n'as pas le droit de fréquenter des jeunes gens qui ne nous ont pas été officiellement présentés, à ta mère et à moi.

— Première nouvelle.

— Parce que tu n'es encore jamais sortie avec personne, a-t-il assené. Mais je te garantis que dorénavant tu vas avoir droit à un règlement en bonne et due forme. Surtout si ces types estiment normal que tu fasses le mur pour les retrouver..

— Joe, a murmuré ma mère en regardant autour d'elle avec nervosité. Pas si fort !

Ha ! La pièce était complètement déserte.

— Je parlerai aussi fort que j'en ai envie ! Je paye mes impôts, non ? J'ai raqué pour ce bâtiment, alors j'exige de savoir, je l'exige, Toni, qui est ce jeune homme que notre fille rejoint en douce...

— Nom d'un chien ! me suis-je énervée. C'est Rob Wilkins ! (Heureusement que l'intéressé n'était pas là pour m'entendre cracher le morceau !) Le fils de Mme Wilkins. OK ? Et maintenant, fichons le camp.

— Mme Wilkins ? a répété mon père, ahuri. Tu veux dire Mary, la nouvelle serveuse de *Mastriani* ?

— Oui, et...

— Mais il est beaucoup trop vieux pour toi ! a pépié ma mère. Il a déjà son bac ! N'est-ce pas, Joe ?

— Il me semble bien, oui. (Il était clair qu'il s'en fichait comme d'une guigne, à présent qu'il avait appris qu'il employait la mère de Rob.) Il bosse au garage de voitures d'importation sur Pike's Creek Road, je crois.

— Un garage ! s'est lamentée ma mère. Omondieu !

Le trajet jusqu'à la maison allait être long. Très long.

— En tout cas, jeune fille, a repris mon père, tu as intérêt à avoir eu une de tes visions spéciales, sinon...

Et la journée promettait d'être encore plus longue.

14

Je ne suis pas arrivée au lycée avant la dernière heure de la matinée.

Mes parents, après que je leur ai eu expliqué comment j'avais sauvé Heather, avaient en effet décidé de me laisser dormir. Pas qu'ils aient été ravis-ravis d'apprendre ce à quoi j'avais consacré ma nuit, ne rêvons pas. Ils avait même été extrêmement mécontents, surtout ma mère, laquelle m'avait FORMELLEMENT interdit de traîner avec un type qui n'avait pas l'intention de poursuivre ses études. Mon père en revanche, s'était montré plutôt... cool.

— Calme-toi, Toni, avait-il tenté. C'est un chouette môme.

— Qu'est-ce que tu en sais ? avait-elle rétorqué. Tu ne l'as jamais rencontré.

— Oui, mais je connais Mary. Et maintenant, Jessica, monte te coucher.

Malheureusement, j'avais été incapable de m'assoupir, bien que je sois restée allongée de cinq heures du matin, moment auquel j'avais enfin pu gagner un lit bien mérité, à dix heures trente, moment où j'avais décidé de m'extirper de mes draps. Je n'avais pas arrêté de penser à Heather et à cette maison maudite. Ce bouge horrible. Ce taudis atroce.

Ajoutez-y ce qu'avait dit l'Agent Spécial Johnson. À propos de Douglas.

Les voix qu'il entendait ne lui ordonnaient qu'une chose, et c'était de se tuer, pas de zigouiller les autres. En plus, il ne conduisait pas. Certes, il avait eu son permis et une voiture. Sauf que depuis le jour de Noël passé où l'on nous avait téléphoné – quand il avait été victime de son premier « incident », à l'université qu'il fréquentait alors –, depuis ce jour donc, où nous étions allés le chercher et où Mike s'était chargé de ramener sa bagnole, celle-ci était restée sans bouger, froide et morte, sous l'auvent. Même

Mike, qui aurait donné n'importe quoi pour posséder son propre véhicule – il n'en avait pas, vu que cet imbécile avait préféré demander un ordinateur en guise de récompense pour son bac plutôt qu'une caisse avec laquelle il aurait enfin pu attirer Claire Lippman, son amour de toujours, à un rendez-vous galant aux carrières –, même lui n'osait pas la toucher. C'était la voiture de Doug. Et, un jour, Doug la conduirait à nouveau.

Mais pour l'instant, cela ne s'était pas produit. Je le savais, parce que quand j'étais sortie ce matin-là afin d'attendre ma mère qui avait proposé de m'emmener au bahut, j'avais vérifié ses pneus. S'il avait pris son auto pour se rendre à cette baraque de l'horreur, ils auraient été pleins de gravillons. Or, il n'y en avait pas. Ses roues étaient propres comme un sou neuf.

N'allez pas penser que je croyais aux balivernes de l'Agent Spécial Johnson sur Douglas. Il me les avait racontées histoire de voir si je connaissais l'identité du véritable meurtrier que, pour quelque obscure raison, j'aurais préféré garder pour moi. Comme si quelqu'un ayant découvert un truc pareil allait le taire. N'importe quoi, ces gens du FBI !

Bref, je me suis pointée au cours de musique au beau milieu des auditions pour l'attribution des places au sein de l'orchestre. C'était le tour des cordes, et Ruth était en train de jouer quand je suis entrée, mon mot d'excuse à la main. Elle était tellement concentrée sur son morceau, une sonate que nous avions apprise à la colonie de vacances de Wawasee durant l'été, qu'elle ne m'a pas vue. Je savais qu'elle obtiendrait la première chaise. Ruth est toujours premier violoncelle.

— Excellent ! s'est d'ailleurs écrié le petit père Vine quand elle a eu terminé.

Il a appelé le concurrent suivant. Il n'y avait que trois violoncellistes, dans l'orchestre du lycée, du coup la compétition n'était pas très rude. En revanche, nous étions tous obligés de rester assis et d'écouter ceux qui passaient, et laissez-moi vous dire que c'était super barbant. Surtout quand on en arrivait aux violons. Ils étaient une quinzaine, et ils jouaient tous le même extrait,

— Salut ! ai-je chuchoté en faisant mine de fouiller dans mon sac à dos.

— Salut ! a répondu Ruth sur le même ton tout en rangeant son instrument. Où t'étais ?

250

Qu'est-ce qui se passe ? Tout le monde dit que tu as sauvé Heather Montrose d'une mort certaine.

— C'est vrai, ai-je admis modestement.

— Nom d'un chien ! Pourquoi suis-je toujours la dernière à être au courant des choses ? Où était-elle ?

— Dans une espèce de baraque déglinguée et dégoûtante. Sur le chemin de la fosse. Tu sais, la vieille route que plus personne n'emprunte ? Après les carrières désaffectées.

— Qu'est-ce qu'elle fichait là-bas ?

— Ben, elle n'a pas franchement choisi ce lieu de villégiature, si tu vois ce que je veux dire.

Et j'ai expliqué dans quel état Rob et moi avions retrouvé la malheureuse.

— La vache ! a marmonné Ruth après mon récit. Elle va s'en sortir ?

— Aucune idée. Personne ne me tient au courant, figure-toi. Mais...

— Excusez-moi, vous deux, vous ne pourriez pas la boucler ? Vous nous empêchez d'écouter.

Levant les yeux, nous avons découvert Karen Sue Hanky qui nous toisait avec agacement. Sauf qu'elle nous toisait par-dessus un énorme pansement blanc qui recouvrait son pif, collé sur ses pommettes à l'aide de papier collant chirurgical. J'ai explosé de rire.

Ben quoi ? Vous auriez fait pareil, vous, dans la même situation.

— Rigole tout son soûl, Jess ! a craché l'idiote. Rira bien qui rira la dernière, au tribunal !

— Karen Sue, ai-je réussi à bafouiller entre deux étranglements hilares, pourquoi t'es-tu flanqué ce machin sur la tronche ? Tu es complètement ridicule.

— Je souffre d'une contusion de l'appendice nasal, a-t-elle riposté d'un air pincé. Tu liras ça dans le rapport médical que mon avocat présentera à la cour.

— Une contusion de l'appendice nasal, a répété Ruth, à qui on ne la fait pas en matière de vocabulaire. Pauvre nouille ! Tu as le nez en compote, c'est tout.

— Les dangers d'infection sont super élevés, a protesté l'autre gourde.

Elle m'a achevée, là. J'ai failli m'étouffer tant je me marrais. M. Vine, qui avait enfin remarqué le tohu-bohu, nous a lancé un regard d'avertissement.

— Un peu de calme, les filles !

Si les iris de Karen Sue ont lui d'un éclat dangereux, elle n'a plus osé l'ouvrir.

Pour l'instant du moins.

Quand la cloche annonçant le déjeuner a enfin retenti, Ruth et moi avons déguerpi de l'auditorium le plus vite possible. Pas parce que nous avions hâte de goûter aux délicieux petits plats mitonnés par la cafétéria, mais parce nous voulions parler de Heather.

— Ainsi, elle a dit « ils », a attaqué Ruth tandis que nous mordions dans nos tacos, le plat de résistance du jour.

Enfin, moi, j'ai mordu dedans, car Ruth avais recouvert les siens de laitue et d'une vinaigrette sans matières grasses, afin de se préparer une salade de tacos d'après elle. Une mélasse répugnante d'après moi.

— Tu en es certaine, a-t-elle continué. Elle a vraiment dit « ils vont revenir » ?

J'ai opiné du bonnet, la bouche pleine. J'ignore pourquoi, je mourais de faim, et j'en étais déjà à mon troisième taco.

— Absolument, ai-je confirmé en avalant une gorgée de Coca. « Ils ».

— Ce qui nous permet logiquement de supposer que plus d'une personne est impliquée dans l'agression d'Amber également, a médité Ruth. Si les deux affaires sont liées, bien sûr. Ce qui, soyons réalistes, est sans doute le cas.

— En effet. Ce que j'aimerais savoir, c'est qui a utilisé ce bouge pour y organiser des bringues à tout casser. Parce qu'il y en a qui se sont lâchés, là-bas dedans, et pas qu'un peu, crois-moi. Et de façon régulière aussi, d'après les apparences.

Ruth a délicatement frissonné. J'avais pris un malin plaisir à lui décrire le taudis dans ses détails les plus sordides, emballages de préservatifs compris.

— Réjouissons-nous au moins qu'ils se protègent, a-t-elle soupiré. Qui qu'ils soient, d'ailleurs. N'empêche, on est loin du nid d'amour.

— Sans blague ! À ton avis, qui ont-ils emmené dans ce trou à rat ? Quelles filles, s'entend ? Sauf si on part du principe que ces mecs se sont envoyés en l'air ensemble, bien sûr.

— Des gays auraient commencé par nettoyer d'abord, a-t-elle objecté. Genre coussins dans tous les coins, tu vois ? Et ils auraient emporté leurs bouteilles vides.

— C'est vrai. Alors, quel type de nanas accepteraient pareil environnement ? Nous avons inspecté la cantine alentour. J'imagine qu'Ernest-Pyle était un lycée du Midwest des plus communs. Il y avait une élève d'origine hispanique, quelques asiatiques et aucun noir. Les autres étaient blancs, et leur unique différence, hormis la religion — Ruth et Skip faisaient partie des rares juifs —, était ce que gagnaient leurs parents. L'éternel problème, comme d'habitude, et comme me l'a rappelé Ruth.

— Des Bouffeuses-d'Avoine, forcément, a-t-elle déclaré d'une voix plate, tandis que son regard se posait sur une table de filles qui arboraient de faux ongles longs comme un jour sans pain et dont les permanentes ne sortaient pas du salon du coin mais devaient tout à un travail d'amateur pas forcément éclairé.

— Non.

— Pourquoi, Jess ? C'est logique. Après tout, la baraque est loin de la ville.

— Oui, mais les bières étaient d'importation.

— Et alors ?

— Alors, Rob et ses potes ne boivent que de la bière américaine. En tout cas, c'est ce qu'il dit.

Il lui a suffi de lire la marque inscrite sur les cadavres pour conclure que c'étaient des Bourges qui les avaient descendus.

— Et tu n'as pas songé un instant que l'Enfoiré essayait de couvrir ses péquenots de copains ?

— Rob n'est pas un enfoiré. Et ses amis ne sont pas des péquenots. Je te signale que ce sont eux qui m'ont sauvée des griffes de l'armée au printemps...

— Du calme, Jess. Je n'accuse personne, je constate. Mais je pense aussi que tu es trop entichée de ce garçon pour remarquer des évidences qui crèvent les yeux.

— La seule évidence que je remarque, c'est que Rob n'y est pour rien.

— Je ne suggère pas que c'est lui. Je dis juste que ses semblables...

Tout à coup, un énorme sac à dos a atterri sur le banc à côté de moi. J'ai levé la tête, étouffé un gémissement.

— Salut, les filles ! a lancé Skip. Ça vous dérange, si je mange avec vous ?

— On s'en allait, a répliqué sa sœur, la bouche en cul de poule.

— Tu mens, a-t-il riposté sans se démonter. Je ne t'ai encore jamais vue ne pas terminer ton assiette.

— Il y a un début à tout.

— T'inquiète, j'en ai pour une minute. Je sais à quel point vous tenez à vos tête-à-tête. Ce week-end, ils passent un film d'animation au ciné du centre. À minuit. Ça vous tente ?

Ruth l'a contemplé comme s'il avait perdu l'esprit.

— Tu me demandes à moi si je t'accompagnerais toi au cinéma ?

Pour la première fois depuis très, très longtemps, Skip a paru embarrassé.

— Ben... pas vraiment. Jess, plutôt.

Je me suis étranglée avec un morceau de taco.

— Hé, ça va ? a marmonné Skip en m'assenant de grandes claques dans le dos.

— Oui, ai-je soufflé après avoir récupéré. Écoute, Skip, laisse-moi réfléchir, d'accord ? Pour le film. En ce moment, je suis pas mal occupée...

— Pas de souci. Tu sais où me joindre.

Sur ce, il a ramassé son sac et s'est éloigné.

— Omondieu ! s'est exclamée Ruth une fois qu'il a été hors de portée d'oreille.

— La ferme !

Autant souffler dans le pouêt-pouêt d'une poule.

— Il t'aime ! Skip est amoureux de toi. Ça me scotche !

— La ferme, ai-je répété en me levant.

— Oh les amoureux ! n'a-t-elle pu s'empêcher de chantonner en ricanant, cette gourde.

Je suis allée poser mon plateau sur le tapis roulant qui les emporte aux cuisines. C'est là que j'ai repéré Tisha Murray et quelques-unes des autres pom-pom girls en compagnie de footeux – de même que Karen Sue, qui suivait la clique des élèves populaires partout où ils allaient, d'où le surnom mérité de Crampon que lui avait attribué Amber. Toute la bande quittait la cafète. Ils allaient sans doute se vautrer sous le mât où l'on hisse le drapeau – c'est là que l'élite du lycée se rassemblait aux beaux jours, perfectionnant son hâle jusqu'à la reprise des cours.

— Skip n'a encore jamais invité de fille, m'a confié Ruth en se débarrassant de son propre plateau. Je me demande s'il se rappellera de laisser à la maison le barda qu'il traîne tout le temps.

L'ignorant, j'ai emboîté le pas à Tisha et son groupe. La journée était splendide, du genre qui vous donnait tout sauf envie de rester enfermé dans une salle de classe. L'été était fini, mais on avait oublié de prévenir Monsieur Météo, apparemment. Le soleil tapait sur les longues jambes que les *cheerleaders* étiraient dans l'herbe et sur le dos des sportifs de choc qui se tenaient debout derrière elles. Je n'ai pas aperçu Mark, mais Tisha était assise par terre, une main en visière, en train de discuter avec Jeff Day. – Tisha ? l'ai-je hélée en m'approchant.

Elle s'est brusquement retournée, bouche bée.

— Omondieu ! s'est-elle cependant vite reprise en se levant. La voilà ! Celle qui a sauvé Heather ! Omondieu ! Tu te rends compte que tu es une vraie héroïne ?

Gênée, je me suis laissé féliciter par tout le monde. Je crois que c'était la première fois de ma vie qu'autant de gens populaires m'adressaient la parole en même temps. Comme si, soudain, j'avais été des leurs. Bon sang ! Simplement parce que j'avais eu une vision d'une de leurs copines et lui avais porté secours. Conclusion ? Tout le monde a une chance de devenir populaire. Ce n'est pas si difficile que ça.

— Je peux te parler une minute, Tisha ? ai-je crié par-dessus la cacophonie.

Se détachant de ses amis, elle s'est approchée de moi, le visage empreint de curiosité.

— Alors, Superwoman, qu'est-ce qu'il y a ?

— Écoute, lui ai-je dit en la prenant par le bras pour l'entraîner loin des autres, en direction du parking. Cette maison, celle où j'ai trouvé Heather, tu savais qu'elle existait ?

— Celle au bout du chemin de la fosse ? Bien sûr ! Tout le monde la connaît.

J'allais lui demander si elle avait une idée sur l'identité de ceux qui avaient éparpillé leurs bou-teilles de bière vides dans ce taudis et ce qu'il en était du matelas répugnant à l'étage, quand un son familier a attiré mon attention. Un bruit auquel mes oreilles s'étaient complètement habituées, et ce depuis un bon moment, au point qu'elles étaient capables de le différencier de tous les autres. Le ronronnement du moteur de Rob. Enfin, de celui de son Indian, pour être précise.

J'ai pivoté sur mes talons. C'était bien lui. Il venait d'entrer sur le parking et, force m'est de l'avouer, il était encore plus craquant en plein jour qu'il l'avait été la nuit précédente, au clair de lune. J'ai laissé Tisha et me suis dirigée vers lui. Quand il s'est arrêté près de moi, a coupé les gaz et a retiré son casque, j'ai cru que mon cœur allait exploser tant ce type était splendide, avec son jean étroit, ses bottes de moto, son T-shirt moulant, ses cheveux bruns un peu trop longs et ses yeux gris clair.

— Salut ! m'a-t-il lancé. Juste celle que je cherchais. Ça roule ?

— Salut, ai-je répondu d'un air décontracté, consciente de tous les regards rivés sur nous. Ça va. Et toi ?

Il est descendu de bécane et a passé une main dans ses tifs.

— Oh, moi ? Pas de problème. Après tout, c'est toi qui as essuyé les plâtres. D'abord auprès des Fédéraux, puis de tes parents. Je me trompe ?

— Pas du tout. Ils n'étaient pas des plus enchantés. Pas plus Allan et Jill que Joe et Toni.

— Je m'en doutais. Alors, je me suis dit que j'allais profiter de ma pause déjeuner pour venir voir si tu tenais le coup. Apparemment, tu m'as l'air en pleine forme. Plus que ça, même, a-t-il ajouté en m'examinant de la tête aux pieds. Une raison particulière pour expliquer ces falbalas ?

Allusion à une de mes nouvelles tenues achetées pendant les vacances. Un chemiser noir avec col en V, une minijupe rose et des sandales noires à talons. J'étais *très chic*[1], pour parler comme en cours de français.

— Oh, c'est juste que... je fais des efforts, cette année. Je tâche de ne pas m'attirer trop d'ennuis.

Pour mon plus grand plaisir, il a froncé les sourcils, l'air mécontent.

— Ce n'est pas avec des jupes aussi courtes que tu en prends le chemin, Mastriani. Crois-en ma vieille expérience. Hé, c'est ma montre, ça ! s'est-il exclamé ensuite en regardant mon poignet.

Flûte ! J'étais cuite et recuite ! J'avais trouvé la montre, un objet noir et lourd plein de boutons qui faisait des trucs bizarres comme donner l'heure au Nicaragua, dans la poche de sa veste en cuir, veste qui trônait désormais à une place d'honneur dans ma chambre – je l'avais suspendue à l'un des montants de mon lit. Il m'avait paru

---

1. En français dans le texte.

évident qu'il fallait que j'arbore cette montre à l'école. N'importe quelle fille aurait pensé pareil.

— Ah oui, ai-je susurré avec une nonchalance étudiée. Tu me l'as prêtée cette nuit, tu te rappelles ?

— Maintenant, oui. Je l'ai cherchée partout. Envoie !

En traînassant le plus possible, j'ai détaché le bracelet. Je sais, il était ridicule de ma part de m'accrocher ainsi à la montre de ce type, mais c'était plus fort que moi. C'était comme un trophée. *Mon* trophée.

— Tiens, ai-je dit en la lui tendant.

Il l'a prise et l'a fixée à son poignet en me dévisageant comme si j'étais cinglée. Ce que j'étais sans doute, à la réflexion.

— Elle te plaît ? m'a-t-il demandé. Tu en voudrais une comme ça ?

— Non. Pas vraiment.

Impossible de lui avouer la vérité, non ?

— Parce que je pourrais t'en avoir une, si tu veux. Même si j'aurais cru que tu préférerais une de ces montres de dame. Celle-là est un peu ridicule, sur toi.

— Je n'ai pas envie d'une montre.

Juste de la sienne.

— D'accord, si c'est ce que tu veux.

— Oui.

— Tu es zarbi, a-t-il continué après m'avoir examinée un instant. Tu es au courant ?

Formidable ! Mon mec traversait toute la ville au lieu de déjeuner rien que pour m'annoncer qu'il me trouvait toquée. C'était d'un romantisme ! Heureusement, Tisha et sa clique étaient trop loin pour avoir entendu.

— Bon, il faut que j'y retourne, a-t-il repris. Évite les ennuis. Laisse l'enquête aux pros, compris ? Et appelle-moi, OK ?

— Promis.

Il a plissé les paupières.

— Tu es certaine que ça va ?

— Oui.

Ce qui, évidemment, n'était pas vrai. Enfin, si. J'allais bien tout en allant mal. Ce que j'attendais de lui, c'était qu'il m'embrasse. D'accord, d'accord, c'était débile. D'espérer un baiser. Surtout parce que Tisha et un tas d'autres gens nous observaient. Mais c'était un peu comme la raison pour laquelle j'aurais voulu conserver sa montre. Je souhaitais juste que tout un chacun sache que j'avais un mec.

Et que ce mec n'était pas Skip Abramowitz.

Bon, je ne prétends pas que Rob a lu dans mes pensées. C'est moi qui ai des talents spéciaux, pas lui.

Je ne soutiens pas non plus que j'ai, d'une façon ou d'une autre, glissé cette idée dans son crâne. Mes pouvoirs surnaturels se limitent à retrouver les personnes disparues, pas à suggérer aux garçons de m'embrasser.

N'empêche, il a levé les yeux au ciel, a poussé un juron, a plaqué sa main sur ma nuque, m'a attirée vers lui et a déposé un rude baiser sur mon front. Puis il a grimpé sur sa bécane et a filé.

15

Aussitôt après, deux choses se sont produites.

La première : la cloche a sonné. La deuxième : Karen Sue Hanky, qui avait assisté à toute la scène, a piaillé de son insupportable voix perçante :

— Omondieu, Jess ! Laisse un Cul-Terreux t'embrasser sur la bouche, pendant que tu y es !

Heureusement pour elle — et pour moi, j'imagine —, Todd Mintz était dans les parages. Si bien que quand je me suis jetée sur elle — ce que j'ai aussitôt fait, naturellement, avec la ferme intention de lui arracher les yeux — il m'a attrapée en plein élan.

— Du calme, tigresse !

— Lâche-moi ! ai-je protesté.

Le bonheur que j'avais éprouvé quelques secondes plus tôt avait laissé place à une colère noire telle que j'étais à deux doigts d'exploser.

— Je ne plaisante pas, Todd, lâche-moi !

— C'est ça, Todd, lâche-la ! a lancé Karen Sue en grimpant en quatrième vitesse les marches du bâtiment principal.

Elle savait être suffisamment loin pour que, en admettant que Todd me libère, ce à quoi il ne semblait pas vouloir se décider, je ne la rattraperais jamais avant qu'elle ait eu le temps de se réfugier près d'un adulte.

— Cinq mille dollars de plus me seraient bien utiles ! a-t-elle glapi.

— Tu m'étonnes ! ai-je rugi. Comme ça, tu pourrais t'acheter un ou deux neurones supplémentaires, pauvre débile !

Sauf que je n'ai pas dit « débile ».

— C'est du joli ! a-t-elle braillé en retour. Mais pareil langage n'a rien d'étonnant de la part d'une fille dont le frère est soupçonné d'assassinat !

Je me suis figée sur place. Autour de nous, tout

le monde a couru aux abris. Ou alors, c'est qu'ils allaient en cours. Difficile de savoir.

— De quoi parle-t-elle ? ai-je murmuré à l'adresse de Todd qui, ayant deviné que je n'étais plus une menace pour personne, avait relâché son étreinte.

— Je ne sais pas trop, Jess, a-t-il marmonné, embarrassé. C'est juste une rumeur...

— Quelle rumeur ?

— Euh... a-t-il éludé en se tortillant. Faut que j'aille en classe, je vais être en retard.

— Tu as intérêt à me dire de quelle fichue rumeur il s'agit, ou je te garantis que c'est à genoux que tu vas y aller, en classe !

Là encore, j'ai employé un mot un tout petit peu plus coloré que « fichue ».

En tout cas, Todd n'a pas du tout semblé effrayé. Il avait juste l'air d'en avoir marre.

— Écoute, ce ne sont que des racontars. La sœur aînée de Jenna Gibbon est mariée à un adjoint du shérif qui aurait laissé entendre qu'ils pourraient interroger ton frère sur l'affaire, parce qu'il correspondrait au profil du meurtrier d'Amber et parce qu'il n'a pas d'alibi pour l'heure où les deux agressions se sont produites. C'est tout.

Pardon ? J'étais sciée. Complètement sciée. Ils avaient recommencé. Les Agents Spéciaux Johnson et Smith. Ils m'avaient prévenue qu'ils ne se gêneraient pas, et bon Dieu ! ils ne s'étaient pas gênés, en effet. Quoi d'étonnant à cela, d'ailleurs ? Ils étaient du FBI. Ils avaient tous les droits, non ? Qui oserait s'opposer à eux ? Personne.

Moi exceptée. Seulement, je ne savais pas trop de quelle manière. Pas encore.

Furax, j'ai ruminé ça durant tout le reste de la journée, ce qui, au passage, a amené plus d'un prof à me demander si je tenais vraiment à terminer dans le bureau des CE. À quoi j'ai riposté oui, songeant que ça m'épargnerait au moins de répondre à des questions aussi nulles que la racine carrée de mille six cent cinq ou le plus-que-parfait du verbe avoir en français. Malheureusement, aucun d'eux n'a mis sa menace à exécution, et lorsque la sonnerie a retenti à quinze heures, j'étais libre comme l'air. Libre en tout cas de passer à grands pas devant Mark Leskowski sans lui jeter un regard en rejoignant la voiture de Ruth.

— Jess ! m'a-t-il appelée. Hé, Jess !

Je me suis retournée, vaguement surprise de le voir quitter sa BMW pour se précipiter vers moi.

— Salut ! m'a-t-il lancé en soulevant ses lunettes de soleil afin de me fixer. Comment va ? J'espérais bien tomber sur toi. Tu n'as pas eu trop d'ennuis, hier soir ?

Je l'ai contemplé en clignant des yeux, ahurie. Je ne pensais qu'a une chose – aux Fédéraux qui risquaient, d'un moment à l'autre, de traîner Douglas au commissariat pour un interrogatoire en règle à propos de crimes qu'il n'avait en aucun cas pu commettre. À moins que je leur avoue que j'avais toujours mes talents surnaturels et que j'accepte de les aider à mettre la main au collet de leurs crétins de voyous.

— Tu sais, a repris Mark, jugeant sans doute que je ne l'avais pas compris d'après mon expression hébétée, quand je t'ai déposée chez toi... tes parents paraissaient un peu... en colère.

— Non. Ils s'inquiétaient.

Au sujet de Doug, pas du mien. Parce que mon

frangin n'était pas à la maison. Il s'était tiré quelque part, tout seul...

— Oh ! Je voulais aussi m'assurer que tu tenais le coup. C'est plutôt génial, cette façon que tu as eue de retrouver Heather et tout.

— Ouais, ai-je vaguement acquiescé en remarquant Ruth qui approchait. Je n'ai fait que mon devoir, genre. Bon, je dois y...

— Je me disais que si tu n'avais rien de prévu ce week-end, on pourrait... euh... ben, passer du temps ensemble, toi et moi.

— Pourquoi pas ? ai-je répondu — bien que la perspective de voir un film d'animation japonais en compagnie de Skip me semble autrement plus attirante que le « ben, passer du temps ensemble » de Mark. Appelle-moi.

— D'accord.

Il a salué Ruth de la main. Mon amie était tellement occupée à nous étudier qu'elle a failli se cogner dans son propre pare-choc.

— Bonjour, lui a dit Mark. Comment va ?

— Bien, a-t-elle marmonné en déverrouillant sa portière. Merci.

Mark a ouvert sa BMW et a tiré un sac de

l'habitacle. Devant nos regards sans doute curieux, il s'est senti obligé de s'expliquer :

— L'entraînement.

Sur ce, il a disparu en direction du gymnase.

— Est-ce que j'ai bien entendu, Jess ? a marmonné Ruth une fois qu'il a été assez loin. Est-ce que Mark Leskowski vient de t'inviter à sortir avec lui ?

— Oui.

— Ça te fait donc deux invitations en une seule journée.

— Oui.

Je me suis installée à côté d'elle.

— Nom d'un chien, Jess ! C'est un record. Pourquoi n'es-tu pas plus heureuse ?

— Parce qu'un de mes chevaliers servants était soupçonné jusqu'à encore récemment d'avoir buté sa petite copine, et que l'autre est ton frère.

— Oui, mais Mark a été innocenté pour ce qui était arrivé à Heather, non ?

— Certes. N'empêche...

— N'empêche quoi ?

— Tisha m'a confié qu'ils connaissaient tous la baraque abandonnée, Comme si... comme si c'étaient eux qui traînaient là-bas.

— Et ?

— Le coupable doit être l'un d'eux.

— L'un de qui ?

— De la clique des élèves populaires, ai-je répondu en montrant du geste le stade de foot où les joueurs avaient commencé à trottiner.

— Pas forcément, a-t-elle objecté. Tisha était au courant, pour la maison. Elle n'a pas précisé qu'elle y avait fait la bringue, non ?

— Pas exactement, non. Mais...

— Réfléchis, bon sang ! Tu ne crois pas que ces gens-là pourraient se dégoter des endroits plus sympas pour s'éclater ? Le palais des Leskowski, par exemple. J'ai entendu dire qu'ils avaient une piscine mi-couverte mi-découverte.

— Les parents de Mark ne sont peut-être pas d'accord pour que les copains de leur fils amènent leurs petites amies chez eux, histoire de s'offrir une partie de jambes en l'air vite fait bien fait sur le gaz.

— Oh, je t'en prie ! a-t-elle protesté en quittant le parking. Pourquoi l'un d'eux aurait-il tué Amber ? Ou tenté de liquider Heather ? Ils sont tous potes, non ?

Vrai. Ruth avait raison. Ruth avait toujours

raison. Et moi, je me trompais toujours. Enfin, presque.

En dépit des affirmations de Tisha selon lesquelles toute la bande était au courant de l'existence de ce bouge, je n'étais pas vraiment convaincue de l'implication des membres de l'élite dans l'assassinat d'Amber et l'enlèvement de Heather. Parce que, franchement ! Mark Leskowski serrant les doigts autour du cou de sa nana et l'étranglant ? Impossible ! Il l'avait aimée. Il avait pleuré devant moi dans la salle d'attente des CE tant il avait été épris d'elle. Enfin, je *pensais* que telle avait été la cause de ses larmes. Il était impensable qu'il ait chialé parce que ses chances de décrocher une bourse d'études étaient remises en question par son statut de suspect. Ç'aurait été bien trop horrible, non ? Pareille froideur...

Et puis il y avait Heather. Comment envisager que Jeff Day ou n'importe quel autre membre de l'équipe de foot l'ait attachée et abandonnée dans cette baignoire où elle risquait de mourir ? Pourquoi aurait-on fait ça ? Parce qu'elle pouvait dénoncer Mark ?

Non. C'était ridicule. La théorie de Tisha sur des rustauds cinglés avait beaucoup plus de sens.

Les footballeurs et les pom-pom girls aimaient prendre du bon temps dans la baraque du chemin de la fosse ; ça ne signifiait pas pour autant qu'ils étaient ceux qui avaient agressé Heather et l'avaient transportée là-bas. Non, seul un pervers avait pu commettre pareille horreur.

Mais pas mon frère. En aucun cas mon frère.

Je m'en suis assurée à la seconde où je suis arrivée à la maison. Non, bien sûr, que j'aie eu des raisons de douter de lui. Je voulais juste lever toute ambiguïté. Dieu merci, ma mère n'était pas là, ce qui m'a épargné une nouvelle leçon de morale sur l'incorrection de mon comportement — mon escapade nocturne avec un minable mécano. J'ai grimpé les marches quatre à quatre, ai frappé à la porte de Doug et suis entrée sans attendre. Sa chambre n'avait plus de verrou ; mon père l'avait enlevé après qu'il s'était taillé les veines à l'intérieur, nous obligeant à défoncer la porte pour le sauver.

Il est tellement habitué à ce que j'envahisse son territoire sans crier gare qu'il n'a même pas réagi.

— Tire-toi, m'a-t-il simplement ordonné, les yeux rivés sur la BD qu'il lisait.

— Il faut que je sache, Doug, ai-je attaqué

276

bille en tête. Où étais-tu hier, entre dix-sept et vingt heures, quand tu es rentré à la maison ?

— Je ne vois pas pourquoi je te le dirais, a-t-il riposté.

Il a cependant été assez surpris par ma question pour se désintéresser un instant de son bouquin.

— Parce que. Ne discute pas.

J'aurais voulu le mettre au courant, bien sûr, lui expliquer que les Fédéraux le soupçonnaient d'être pour quelque chose dans le meurtre d'Amber Mackey et le kidnapping de Heather Montrose, et que je voulais juste qu'il m'assure du contraire. Qu'il me garantisse que des témoins étaient en mesure de confirmer l'endroit où il s'était trouvé au moment où ces agressions s'étaient déroulées, qu'il me donne une preuve que ses alibis étaient en béton. Sinon, j'allais être contrainte de prendre un boulot du soir, après le lycée, et travailler avec des personnes fort peu recommandables. Le FBI, autrement dit.

Malheureusement, je n'étais pas certaine de pouvoir raconter ça à Douglas. Parce qu'il n'était pas facile de deviner ce qui risquait de déclencher un nouvel « incident » chez lui. La plupart du temps, il me paraissait plutôt équilibré. Il arrivait néanmoins qu'il fût déstabilisé par un détail apparemment anodin, qu'on soit à court de ses céréales préférées, par exemple. Alors, tout à coup, les voix, celles qu'il entendait dans sa tête, revenaient dare-dare.

D'un autre côté, on jouait dans la cour des grands, là. Il ne s'agissait plus de céréales idiotes ou de journalistes plantés devant notre maison et exigeant de m'interviewer. Cette fois, il y avait eu mort d'homme. Ou plutôt, de *cheerleader*.

— Je suis sérieuse, Doug. J'ai vraiment besoin de savoir où tu étais. Une rumeur court selon laquelle tu aurais tué Amber Mackey puis enlevé Heather Montrose hier après-midi. Des foutaises, bien sûr.

(Excusez mon langage.)

— La vache ! s'est-il exclamé en posant sa BD sur le lit où il était vautré. Et comment m'y serais-je pris ? En recourant à mes superspouvoirs ?

— Non. D'après eux, tu es susceptible d'avoir pété un plomb.

— Je vois. Et qui répand cette théorie ?

— Eh bien, Karen Sue, sans compter la plupart des élèves du bahut. Et le FBI, bien sûr.

— Mouais. Ce sont les Fédéraux qui m'inquiètent le plus, dans tout ça. Ils ont des preuves que j'ai tué ces deux nanas ?

— Seule l'une est morte. L'autre a juste été tabassée.

— Eh bien, ils n'ont qu'à interroger celle-là. Elle leur dira que ce n'était pas moi.

— Elle ignore qui l'a attaquée. Ils portaient des cagoules. À mon avis, même si elle le savait, elle ne moufterait pas, d'ailleurs. Je suis persuadée que le responsable a promis de l'achever si elle vendait la mèche.

— Tu es sérieuse, hein ? a-t-il marmonné en se redressant. On me soupçonne vraiment ?

— Oui. Et les Fédéraux m'ont assuré que, si je n'acceptais pas de devenir une 007 en herbe, ils s'arrangeraient pour te coller l'affaire sur le dos. Alors, avant de signer mon contrat d'embauche avec retraite assurée à la clé, il faut que je sache. As-tu un alibi ?

Il a cligné des paupières. Comme les miens, ses yeux sont marron.

— Je croyais que tu leur avais raconté avoir perdu tes talents métapsychiques ?

— C'est bien le cas. Mais avoir localisé

Heather Montrose au milieu de nulle part la nuit dernière les a en quelque sorte convaincus que je n'avais pas été tout à fait honnête envers eux sur ce sujet.

— Ah, a-t-il marmotté, gêné. Le truc, c'est que hier après-midi, comme le jour où la première fille a disparu, je... c'est que j'espérais tellement qu'on ne l'apprendrait pas.

Je l'ai contemplé, horrifiée. Omondieu ! Il s'était donc bien rendu coupable de quelque chose. Pas d'estourbir une innocente *cheerleader* qui passait dans le coin du chemin de la fosse, quand même !

— Douglas, je me fiche de ce que tu fabriquais, tant que ce n'est pas illégal. J'ai juste besoin d'un truc à balancer à Jill et Allan et, tant qu'à faire, la vérité serait idéale. Sinon je suis bonne pour vendre mon derrière à l'État jusqu'à la fin de mes jours. Tant qu'ils auront quelque chose contre toi, ils me tiendront. Alors, joue carte sur table. Ont-ils réellement quelque chose contre toi ?

— Ben... en quelque sorte...

J'ai senti mon univers se déliter peu à peu, lentement, très lentement... Mon frangin...

Douglas. Mon grand frère Doug que j'avais passé ma vie (du moins, j'en avais l'impression) à défendre contre les autres, ceux qui l'avaient traité d'attardé, de débile, de crétin des Alpes. Ceux qui avaient refusé de s'asseoir à côté de lui lors des sorties scolaires au cinéma parce qu'il criait parfois des choses en direction de l'écran, choses qui n'avaient de sens pour personne. Ceux qui avaient interdit à leurs enfants de jouer avec lui à la piscine parce qu'il arrivait à Douglas de cesser de nager, tout simplement, et de se laisser couler au fond jusqu'à ce qu'un maître nageur le repère et se jette à l'eau pour le sauver. Ceux qui, chaque fois qu'un vélo, un chien ou un nain de jardin disparaissait dans le voisinage, l'avaient accusé parce que... eh bien, parce qu'il était... fou. Sauf que ces gens-là se trompaient. Douglas n'était pas fou. Il était juste différent de ce que eux considéraient comme normal.

Et pourtant, tout ce temps-là, ils avaient peut-être eu raison. Et, peut-être encore, cette fois, Douglas avait commis quelque méfait. Une chose si mal qu'il ne voulait même pas m'en parler. À moi, sa petite sœur, qui avais appris à distribuer les gnons dès l'âge de sept ans rien que pour démolir les mômes qui l'insultaient chaque fois qu'il passait devant chez eux pour se rendre à l'école.

— Douglas, ai-je murmuré, la gorge soudain serrée. Qu'as-tu fait ?

— Ben... a-t-il grommelé sans oser me regarder dans les yeux, la vérité, Jess, c'est que... c'est que... (Il a pris une grande inspiration.)... j'ai trouvé du boulot.

16

Le premier coup de fil a eu lieu juste après dîner.

Un dîner plutôt morose, ce soir-là. Parce que tout le monde autour de la table avait des raisons d'en vouloir à un des autres commensaux.

Ma mère était bien sûr en colère contre moi parce que j'avais quitté la maison en douce avec Rob Wilkins, un garçon qui n'avait pas ses faveurs car : a) il était trop vieux pour moi ; b) il n'aspirait pas du tout à faire des études longues ; c) il conduisait une moto ; d) il avait une mère serveuse ; e) nous ignorions qui était M. Wilkins et quel métier il pratiquait, en admettant qu'il existe seulement un M. Wilkins, ce que Mary Wilkins n'avait jamais confirmé ou nié, en présence de mon père du moins. Je n'ose imaginer ce que ma génitrice aurait dit si elle avait su que Rob était soumis à une peine de mise à l'épreuve.

Mon père était furax après son épouse pour son « élitisme snobinard », ses propres termes, et parce qu'il la trouvait ingrate envers Rob, lequel avait pourtant insisté pour m'accompagner dans mes « quêtes visionnaires débiles » (je cite à nouveau) afin de vérifier que je ne me faisais pas zigouiller.

J'en voulais à mort à mon père qui traitait mes visions de débiles, alors qu'elles avaient contribué à sauver des vies et à réunir des familles traumatisées. Je lui reprochais également de croire que, sans un mec pour me surveiller, j'aurais été incapable de prendre soin de moi. Et naturellement, j'étais folle de rage contre ma mère, parce qu'elle n'aimait pas Rob.

De son côté, Douglas était furibond parce que je lui avais dit qu'il était temps de confesser cette histoire de boulot aux parents, tout en comprenant parfaitement pourquoi il n'y tenait pas : notre mère allait flipper à la simple idée que son bébé puisse se salir les mains à quelque tâche subalterne. Elle paraissait convaincue que la moindre provocation — genre, essuyer d'un coup d'éponge le lait qu'il avait renversé sur la table de la cuisine — était susceptible de déclencher un autre de ses affolements suicidaires.

Mais ce serait le paternel qui allait piquer une crise en découvrant le pot aux roses, et je ne rigole pas. Chez nous, s'il fallait absolument travailler, c'était dans un des restaurants familiaux. Sinon, c'était exclu. Et si les vieux m'avaient autorisée à bosser comme monitrice au camp de vacances de Wawasee, c'était uniquement à cause de l'entraînement musical intensif dont j'étais censée avoir bénéficié là-bas. Sinon, je vous parie tout ce que vous voulez que j'aurais terminé reléguée aux tables chauffantes de *Joe*.

Bref, je n'étais pas particulièrement satisfaite de ma mère, de mon père et de Douglas, et aucun d'eux n'était particulièrement en bons termes avec moi non plus. Si bien que quand le téléphone a sonné, soyez certains que j'ai bondi pour répondre, histoire de fuir le silence pesant qui régnait autour de la table, seulement interrompu par des bruits de fourchette ou une demande à peine aimable de passer le parmesan.

— Allô ? ai-je lancé en décrochant le combiné

mural de la cuisine, l'appareil le plus proche de
la salle à manger.

— Jess Mastriani ? a demandé une voix masculine.

— Oui, c'est bien moi, ai-je répondu, un
peu étonnée.

Je m'étais attendue à ce que ce soit Ruth, qui
est à peu près la seule personne à nous téléphoner.
Enfin, sauf si quelque chose débloque dans l'un
des restaurants, naturellement.

— Je t'ai vue parler à Tisha Murray, aujour-
d'hui, a grommelé le mec à l'autre bout du fil.

Ses intonations semblaient étouffées, comme
s'il appelait de sous un tunnel, ou un truc dans
le genre.

— Euh... oui. Et alors ?

— Si je t'y reprends, tu finiras comme
Amber Mackey.

Écartant le combiné, je l'ai contemplé, exactement comme les héros des films d'horreur,
quand le tueur psychopathe les contacte (en
général, de l'intérieur même de la maison). J'avais
toujours trouvé ce geste idiot puisque, de toute
façon, ça n'aide pas à voir son interlocuteur. Mais

286

ça devait être un réflexe, une réaction instinctive, parce que moi aussi je l'ai fait.

— C'est une blague ? ai-je répondu en me collant de nouveau l'engin sur l'oreille.

— Cesse de poser des questions sur la maison du chemin de la fosse ou tu le regretteras, connasse !

(Houps ! Excusez son langage.)

— Tu seras moins grossier quand je raccrocherai, que je composerai l'étoile-six-neuf[1] et que les flics débouleront, moins de cinq minutes plus tard pour te coller en cabane, espèce de pervers minable !

Bip ! Il avait coupé la communication. J'ai aussitôt appuyé sur le bouton étoile, puis le six puis le neuf. Il y a eu une tonalité, avant qu'une voix féminine chantonne :

— Nous sommes au regret de ne pouvoir accéder à votre demande.

Zut ! L'affreux avait appelé d'une ligne impossible à identifier. J'aurais d'ailleurs dû m'en douter.

Laissant tomber, je suis retournée dans la salle à manger.

---

1. L'équivalent américain de notre 3131.

— J'aimerais bien que Ruth arrête de nous déranger pendant les repas, a commenté ma mère avec aigreur. Elle sait très bien que nous dînons à dix-huit heures trente[1]. Elle devrait réfléchir.

Je n'ai pas jugé bon de la corriger sur l'identité de mon interlocuteur, à peu près certaine que la vérité ne l'aurait pas ravie des masses. Je me suis donc rassise et j'ai repris ma fourchette. Sauf que, tout à coup, je n'ai pas réussi à avaler. J'ignore ce qui s'est passé, mais j'avais une pâte à mi-chemin de mes lèvres quand ma gorge s'est soudain fermée, et que la table, ainsi que tout ce qui était posé dessus, est devenue floue. Mes yeux s'étaient remplis de larmes. Des larmes ! Nom d'un chien ! Je chialais, comme Mark Leskowski.

— Tu vas bien, Jess ? s'est inquiétée ma mère.

J'ai jeté un coup d'œil dans sa direction, mais je ne la voyais pas. Et je ne pouvais pas lui répondre non plus. La seule chose dont j'étais capable, c'était de penser : « Omondieu ! Ils vont m'infliger ce qu'ils ont infligé à Heather. » Alors, j'ai commencé à avoir super, super froid, comme

---

1. Effectivement, les Américains dînent généralement très tôt.

si quelqu'un avait laissé ouverte la porte de la chambre froide, chez *Mastriani*.

— Que se passe-t-il, Jessica ? est intervenu mon père.

Comment leur dire, hein ? Comment leur raconter ce coup de fil ? Cela ne servirait qu'à les bouleverser. Ils iraient même jusqu'à prévenir les flics. Comme si j'avais besoin de ça en ce moment ! Comme si le FBI ne campait déjà pas sur ma pelouse ! Heather, bon sang... ce qu'il était arrivé à Heather... Je n'avais pas du tout envie d'y passer moi aussi.

Brusquement, Douglas a jeté son bol de salade par terre, où il s'est fracassé en mille morceaux.

— Tiens, prends-ça ! a-t-il braillé aux bouts de laitue à la vinaigrette qui jonchaient le sol.

Je l'ai contemplé avec stupeur à travers mes larmes. Allons bon ! Doug était-il en train de piquer une crise ? En tout cas, vu la tronche que tiraient mes parents, c'est ce qu'ils croyaient. Ils ont échangé des regards nerveux... Pendant ce temps, mon frangin m'a lancé un clin d'œil complice. La seconde d'après, ma mère bondissait sur ses pieds.

— Dougie ! a-t-elle crié. Dougie ! Qu'est-ce qu'il y a ?

— Tu as bien pris tous tes médicaments, Douglas ? a demandé mon père, comme toujours beaucoup moins démonstratif envers ce genre de comportement.

J'ai compris que Doug feignait d'avoir un « incident » pour qu'ils me fichent la paix. Une bouffée d'amour pour lui m'a submergée. Avait-il déjà existé, dans toute l'histoire du monde, un frangin aussi cool ? Profitant de ce que mes parents avaient la tête tournée, je me suis essuyé les yeux avec le dos de la main. Qu'est-ce qui me prenait ? Je ne pleurais jamais. L'assassinat d'Amber et le tabassage de Heather devenaient bien trop personnels à mon goût. Voilà que leurs agresseurs me menaçaient. Moi !

Entre les Fédéraux qui soupçonnaient Douglas d'être le meurtrier et les vrais coupables qui me promettaient que je serais la prochaine victime sur leur liste, j'avais de bonnes raisons de chialer. N'empêche, c'était drôlement démoralisant, le genre de réaction à la Karen Sue Hanky.

Alors que je m'efforçais de retrouver le

contrôle de mes émotions, et que mes parents s'assuraient de la santé mentale de mon frangin, le téléphone a retenti une nouvelle fois.

— C'est pour moi, j'en suis sûre, ai-je crié en manquant de renverser ma chaise dans ma précipitation.

Personne n'a cru bon de me jeter un regard. Douglas était trop occupé à se faire enguirlander pour avoir balancé sa salade par terre.

— Jessica ? a demandé une voix que je n'ai pas identifiée après que j'ai eu décroché.

— C'est moi. Écoute, espèce de débile, ai-je ajouté en baissant le ton, si tu oses me rappeler, je te jure que je vais te choper et que je n'hésiterai pas à t'écraser comme le cafard que tu es.

— Mais c'est la première fois que je te téléphone, Jess ! s'est écrié l'inconnu, réellement abasourdi.

J'ai dégluti en me rendant enfin compte de la personne avec qui je discutais.

— *Skip ?*

— Oui, c'est moi. Je voulais juste savoir si tu avais réfléchi à ce dont nous avons parlé aujourd'hui pendant le déjeuner. Le film. Ce week-end.

— Oh !

Surgissant dans la cuisine, ma mère a foncé sur le placard, d'où elle a sorti une balayette et une pelle.

— Le film, ai-je répété. Ce week-end.

— C'est ça. Et je m'étais dit que, avant la séance, on pourrait sortir. Aller dîner quelque part, genre.

— Hum.

Armée de ses ustensiles de ménage, ma maternelle me reluquait avec le même air que les lions contemplant les gazelles qu'ils s'apprêtent à bouffer dans un de ces reportages animaliers. (J'adore les docus animaliers, vous avez remarqué ?) Apparemment, ses inquiétudes pour Douglas s'étaient volatilisées. À dire vrai, c'était la première fois qu'elle assistait en direct à l'invitation de sa fille par un garçon. Elle, qui avait été Reine du lycée, Reine du bal de fin d'année, Princesse des comices régionaux et Mini-miss castration du maïs[1], avait rongé son frein pendant seize ans dans l'attente de mes premiers rendez-vous. D'après elle, si je n'avais pas encore fréquenté

---

1. L'Indiana, État où se déroulent les aventures de Jess, est connu pour sa culture intensive de cette céréale.

la gent masculine autant qu'elle à mon âge, c'était à cause de mes lamentables habitudes vestimentaires. Elle y aurait sans doute réfléchi à deux fois si elle n'avait pas ignoré mon crochet du droit. Enfin, plus maintenant. Grâce aux poursuites judiciaires de la mère Hanky.

— Eh bien, Skip, ai-je repris en me détournant, je crois que ça ne va pas être possible. J'ai l'autorisation d'onze heures, pas plus. Ma mère refusera catégoriquement que j'aille à une séance à minuit.

— Bien sûr que non, a proféré l'intéressée à voix haute.

Horreur et putréfaction !

— M'man ! ai-je gémi, ahurie en écartant l'écouteur.

— Pas la peine de me regarder avec ces yeux de merlan frit, Jessica, a-t-elle rétorqué. Je ne suis pas complètement psychorigide. Si tu as envie de te rendre au cinéma avec Skip, je suis tout à fait d'accord.

J'étais scotchée. Après la leçon à laquelle j'avais eu droit à propos de Rob, je m'étais attendue à ce qu'elle m'interdise à jamais de franchir de nouveau le seuil de la maison après six heures du soir. Alors au bras d'un garçon... Sauf que, visiblement, c'était d'un mec bien précis que j'étais priée de me tenir loin. Un type qui ne s'appelait pas Skip Abramowitz.

— Ce n'est pas comme si ton père et moi ne savions pas qui il est, tu comprends ? a-t-elle enchaîné. Skip est un jeune homme très responsable. Il va de soi que tu as le droit de l'accompagner à ce film.

— Mais m'man ! ai-je protesté, la séance ne commence pas avant minuit !

— Tant qu'il te ramène ici juste après.

— Je vous le promets, madame Mastriani ! Ne vous bilez pas ! a résonné une voix au fond du combiné qui pendait mollement entre mes doigts.

Bref, c'est ainsi que je me suis retrouvée obligée d'accepter l'invitation de Skip Abramowitz. Ben quoi ! Je ne pouvais pas refuser, après cette monstrueuse intervention maternelle ! Pas sans humilier à mort le malheureux, s'entend. Ou moi-même, d'ailleurs.

— Je ne veux pas sortir avec lui, maman ! ai-je beuglé après avoir raccroché.

— Pourquoi donc ? s'est étonnée ma mère. Je trouve que c'est un charmant garçon. Traduction – il ne conduisait pas de moto, ne s'était jamais sali les mains dans un garage et avait toutes les chances d'obtenir une mention au bac. Ah, oui, j'allais oublier – son père était l'avocat le mieux payé de la ville.

— Et toi, a-t-elle continué, tu es injuste. Certes, Skip n'est sans doute pas super passionnant, mais il est d'une gentillesse incroyable.

— Quoi ? Je te rappelle qu'il a fait exploser ma Barbie !

— C'était il y a des années. Depuis, il s'est métamorphosé en vrai gentleman. Tu verras, vous allez passer un très bon moment, ensemble. Au fait, a-t-elle ajouté, pensive, j'ai dégoté l'autre jour un modèle de jupe qui ira à merveille pour une soirée décontractée au cinéma. Comme il me reste quelques mètres de ce vichy que j'ai utilisé pour les rideaux de la chambre d'amis...

C'est ça, le problème d'avoir une mère au foyer. Elle passe son temps à échafauder des plans ahurissants, comme me fabriquer une tenue à partir de chutes de tissu décoratif. Je vous jure, des fois, je me demande si elle est vraiment ma mère ou Maria von Trapp[1].

Je n'ai pas eu le temps de protester – « Non merci, m'man, je viens de dépenser une fortune chez Esprit, je trouverai bien de quoi m'attifer toute seule. » ; « Si tu crois que je ne vais pas me débrouiller pour tomber malade samedi soir, juste avant ce rendez-vous, c'est que tu es naïve. » –, car Douglas a déboulé à son tour dans la cuisine.

— C'est vrai, ça, Jess, a-t-il lancé. Skip est un chouette type.

— Gare à tes fesses, BD-man, ai-je grondé en le fusillant des yeux.

— Laisse, m'man, a-t-il repris en déposant son assiette dans l'évier. Je vais nettoyer. C'est moi le fautif, après tout.

— Non, non, non ! a-t-elle protesté en s'enfuyant dans la salle à manger avec sa pelle et sa balayette. Je m'en charge.

---

1. Héroïne de la comédie musicale *The Sound of Music* (*La Mélodie du bonheur*), film de Robert Wise (1963) inspiré de l'histoire vraie d'une jeune religieuse autrichienne aux multiples talents créatifs qui devient gouvernante des sept enfants d'une famille aisée et séduit leur père, un veuf rigide, le tout sur fond de Seconde Guerre mondiale.

Ce qui était d'une tristesse sans nom, car la seule raison pour laquelle elle préférait s'en occuper tenait à ce qu'elle voulait éviter que Douglas touche du verre brisé. Sa tentative de suicide au Noël précédent l'avait convaincue qu'il valait mieux le surveiller quand il était à proximité d'objets potentiellement dangereux.

— Tu te rends compte de mon sacrifice, j'espère ? a plastronné mon frangin quand la porte battante s'est refermée derrière notre mère. Maintenant, elle va me surveiller comme le lait sur le feu pendant au moins une semaine.

J'aurais sans doute dû être reconnaissante, en effet. Sauf que je pouvais m'empêcher de songer que tout aurait été plus simple s'il avait craché le morceau.

— Pourquoi ne leur en parles-tu pas tout de suite ? lui ai-je demandé. (Bon, d'accord, je l'ai supplié.) Avant *Entertainment Tonight*[1]. Tu sais que m'man s'arrange toujours pour qu'une dispute ne

---

1. Très célèbre émission américaine consacrée à l'actualité des vedettes et célébrités (voir les français *Exclusif*, *Célébrités*, *Sagas*).

dure pas plus de cinq minutes pendant son émission préférée.

Il était en train de rincer son assiette.

— Des clous ! a-t-il répondu sans me regarder.

Ça m'a mise tellement en colère que j'ai failli avoir une attaque.

— Écoute, mon petit vieux, ai-je craché, si tu crois que je ne compte pas l'annoncer aux Fédéraux, tu délires. Je ne peux pas les laisser s'imaginer qu'ils me tiennent. Te voilà prévenu. Et, à ton avis, combien de temps faudra-t-il aux parents pour qu'ils l'apprennent ? Mieux vaut que tu les avertisses, plutôt que d'attendre que le FBI s'en charge.

Il a coupé l'eau.

— Tu connais p'pa, a-t-il objecté. Pour lui, si je vais assez bien pour me tenir derrière le comptoir d'un magasin de BD c'est que je vais assez bien pour bosser dans les cuisines de *Mastriani*. Sauf que je ne supporte pas de travailler dans la bouffe.

— Tu n'es pas le seul.

Malheureusement, quand votre père possédait les trois restaurants les plus fréquentés de la ville, vous n'aviez pas franchement le choix.

— Et je ne te parle même pas de m'man ! a-t-il soupiré. En comparaison, ce qui vient de se passer, c'était de la bibine.

— Voilà pourquoi je te conseille de leur dire maintenant. Avant qu'ils le découvrent par ailleurs. Nom d'un chien, Doug ! Tu es employé là-bas depuis déjà quinze jours. Tu crois vraiment que ça ne va pas leur revenir aux oreilles ?

— Écoute, Jess. Je le ferai, je te le jure. Mais en temps et en heure, quand je l'aurai décidé. Je te rappelle que m'man...

La porte battante s'est ouverte, et l'intéressée a débarqué, sa pelle pleine de débris et de salade.

— M'man quoi ? a-t-elle lancé en nous observant d'un air soupçonneux.

Par bonheur, le téléphone a sonné.

Pour la troisième fois consécutive.

J'ai bondi, mais trop tard. Dans le salon, mon père avait déjà pris la communication.

— Jess ! a-t-il hurlé peu après. C'est pour toi.

Super. Le regard de ma mère s'est allumé. Il était évident que, d'après elle, les choses s'étaient enfin décidées à bouger, pour moi. Plus précisément, la fameuse popularité dont elle avait joui à mon âge et qui m'avait fuie durant toute ma scolarité à Ernest-Pyle. J'avais conscience d'être une fille extrêmement décevante, dans la mesure où je ne sortais pas depuis un bon moment avec un garçon style Mark Leskowski. À ce stade, même un rendez-vous avec Skip valait mieux que pas de rendez-vous du tout.

Ou que Rob.

Dommage qu'elle n'ait pas su que les coups de fil que je recevais ce soir-là n'émanaient pas exactement des membres de l'élite lycéenne désireux de s'entretenir avec moi de la prochaine vente de charité, mais plutôt de furieux appartenant à des escadrons de la mort et souhaitant m'avertir de ma très prochaine disparition.

Néanmoins, ce nouvel interlocuteur s'est révélé être l'Agent Spécial Johnson.

— Eh bien, Jessica, avez-vous réfléchi à notre petite discussion de ce matin ? s'est-il suavement enquis.

— Hum, excusez-moi, vous deux, ai-je lancé à ma mère et mon frère en leur adressant un regard significatif. Il s'agit d'une conversation privée.

— Ce n'est pas ce garçon, hein ? s'est d'abord assurée ma génitrice, sourcils froncés. Ce Wilkins.

Ce Wilkins. Prononcé sur un tel ton que c'était presque aussi insultant que « l'Enfoiré » de Ruth.

— Non, ai-je répondu, c'est un autre gars.

Ce qui, techniquement parlant, n'était pas un mensonge. Et ce qui a eu le mérite de faire naître un sourire sur les lèvres de ma mère, qui a quitté la pièce sur un petit nuage, à croire que je venais d'être élue fille-la-plus-susceptible-d'épouser-un-médecin. Douglas s'est tiré lui aussi, mais l'air un peu moins heureux.

— Quelle discussion ? ai-je ensuite rétorqué à Allan. Oh, vous faites allusion à celle où vous avez suggéré que mon frère pouvait fort bien être le meurtrier d'Amber Mackey ? Et où vous avez menacé de le coller en cabane si jamais je refusais de collaborer à vos recherches de gros vilains ?

— Hum, je n'ai pas le souvenir d'avoir présenté les choses de cette manière, s'est-il défendu. Mais, grosso modo, oui, c'est la raison de mon appel.

— Je suis absolument navrée de vous l'apprendre, mais Douglas a un alibi en béton armé pour les deux fois où les filles ont été enlevées. Adressez-vous à ses employeurs, la boutique BDMagazin, ils vous le confirmeront.

À l'autre bout de la ligne, il y a eu un silence. Puis l'Agent Spécial Johnson a rigolé. — Je me demandais combien de temps il lui faudrait pour qu'il trouve le courage de vous l'avouer.

Une bouffée de rage m'a secouée, et j'ai bien failli hurler : « Quoi ? Vous saviez ? » Puis, ça m'a frappée. Évidemment qu'il avait su. Lui et sa partenaire avaient été au courant depuis le début. Ils s'étaient juste servi de mon ignorance pour essayer de me fléchir. Après tout, c'est pour ça qu'on les payait, hein ?

— Bon, ai-je fini par lâcher avec un peu plus de sécheresse que nécessaire (c'était ça ou de nouvelles larmes), si vous avez fini de vous amuser à mes dépens, vous pourriez peut-être vous mettre au boulot. Ça vous changerait. Je sais bien que c'est plus marrant pour vous tous d'essayer de me refiler votre travail, mais là, je crois que je tiens quelque chose où vous avez plus d'expérience que moi.

Et je lui balancé l'histoire de mon appel anonyme. Qui l'a énormément intéressé, si je puis me permettre.

— Et vous n'avez pas reconnu la voix ?

— Elle était comme étouffée. Déformée.

— Un bout de chiffon plaqué sur l'appareil, sûrement. Par peur, justement, que vous identifiez votre correspondant. On va quand même essayer. Il avait des intonations particulières, un accent ?

J'ignore pourquoi, ç'a m'a fait penser au Test Cul-Terreux. Stylo/stylôôô, si vous avez bonne mémoire.

— Non, ai-je répondu, surprise de m'en rendre compte seulement à cet instant. Aucun.

— Bien, très bien. Nous allons voir si nous parvenons à retrouver le numéro d'appel de ce type.

— Ça ne devrait pas être bien difficile, vu que vous avez fichu ma ligne sur écoute depuis des siècles.

— Très drôle, Jessica, a-t-il rétorqué, guère amène. Je vous rappelle cependant que le FBI ne se permettrait jamais de violer les droits d'un citoyen américain au cours d'une enquête.

— Ha ! Ha ! Ha !

Bizarrement, savoir que l'Agent Spécial Johnson me prenait au sérieux et allait s'occuper de ce détestable coup de fil me rassérénait. Dingue, non ? Surtout quand on songe que la traque que m'infligeaient les Fédéraux m'agaçait au plus haut point.

— Et ne vous inquiétez pas, vous et votre famille n'êtes pas menacés. Nous allons placer tout un tas d'agents devant chez vous ce soir.

Dommage que mon mystérieux interlocuteur n'ait pas choisi de détruire notre maison pour me prouver à quel point ses menaces étaient sérieuses. À la place, il a préféré incendier *Mastriani*.

17

On aurait pu estimer que je méritais une petite pause, non ? je n'avais pas beaucoup dormi la nuit précédente, après tout. Mais non ! Il a fallu que ces gens-là s'arrangent pour que je passe une deuxième nuit blanche !

Enfin, bon, d'accord, j'ai réussi à pioncer un peu, l'appel ne nous étant pas parvenu avant trois heures.

Trois heures du matin, s'entend.

Ensuite, plus personne n'a eu envie de se recoucher dans la maison Mastriani. Pas avant très, très longtemps en tout cas.

Bien sûr, j'ai d'abord cru que le coup de fil m'était destiné. Normal, puisque ce fichu appareil avait carillonné toute la sainte soirée rien que pour moi et pour personne d'autre. Les rêves les plus fous de ma mère se réalisaient enfin – j'étais en train de devenir Miss popularité. Dommage que les seuls rancarts qu'on m'ait proposés aient été avec la mort.

Et Skip Abramowitz, naturellement.

Quand le téléphone s'est mis à beugler tout ce qu'il savait à trois heures du mat', donc, j'ai sauté de mon lit avant même d'être complètement réveillée et me suis jetée sur l'appareil de ma chambre, l'air de croire qu'en évitant que la sonnerie se prolonge j'allais permettre au reste de la famille de jouir du sommeil du juste. Bien tenté, Jess. À l'autre bout de la ligne, la voix était familière, même si elle n'appartenait pas à l'un de mes nouveaux amis, ceux qui avaient juré de me faire la peau si je persistais à m'entretenir avec Tisha Murray au sujet du taudis du chemin de la fosse. C'était une femme. J'ai mis une bonne minute à reconnaître l'Agent Spécial Smith.

— Jessica ?

À cet instant, mon père a décroché dans sa propre chambre.

— Allô ? a-t-il marmonné, tout ensommeillé.

— Allô ? a aussitôt rebondi Jill. Monsieur Mastriani ?

Ni mon père ni moi n'avons plus rien dit. Lui essayait encore de sortir du sommeil, je crois. Moi, je me préparais à ce qui allait suivre, tendue... à savoir, qu'une troisième nana avait disparu. Tisha Murray, cette fois. Ou Heather Montrose. Malgré le flic qu'ils avaient posté devant sa chambre d'hôpital, quelqu'un avait réussi à se glisser à l'intérieur et avait fini le boulot. Heather était morte. Ou alors, ils avaient trouvé un suspect. Celui qui avait l'intention de me zigouiller, moi.

Sauf que, naturellement, ce n'était pas ça du tout. Rien à voir, même.

— Navrée de vous tirer du lit, monsieur, a repris Jill (en plus, elle avait l'air sincère !). Je voulais vous avertir que votre restaurant, *Mastriani*, brûle. Pourriez-vous, s'il vous plaît...

Jill n'a jamais terminé sa phrase, parce que mon père avait laissé tomber l'appareil et, le connaissant comme je le connaissais, j'en ai déduit qu'il devait déjà sauter dans son froc.

— On arrive, ai-je donc dit.

— Non, Jessica, pas vous. Mieux vaudrait...

Je n'ai également jamais découvert ce qu'il aurait mieux valu, parce que j'avais raccroché.

En tombant sur lui devant la porte d'entrée quelques instants plus tard, j'ai constaté que j'avais eu raison. Mon père était habillé de pied en cap — enfin, il avait mis un futal et des godasses, même si son haut de pyjama lui servait de chemise.

— Reste ici avec ta mère et ton frère, m'a-t-il ordonné en me voyant.

— Des clous ! ai-je riposté, vu que, moi aussi, je m'étais habillée.

Il a eu l'air à la fois agacé et bien content, un véritable exploit si l'on y réfléchit quelques minutes.

Dès que nous sommes sortis dans le jardin, nous avons aperçu un rougeoiement orangé qui se reflétait sur les nuages bas encombrant le ciel nocturne. Et pas petit, le bazar. Carrément de la taille de l'incendie d'Atlanta dans *Autant en emporte le vent*.

— Dieu tout-puissant ! a lâché mon paternel devant ce spectacle.

Moi, j'étais déjà de l'autre côté de la rue,

avec mes vieux copains. Ceux de la camionnette blanche.

— Hé ! ai-je crié en tapotant sur la vitre du conducteur, qui s'est baissée. Je dois m'absenter avec mon père. Alors, ne bougez pas et ouvrez l'œil, compris ?

Personne n'a daigné répondre, ce qui ne m'a guère surprise. Les agents censés exercer une surveillance discrète n'apprécient pas beaucoup que l'objet de leur surveillance vienne discuter le bout de gras avec eux. Même si leur chef sait que vous savez qu'ils sont là.

Enfin, vous m'avez comprise.

Le trajet jusqu'au centre n'a pris que quelques minutes. En tout cas, c'était comme ça d'ordinaire. Sauf que là, il m'a semblé durer des plombes. Notre maison n'est pas très loin du cœur de la ville. Quinze minutes à pied sans se presser, quatre minutes en voiture. À trois heures du mat', les rues étaient désertes. Ce qui nous a comme ralentis, c'était cette lueur orangée suspendue dans le ciel et dont nous n'arrivions pas à nous arracher. Plus d'une fois, mon père a manqué de quitter la route tant il était subjugué.

Heureusement que j'étais là, parce que j'ai sta-
bilisé le volant en rappelant mon chauffeur à
l'ordre.

— Ne t'inquiète pas, ai-je tenté de le rassurer
un peu plus tard. Ce n'est sûrement pas ça. Plutôt
des éclairs de chaleur.

— Qui ne se déplaceraient pas ?

— Ouais. J'ai appris ça en cours de sciences
nat'.

Quelle menteuse !

D'autant que, juste après, nous avons bifurqué
dans la Grand-Rue, et que c'était bien ça. L'incendie. Et pas du tout des éclairs de chaleur.

Un jour, il y avait très longtemps, dans la
maison en face de la nôtre, une bûche avait roulé
hors de la cheminée et mis le feu aux rideaux. Je
m'attendais un peu au même spectacle. Des
flammes aux fenêtres, des tourbillons de fumée
s'échappant par la porte ouverte, les pompiers sur
place, évidemment, éteignant l'incendie, et point
barre. C'était ce qui s'était passé pour nos voisins.
Dans la bataille, ils avaient perdu leurs tentures, et
il avait fallu remplacer le tapis, ainsi qu'un canapé
complètement inondé par les pompiers. Cette
nuit-là, celle où la maison d'en face avait flambé,

ses habitants avaient pu dormir dans leurs propres lits, qui devaient certes un peu empester la fumée. Ils n'avaient pas eu besoin de se faire héberger par leur famille ni d'être relogés dans un abri provisoire ou à l'hôtel. Parce que leur baraque tenait encore debout.

L'incendie de *Mastriani* était d'une tout autre envergure. D'une sacrée envergure, même. C'était une chose vivante, qui rugissait, respirait, se tortillait. Pour rester sobre, un sinistre au pouvoir destructeur stupéfiant. Les flammes montaient à au moins dix mètres au-dessus du toit. Le bâtiment n'était plus qu'une boule incandescente dont il était impossible de s'approcher à moins de soixante mètres, tant il y avait de camions rouges dans la rue. Des dizaines d'hommes, brandissant des tuyaux qui crachaient des milliers de mètres cube d'eau, exécutaient une espèce de ballet incongru devant l'édifice en essayant d'éteindre l'incendie.

Une bataille perdue d'avance, c'était clair. Il n'y avait pas besoin d'être capitaine de l'escouade pour s'en rendre compte. Le restaurant disparaissait sous les flammes au point d'en être méconnaissable. Le dais vert et or devant la porte destiné à protéger les clients de la pluie ? Évaporé. L'enseigne qui proclamait MASTRIANI en lettres dorées sur la façade ? Envolée. Les jardinières qui décoraient les fenêtres du premier étage abritant les bureaux ? Disparues. Les nouveaux congélateurs industriels ? Détruits. La table des amoureux où Mark Leskowski et moi avions dîné ? Réduite en cendres.

Comme de rien.

Enfin, pas exactement comme de rien. En effet, quand mon père et moi sommes descendus de voiture et nous sommes approchés en louvoyant entre les tuyaux qui se tortillaient comme des serpents sur le sol, nous avons constaté que tout un tas de gens travaillaient dur pour tenter de sauver cette cause perdue. Les pompiers braillaient pardessus le rugissement de l'eau et du feu en toussant dans l'épaisse fumée noire qui se ruait aussitôt dans leur gorge et leurs poumons. L'un d'eux, nous ayant remarqués, nous a hurlé de déguerpir.

— Je suis le proprio ! lui a crié mon paternel.

L'autre nous a dirigés vers un groupe de personnes qui se tenaient sur le trottoir opposé, le visage baigné par la lumière aux reflets orange.

— Joe ! a appelé l'un d'eux.

J'ai reconnu le maire de notre bled. Ce qui était normal, vu que la catastrophe ravageait une des affaires les plus rentables de la ville ; et d'autant que ladite catastrophe menaçait de s'attaquer aux commerces environnants également.

— Nom d'un chien, Joe, a repris le maire quand nous l'avons rejoint. Je suis désolé.

— Il y a des blessés ? s'est inquiété mon père en se postant entre le maire et un type que j'ai identifié comme le chef des pompiers, à cause des nombreuses inspections qu'il avait conduites au restaurant.

— Non. Juste des gars de Richie qui ont voulu jouer les héros, sont entrés pour s'assurer qu'il n'y avait personne à l'intérieur et se sont récolté une bonne bouffée de fumée dans les bronches.

— Rien de grave, nous a assuré Richard Parks, le chef des pompiers. L'endroit était vide. Tranquillisez-vous, Joe.

Mon père a paru soulagé, mais très modérément.

— Ça risque de se propager ? s'est-il enquis ensuite.

Le restaurant avait été une maison individuelle

de style victorien, avec parking commun aux deux bâtiments qui la flanquaient, une banque et une librairie.

— Nous aspergeons les maisons voisines, a expliqué Parks. Jusqu'à présent, tout va bien. Des étincelles ont atterri sur le toit de la librairie, et elles se sont éteintes tout de suite. Rassurez-vous, Joe, nous sommes arrivés à temps. Enfin, pour sauver les édifices alentour du moins.

Il semblait triste. Compréhensible. Comme la plupart des hommes qui étaient en train d'arroser *Mastriani*, il y avait souvent dîné.

— Que s'est-il passé ? a continué mon père d'une voix blanche. Comment le feu a-t-il pris ? On le sait ?

— Difficile à dire. Des gens de la prison ont entendu une explosion. Ils ont regardé dehors et ont aperçu les flammes. Il y a à peine une dizaine de minutes. L'endroit a flambé comme une allumette.

— Ce qui suppose un combustible, à mon avis, est intervenue une femme.

Nous retournant comme un seul homme, nous avons découvert les Agents Spéciaux Johnson et Smith, l'air vaguement soucieux et débraillé. Être réveillé au milieu de la nuit deux fois de suite était duraille, même pour eux.

— Je suis d'accord, a acquiescé le chef des pompiers.

— Une petite minute ! a protesté mon père en tendant un menton mal rasé vers les Fédéraux. Qu'est-ce que vous racontez ? Que quelqu'un a volontairement incendié mon établissement ?

— Autrement, le feu ne se serait pas répandu aussi vite, a expliqué Parks. Et il ne dégagerait pas une telle chaleur. Il a forcément fallu un combustible. À l'odeur, j'opterais pour de l'essence, mais nous en saurons davantage quand ça aura refroidi et que nous pourrons...

— De l'essence ? s'est exclamé mon père.

J'ai cru qu'il allait avoir une attaque. Sérieux. Des veines que je n'avais encore jamais remarquées se sont gonflées sur son front, et son cou a soudain paru tout maigre, comme s'il avait du mal à supporter le poids de sa tête. Ou alors, c'est juste que, sous la lumière intense de l'incendie, je le voyais vraiment pour la première fois depuis longtemps.

— Mais pourquoi diable quelqu'un ferait-il un

truc pareil ? a-t-il poursuivi, hors de lui. Pourquoi brûler mon restaurant ?

Le shérif, que je n'avais pas encore aperçu, s'est éclairci la gorge.

— Un employé mécontent ? a-t-il suggéré.

— Je n'ai viré personne depuis des mois.

Ce qui était vrai. Comme il n'aimait pas renvoyer, mon père n'embauchait que des gens dont il était à peu près sûr qu'ils feraient l'affaire. En général, son instinct ne le trompait pas.

— Bah ! a marmotté l'autre en contemplant le brasier avec une espèce d'admiration. Il y aura une enquête. Si c'est un incendie volontaire, vous pouvez être à peu près certain que votre compagnie d'assurance va rappliquer. On finira par découvrir le pourquoi du comment. Un jour ou l'autre.

Ben tiens ! Ils auraient eu meilleur temps de m'interroger. Je leur aurais dit qui avait commis cette horreur, moi. Enfin, à défaut du coupable, je leur aurais livré la raison qui l'avait poussé à flanquer le feu à *Mastriani*. Il s'agissait d'un avertissement clair destiné à me prévenir de ce qui m'arriverait si je m'entêtais à poser des questions sur la baraque du chemin de la fosse.

C'était vraiment injuste. Mon père. Mon pauvre père. Il n'avait rien fait pour mériter ça. Rien du tout. Je l'observais qui s'efforçait de plaisanter avec le shérif et le chef des pompiers, et mon cœur s'est gonflé de pitié. Il blaguait mais, à l'intérieur, il était brisé. Il avait adoré *Mastriani* qu'il avait inauguré peu après son mariage avec ma mère. Son premier restaurant, son premier bébé... comme Douglas avait été le premier bébé de notre mère. Et voici que *Mastriani* était parti en fumée.

Un grand mur de fumée qui n'allait pas tarder à tournoyer au-dessus du comté comme un nuage annonciateur de tornade.

— N'y songez même pas, Jess, m'a murmuré l'Agent Spécial Johnson, non sans quelque sympathie dans la voix.

— Songer à quoi ? lui ai-je demandé, étonnée.

— À retrouver l'auteur de cet incendie criminel, histoire de lui régler son compte vous-même. C'est une personne dangereuse, et certainement dérangée. Laissez-nous faire le boulot, OK ?

Une fois n'est pas coutume, j'étais absolument d'accord. Oh, ne vous y trompez pas, j'étais super en colère. Sauf que j'avais aussi peur. En partie. Plus que lors de ma découverte de Heather ligotée dans la baignoire. Plus que lors de ma traversée des bois dans l'obscurité sur cette moto trop grosse. Parce que cela, le feu, était en quelque sorte plus terrible que toutes ces autres choses. C'était abominable, plus abominable que le bras cassé de Heather, et largement plus aussi que la perspective d'être coincée sous une machine pesant ses quatre cents kilos.

Parce que cela... cela allait trop loin. Cela était dangereux. Mortel.

Comme ce qui était arrivé à Amber.

— Ne vous bilez pas, ai-je bégayé en avalant ma salive, je serai sage.

— C'est ça, a affirmé Allan en ne me croyant pas, visiblement. Très bien.

Soudain, j'ai perçu la voix de ma mère appelant mon père.

Elle est venue vers nous, aussi prudente que nous l'avions été avec tous les tuyaux encombrant la chaussée, un imperméable jeté par-dessus sa chemise de nuit, Douglas lui tenait le coude pour éviter qu'elle trébuche sur ses sandalettes à talons.

La voyant, mon père s'est dirigé vers elle, ils se sont rejoints au niveau du plus gros camion rouge.

— Oh, Joe ! a-t-elle soupiré en découvrant les flammes, lesquelles montaient si haut qu'elles paraissaient lécher le ciel. Oh, Joe !

— Ça va aller, Toni, l'a-t-il réconfortée en lui prenant la main. L'assurance paiera. Nous sommes couverts. Nous le reconstruirons.

— Tant de travail, a-t-elle gémi.

Elle ne quittait pas le brasier des yeux, comme fascinée. Et, pour tout dire, ç'avait beau être affreux, c'était magnifique. Les pompiers avaient renoncé à lutter contre les flammes, préférant se concentrer sur les immeubles voisins. Jusqu'à présent, ils réussissaient à éviter que le feu s'étende.

— Tout ton œuvre. Vingt ans de labeur. Je suis tellement triste pour toi, Joe.

Ma mère a posé sa tête sur l'épaule de mon père.

— Ce n'est pas grave, a-t-il répondu en l'enlaçant par la taille. Ce n'était qu'un restaurant. Rien de plus. Juste un restaurant.

Juste un restaurant. Juste l'établissement des rêves de mon vieux, oui. Celui pour lequel il avait fourni le plus d'efforts, et pendant longtemps. *Joe*, le restau plus abordable, rapportait à peine la moitié du chiffre d'affaires de *Mastriani* Quant à *Petit Joe*, où l'on vendait des pizzas à emporter, c'était encore moins. Assurance ou pas, j'ai deviné que nous allions souffrir, financièrement parlant.

Pourtant, mon père paraissait s'en moquer. Serrant l'épaule de ma mère, il a dit, avec une jovialité à peine forcée :

— S'il fallait absolument perdre quelque chose, je préfère que ce soit ça plutôt que la maison.

Puis ils n'ont plus prononcé un mot. Ils sont restés là, tête contre tête, enlacés, à contempler une partie de leur existence devenir peu à peu cendres.

Doug s'est approché de moi. Je ne lui ai pas confié ce qui me traversait l'esprit, c'est-à-dire que la dernière fois que j'avais vu nos parents dans cette posture, c'était devant les urgences, lorsqu'il s'était taillé les veines, le soir de Noël.

— Hum, a-t-il marmonné, j'imagine que le moment est mal choisi pour leur annoncer, hein ?

— Leur annoncer quoi ?

— Que j'ai décroché un boulot.

Je n'ai pas pu retenir un sourire.

— Tu as raison, je crois que ce n'est pas le bon moment pour ça.

Voilà pourquoi nous sommes restés plantés là tous les quatre à regarder *Mastriani* se consumer.

18

Le temps que j'arrive au lycée, le lendemain, il était midi, et tout le monde — sans exception — était au courant de ce qui s'était passé. Quand j'ai franchi les portes de la cafétéria, des tas de gens se sont rués vers moi afin de me présenter leurs condoléances. À croire que quelqu'un venait de trépasser. Ce qui, en quelque sorte, n'était pas très loin de la réalité. Parce que, finalement, *Mastriani* avait été une institution, en ville. C'était là que les gens s'étaient rendus quand ils voulaient faire des folies, pour célébrer un anniversaire par exemple, ou une réussite au bac, ce genre d'événements importants.

Sauf que c'était terminé.

Il me semble avoir stipulé que je n'étais pas du

tout populaire. Je reconnais ne guère avoir l'esprit de corps. Que les Couguars gagnent les championnats d'État, qu'ils remportent n'importe quelle victoire d'ailleurs, m'était complètement indifférent. Dans mon souvenir, je n'avais jamais été invitée à une fête. Vous savez, celles où les parents de quelqu'un sont absents, si bien que tout le bahut rapplique avec une caisse de bières et démolit la maison, comme dans les films ? Eh bien, je n'y avais jamais été conviée. Bref, j'ai été plutôt ahurie par ces démonstrations de compassion de la part d'une certaine frange des élèves d'Ernest-Pyle. Car ce ne sont pas seulement Ruth, Skip et mes camarades de l'orchestre qui m'ont exprimé leurs regrets pour les événements de la nuit. Oh que non ! Todd Mintz l'a fait, un paquet de Pomponettes aussi, Tisha Murray et Jeff Day, de même que le roi des élites populaires en personne, Mark Leskowski.

Ces marques de sympathie auraient presque suffi à faire oublier à une jeune fille que quelqu'un souhaitait sa mort et comptait bien l'organiser si jamais elle s'approchait trop de la vérité.

— Je n'en reviens pas ! s'est exclamé Mark en

déposant son derrière franchement somptueux à côté de moi et en me couvrant de ses yeux d'un brun soutenu. Dire que toi et moi venions juste de manger là-bas !

— Oui, ai-je acquiescé, embarrassée par le nombre de regards envieux qui se tournaient dans ma direction.

Maintenant qu'Amber avait disparu, Mark était libre. Plus d'une pom-pom girl a donné un coup de coude à sa voisine en nous désignant du menton, seuls occupants d'une table vide dont le tête-à-tête, du coup, en paraissait presque intime. Bien sûr, elles ne pouvaient deviner que mon cœur appartenait — et appartiendrait toujours — à un autre.

— Enfin, au moins, personne n'a été blessé, a continué Mark. Tu imagines si ça s'était produit pendant le dîner ?

— Sauf qu'il aurait été délicat pour celui qui a imbibé les lieux d'essence de le faire à ce moment-là sans que quiconque le remarque.

— Tu veux dire que c'était exprès ? s'est récrié Mark, stupéfait. Mais pourquoi ? Et qui aurait...

— D'après moi, ceux qui ont tué Amber et tabassé Heather. Il s'agit d'un avertissement. À mon intention. Pour que je me mêle de mes oignons.

— Nom d'un chien ! a murmuré Mark, hébété. C'est nul.

Ce qui était une façon plus ou moins adéquate d'exprimer ce que je ressentais. Aussi, j'ai hoché la tête. Juste après, la cloche a retenti.

— Écoute, m'a brusquement proposé Mark, si on faisait un truc ensemble, ce week-end ? Si ça t'intéresse, bien sûr. Je t'appelle, d'accord ?

Je l'avoue, c'était plutôt cool que le plus beau garçon du bahut – délégué des Terminales, arrière de l'équipe de foot, dieu universellement reconnu – m'annonce qu'il me passerait un coup de fil. Attention ! Il va de soi qu'il n'était pas Rob Wilkins ni rien. Il y avait aussi cette obsession pour « l'inacceptable » qui me paraissait... euh... quelque peu militaire. N'empêche. Il m'avait invitée. Deux fois. Tout à coup, j'ai eu une idée de ce que ma mère avait pu éprouver à l'époque où elle avait été au lycée. Vous vous rappelez ? Mini-miss castration du maïs et tout le bataclan ?

Je voyais enfin pourquoi elle avait été toute tourneboulée quand Skip m'avait téléphoné. Être populaire, finalement, c'est plutôt marrant.

Ou du moins, ça l'a été jusqu'à ce que Karen Sue Hanky vienne à ma rencontre alors que je me dirigeais vers mon casier et me balance au nez, avec cette voix prétentieuse qui n'appartient qu'à elle :

— Tu as loupé les auditions pour les places dans l'orchestre, ce matin.

Je me suis figée, une main sur le verrou de mon casier. Les auditions pour déterminer qui occuperait tel ou tel poste. J'avais complètement oublié. J'avais des excuses, vu les difficultés auxquelles j'avais été confrontée ces derniers temps – menaces à l'encontre de ma petite personne, destruction d'une partie importante de l'affaire familiale... Pas étonnant que j'aie eu du mal à rester concentrée sur mon emploi du temps.

Mais... une minute ! Les instruments à vent devaient être auditionnés le jeudi. Aujourd'hui.

— Comme tu les as ratées, tu vas sans doute te retrouver dernière flûtiste. Au moins jusqu'aux auditions du prochain semestre. Dommage que

M. Vine annonce les places de chacun ce soir après les cours. Je parie que je... hé !

Si Karen Sue avait braillé, c'est que je venais de la pousser. Pas très fort ni rien. Il fallait seulement que je me rende quelque part, et en vitesse. Or, elle s'était mise au milieu de mon chemin. Le quelque part en question était la salle des profs, où je savais que Vine passait la première heure de l'après-midi, histoire de décompresser après son cours aux gamins de Troisième.

J'ai foncé dans le couloir, bousculant sans même m'excuser ceux qui se ruaient en classe. C'était dégoûtant ! Super injuste ! Quelqu'un qui, comme moi, avait eu une bonne excuse pour être absent – et mon excuse était en béton – n'aurait pas dû être relégué à la dernière, place, sous prétexte qu'un dingue avait incendié le restaurant de ses parents.

Le truc, c'est que j'avais (enfin) appris à déchiffrer la musique au camp de Wawasee. J'avais eu la ferme intention d'épater le petit père Vine avec mes nouvelles et extravagantes aptitudes musicales. Je ne voulais pas du tout devenir première flûtiste de l'orchestre, mais j'estimais mériter amplement le poste de troisième flûte, voire de seconde. Il était hors de question que je me retrouve dernière. Pas sans combattre, en tout cas.

Un dérapage contrôlé m'a amenée devant la salle des profs. J'allais être en retard pour le cours de sciences nat', tant pis. J'ai frappé. Au même instant, quelqu'un a effleuré mon épaule. Me retournant, j'ai eu la surprise de découvrir Claire Lippman, laquelle, en général, m'adressait à peine la parole dans les couloirs. Pas par prétention ni rien. Juste parce qu'elle était d'ordinaire plongée dans la lecture d'un script.

Elle avait une sale tronche. Ce qui était inhabituel, car Claire était ce qu'on appelle « une beauté », si vous me suivez. Du genre qu'on ne remarque pas forcément au premier abord, sauf que plus vous la contemplez plus vous vous rendez compte qu'elle est d'une perfection absolue. Mais là, elle était loin d'être parfaite. Elle s'était mordillé la bouche, abîmant au passage son rouge à lèvres, et le pull rose qu'elle portait sur les épaules (par-dessus un corsage blanc sans manches) menaçait de dégringoler par terre.

— Jess... Jess, a-t-elle balbutié en inspectant furtivement les alentours, il faut que je te parle.

Visiblement, quelque chose la tracassait. Beaucoup, même.

— Que se passe-t-il ? ai-je répondu en posant ma main sur son bras. Ça...

... va ? Ça va ? C'était la question que je m'apprêtais à lui poser, quand deux événements simultanés m'en ont empêchée. Un, la porte de la salle des profs s'est ouverte, et Lewis, le prof de chimie, est apparu sur le seuil, me toisant avec réprobation, car chacun sait qu'on ne dérange jamais la gent enseignante quand elle se réfugie dans la pièce qui lui est réservée. Deux, Mark Leskowski a surgi du bureau des CE, de l'autre côté du corridor, un paquet de demandes d'inscription en fac sous le bras.

— Que puis-je pour vous, mademoiselle Mastriani ? a aboyé Lewis.

J'avais beau ne jamais avoir suivi ses cours, il me connaissait. Sans doute parce que j'avais fait la une de tant de journaux au printemps.

— Salut ! nous a lancé Mark, à Claire et à moi. Ça roule ?

C'est alors là que Claire a fait un truc ahurissant. Tournant les talons, elle s'est enfuie dans le couloir, si vite qu'elle n'a même pas remarqué que son pull glissait sur la moquette. La suivant du regard, Lewis a secoué la tête.

— Ces actrices ! a-t-il marmonné

Mark et moi avons échangé un coup d'œil, tandis que Claire disparaissait du côté du bâtiment abritant l'auditorium. Puis il a haussé les épaules, comme pour dire : « Les femmes ! Qu'est-ce que tu veux ? »

— À plus ! m'a-t-il saluée avant de partir dans la direction opposée, vers le gymnase. Indécise, j'ai ramassé le pull rose de Claire. Il était super doux, et quand j'ai consulté l'étiquette, j'ai compris pourquoi. Cent pour cent cashmere. Elle risquait de regretter de l'avoir perdu. J'allais le garder, et je le lui rendrais quand je la reverrais.

— Eh bien, mademoiselle Mastriani ? a repris Lewis, me faisant sursauter.

J'ai demandé après Vine. En soupirant, le prof de chimie est allé le chercher. Le chef d'orchestre, en apprenant que je craignais d'être reléguée à la dernière place, a paru très amusé.

— Tu crois vraiment que je te ferais une

crasse pareille, Jess ? a-t-il murmuré, un éclat malicieux dans l'œil. Nous savons tous pourquoi tu n'étais pas là. Ne t'inquiète pas et retrouve-moi juste après ton dernier cours. Nous procéderons à ton audition à ce moment-là, d'accord ?

— D'accord, monsieur Vine, me suis-je écriée, drôlement soulagée. Et merci !

Il a disparu dans la salle des profs en refermant la porte derrière lui, ce qui ne m'a pas empêchée de l'entendre éclater de rire. Mais je m'en fichais. J'avais décroché une audition spéciale, c'était tout ce qui comptait.

Enfin, sur le moment. Parce que, au fur et à mesure que la journée s'est écoulée, quelque chose d'autre a commencé à me titiller la cervelle. Qui n'avait rien à voir avec ce qui m'avait turlupinée durant toute la semaine, à savoir qu'un assassin s'en prenait aux *cheerleaders*, passait des coups de fil anonymes menaçants et incendiait le restaurant appartenant aux parents d'une pauvre innocente. Non, c'était plus grave que cela. Malheureusement, je n'arrivais pas à mettre le doigt dessus.

Ce n'est qu'au dernier cours que j'ai pigé.

J'avais la frousse.

Sans charre. J'étais morte de trouille en marchant dans les couloirs du lycée. Oh, pas au point de me répandre de frayeur, à trembler, à m'accrocher à tous ceux que je croisais pour pleurer dans leur giron. Quand même, je n'étais pas fière. Je craignais ce qui pouvait arriver chez moi. Les Fédéraux étaient toujours sur place à exercer leur surveillance – ils devaient d'ailleurs m'espionner moi aussi, en ce moment même, bien que je n'aie repéré personne de louche.

Mais ce n'était pas tout. La peur, s'entend. Je pressentais en effet que quelque chose n'allait pas. Quelque chose qui dépassait le ravage de *Mastriani*, la mort d'Amber et l'hospitalisation de Heather. Je n'essaie pas de dire qu'il s'agissait d'une intuition surnaturelle. Pas du tout. Pas encore. Seulement, un truc vache flottait dans l'air, et pas uniquement à cause de tout ce qui s'était déjà produit et des Fédéraux qui n'avaient pas l'ombre d'un suspect sérieux, et encore moins d'un coupable. Non, c'était plus que ça. C'était... angoissant.

Un peu comme la perspective d'une sortie en compagnie de Skip, mais en beaucoup plus violent.

Voilà pourquoi, au beau milieu de ma dernière heure de classe, j'ai craqué. J'ai levé le doigt sans trop comprendre pourquoi. Mademoiselle Mac-Kenzie, pas très heureuse d'être interrompue en plein dans notre exploration des chamailleries sans fin entre Alix et Michel – « *Alix a mis du sel dans le bol de Michel*[1] » –, m'a demandé :

— *Qu'est-ce que vous voulez, Jessica*[2] ?

— Il faut que je sorte.

— Ça ne peut pas attendre la fin du cours ? a-t-elle répliqué, passablement agacée. Logique. Il ne restait plus qu'une demi-heure avant la cloche. Mais non, je ne pouvais pas attendre. J'aurais bien été incapable d'expliquer pourquoi. J'étais juste certaine que ça ne pouvait pas attendre. Furibonde, la prof m'a tendu un papier m'autorisant à me rendre aux toilettes, et j'ai déguerpi avant qu'elle ait eu le temps de me lancer « *Au revoir* »[3].

Je ne suis pas du tout allée aux toilettes. J'ai emprunté l'escalier – les labos de langue sont situés au dernier étage – en direction du bureau

---

1. En français dans le texte.
2. *Idem.*
3. *Idem.*

des CE. Je n'étais même pas sûre de savoir pourquoi je me rendais là-bas, jusqu'à ce que je me retrouve devant la salle des profs. C'est alors que j'ai compris. Claire. Claire qui m'avait touché l'épaule, qui avait voulu me parler mais n'en avait pas eu l'occasion. Ses beaux yeux bleus qui s'étaient écarquillés quand elle m'avait contemplée, ses beaux yeux bleus pleins de peur — ce dont je ne m'étais pas rendu compte sur le moment, trop préoccupée par mes propres soucis.

La peur ! La peur !

J'ai déboulé dans le bureau des CE, effrayant la secrétaire.

— J'ai besoin de savoir quel cours suit Claire Lippman, ai-je crié en jetant mes livres sur sa table. *Maintenant !*

— Jessica, a répondu Helen, surprise mais pas inamicale, tu sais bien que je n'ai pas le droit de...

— *Maintenant !* ai-je braillé.

La porte du burlingue de Goodheart s'est ouverte. Ahurie, j'en ai vu sortir non seulement mon CE perso mais également l'Agent Spécial Johnson.

— Jessica ? a marmonné Goodheart, perplexe. Qu'est-ce que tu fabriques ici ?

Helen avait frappé sur la touche de son clavier faisant disparaître le Démineur, son occupation quand j'étais entrée sans crier gare. Elle était en train de consulter les emplois du temps des élèves.

— Qu'est-ce que vous faites, vous ? lui a demandé Goodheart en s'en apercevant.

— Jess cherche Claire Lippman, a-t-elle expliqué. Alors, je l'aide.

— Enfin voyons, Helen, a chuchoté l'autre, de plus en plus abasourdi, vous savez bien que vous n'en avez pas le droit. C'est confidentiel.

— Que voulez-vous à cette jeune fille, Jessica ? s'est enquis l'Agent Spécial Johnson. Il lui est arrivé quelque chose ?

— Je ne sais pas trop, ai-je admis. (Ce qui était vrai. Je n'en avais pas la moindre idée. Sauf que... si. Je pressentais qu'elle avait des ennuis.) Écoutez, elle désirait me confier un truc, mais elle n'en a pas eu le temps, parce que...

— Claire Lippman a cours d'éducation phy-sique, m'a interrompue la secrétaire.

— Helen ! s'est récrié le père Goodheart, vraiment choqué. Qu'est-ce qui vous prend ?

— Merci ! ai-je lancé à Helen en ramassant mes affaires. Merci beaucoup.

J'étais presque à la porte quand elle a cependant précisé :

— Mais elle n'y est pas, Jess.

Je me suis arrêtée net. Avant de me retourner lentement.

— Comment ça ?

Helen étudiait soigneusement l'écran de son ordinateur, l'air soucieux.

— D'après les listes de présence, a-t-elle murmuré, Claire Lippman ne s'est pas montrée en classe depuis... le déjeuner.

— Mais c'est impossible ! me suis-je exclamée en me sentant soudain toute drôle. (Un peu comme si on m'avait injecté un anesthésiant. Ma bouche s'était figée, ainsi que mes bras.) Je l'ai croisée juste avant la reprise, vers midi et demi.

— Non, a affirmé la secrétaire en attrapant les feuilles qu'elle venait d'imprimer. Apparemment, Claire a séché tous ses cours de l'après-midi.

— Claire n'a jamais séché de sa vie, est intervenu Goodheart, qui était bien placé pour le savoir, vu qu'il est également son CE.

— Eh bien, aujourd'hui, si, a objecté Helen.

J'ai sans doute donné l'impression que j'allais m'évanouir parce que, tout à coup, l'Agent

Spécial Johnson a bondi à côté de moi et m'a prise par le coude.

— Jess ? Jessica ? Vous allez bien ?

— Non, je ne vais pas bien du tout, ai-je murmuré. Et Claire Lippman non plus.

19

J'étais responsable, évidemment.

Pour ce qui était arrivé à Claire, s'entend.

J'aurais dû lui prêter attention. J'aurais dû la prendre par le bras et l'emmener dans un endroit tranquille pour écouter ce qu'elle avait à me dire. Car cela, quoi que ça ait été, avait un lien avec sa présente disparition, j'en étais sûre.

— C'est une journée splendide, a déliré Goodheart, elle s'est peut-être juste octroyé des vacances ? Vous savez combien elle aime bronzer. Avec l'été indien auquel nous avons droit, l'assiduité a tendance à décliner, surtout en fin d'après-midi...

Assise dans l'un des canapés en vinyle orange, mes bouquins sur les genoux, mes bras sans vie à côté de moi, j'ai levé un regard las sur lui :

— Claire n'est pas en train de sécher, ai-je marmonné d'une voix elle aussi fatiguée. Ils l'ont eue.

L'Agent Spécial Johnson avait contacté Jill, et ils étaient à présent installés face à moi, m'inspectant comme si j'étais une nouvelle espèce de criminelle dont ils n'avaient jamais entendu parler que dans leurs bouquins de formation, à l'école du FBI.

— Qui donc, Jess ? m'a doucement demandé l'Agent Spécial Smith.

Comment pouvait-elle poser pareille question ?

— Ceux qui ont tué Amber. Et Heather. Ceux aussi qui ont brûlé le restaurant.

— Mais de qui s'agit-il ? a-t-elle insisté en se penchant vers moi, égale à elle-même, le carré impeccable, le tailleur parfaitement repassé, la seule différence notoire étant des clous d'oreille en diamant. Vous le savez, Jess ? Vous savez qui ils sont ?

J'ai regardé les deux guignols. J'étais claquée.

Épuisée. Et pas seulement parce que j'avais à peine dormi ces deux derniers jours. J'étais fatiguée à l'intérieur, jusqu'à la moelle de mes os. Lasse d'avoir peur. Lasse de ne pas savoir. Juste lasse

— Bien sûr que non ! Et vous ? Vous avez la moindre piste ?

Ils ont échangé un coup d'œil. Il a secoué la tête, un mouvement à peine perceptible.

— Mieux vaudrait lui annoncer, Allan, a quand même lâché sa collègue.

J'étais trop nase pour en demander plus. Je m'en moquais. Franchement. J'étais persuadée que Claire Lippman gisait sans vie quelque part, et que c'était ma faute. Qu'est-ce que mon frère Mike allait dire quand il l'apprendrait ? Il avait aimé Claire depuis la nuit des temps, pour autant que je m'en souvienne. Il avait beau ne jamais lui avoir adressé la parole, il l'avait vraiment aimée. L'année où elle avait joué *Hello Dolly*[1], il avait

---

1. Pièce de théâtre créée en 1835, devenue en 1964 une comédie musicale jouée à Broadway, puis un célèbre film de Gene Kelly (1967) avec, dans le rôle principal, Barbra Streisand. Raconte les amours d'une marieuse professionnelle et d'un riche commerçant.

assisté à toutes les représentations, même les matinées réservées aux petits gosses. Par la suite, il n'avait pas arrêté de chantonner la mélodie. Pendant des semaines. Or, je n'avais même pas été fichue de la protéger pour lui. L'amour fou de mon frangin.

— Jessica, a repris l'Agent Spécial Smith, écoutez-moi une seconde. Amber. La jeune fille morte, vous savez ?

— Oh, oui, Jill, ai-je rétorqué, sarcastique (il me restait assez de forces pour ça), en la dévisageant. Elle a été assise devant moi durant la permanence du matin pendant *cinq* ans.

— Agent Smith ! est intervenu l'Agent Spécial Johnson sur un ton très sec. Cette information est confidentielle. Il ne vous est pas...

— Elle attendait un enfant, a poursuivi Jill, mine de rien. Amber Mackey était enceinte de six semaines quand on l'a assassinée, Jess. Les résultats de l'autopsie viennent juste de nous parvenir. J'ai pensé que...

— Enceinte ! l'ai-je interrompue, ahurie. Enceinte ?

— Enceinte ! a répété Goodheart comme un perroquet. Enceinte ?

— Enceinte ! a ânonné Helen. Amber Mackey enceinte ?

— S'il vous plaît, s'est énervé l'Agent Spécial Johnson, il s'agit d'une information que nous ne tenons pas à divulguer. La famille de la victime n'est pas encore au courant. Alors, je vous en prie, tenez vos langues. Pour l'instant. Naturellement, le secret sera éventé, comme toujours, mais en attendant...

Je ne l'écoutais plus, trop occupée à ruminer. Amber. Enceinte. Amber. Enceinte. Amber. Enceinte. Ce qui ne pouvait signifier qu'une seule chose — Mark Leskowski était le père. Le géniteur du bébé d'Amber. Obligé. Elle n'aurait jamais couché avec un autre que lui. J'étais déjà surprise qu'elle ait accepté de s'envoyer en l'air. Ce n'était tellement pas ce genre de fille.

Quoique... il faut croire que j'avais tort.

En revanche, il était clair qu'elle n'était pas le genre de nana à éviter une grossesse indésirable. Pas elle. Combien de ventes de charité au profit des mères célibataires de la région avait-elle organisées ? Combien de voitures avait-elle lavées afin de contribuer à la *March of*

Dimes[1] ? Combien de fois l'avais-je croisée, une pancarte de l'UNICEF à la main, récoltant la menue monnaie des uns et des autres ?

Soudain, tout mon épuisement m'a quittée. L'énergie m'a peu à peu envahie, à croire qu'on avait rechargé mes batteries, un peu comme le jour où j'avais été frappée par la foudre. Bon, d'accord, c'était sans doute un peu différent. En tout cas, je n'étais plus du tout fatiguée.

Ajoutez à cela quelque chose d'étonnant – je n'avais plus peur.

Plus maintenant.

Parce que je venais de me rappeler un autre détail. C'était que la peur que j'avais discernée

---

1. Littéralement, « la marche des centimes » (un peu l'équivalent de l'opération pièces jaunes en France). Mouvement lancé en 1938 par le président Roosevelt afin de lever des fonds pour combattre la polio (Roosevelt lui-même était paralysé, à cause de cette maladie contractée dans son enfance, pensait-il à tort). L'originalité de l'organisation tenait à son côté étatique, du jamais vu aux États-Unis où, depuis toujours, la charité était réservée à des fondations privées. C'est grâce à elle qu'a été développé le premier vaccin contre la polio, en 1955. Par la suite, ce combat étant devenu inutile, le mouvement s'est tourné vers une autre cause – la prévention contre les grossesses indésirables et la lutte contre les maladies néonatales et la mortalité infantile.

dans les yeux de Claire Lippman n'avait pas été là quand elle m'avait abordée. Non, cette frayeur était apparue plus tard. Pas avant que Mark Leskowski — *Mark Leskowski*, nom d'un chien — soit sorti du bureau des CE et nous ait saluées.

Mark Leskowski, le père du bébé d'Amber.

Mark Leskowski avec lequel j'avais dîné à la table des amoureux chez *Mastriani* et qui, quand je lui avais demandé ce qu'il ferait si ses plans pour intégrer la NFL ne réussissaient pas, m'avait répondu : « Pour moi, l'échec n'existe pas. »

Votre petite copine de seize ans qui vous annonçait qu'elle s'apprêtait à être mère en dehors des liens du mariage l'année même où les recruteurs sportifs des grandes universités venaient vous jauger ? C'était un détail qui, selon la philosophie de Mark Leskowski, tombait sous le coup de « l'inacceptable ».

Je me suis levée, envoyant valser mes livres.

Je n'avais cependant pas lâché le pull de Claire. Je ne l'avais d'ailleurs pas lâché de tout l'après-midi.

— Jessica ? a crié Jill en bondissant elle aussi sur ses pieds. Qu'y a-t-il ?

Je n'ai pas moufté.

— Répondez Jessica ! s'est énervé l'Agent Spécial Johnson. Vous m'entendez, Jessica ? L'Agent Spécial Smith vous a posé une question. J'exige que vous lui répondiez. Vous préférez que j'appelle vos parents, jeune fille ?

Aucune importance. Ils pouvaient bien dire ce qu'ils voulaient. Helen pouvait bien chercher le numéro de téléphone de mes parents dans ses dossiers. Goodheart pouvait bien agiter la main devant ma figure en braillant mon prénom. Oh, n'allez pas vous tromper. C'était parfaitement agaçant. J'essayais de me concentrer, et ces imbéciles sautaient autour de moi comme des puces.

N'empêche, ça m'était complètement égal. Qu'ils bavassent, qu'ils s'agitent, je m'en moquais. Car j'avais le pull de Claire Lippman. Le cashmere rose que sa mère, je le savais maintenant — alors que je n'avais aucun moyen rationnel de le savoir — lui avait offert pour ses seize ans. Il embaumait le parfum *Happy*, que Claire mettait toujours. Sa grand-mère lui en donnait un nouveau flacon tous les ans à Noël. Les gens n'arrêtaient pas de la complimenter au sujet de ces fragrances. Ils ignoraient que c'était *Happy*, de

Clinique. Ils en trouvaient l'odeur exotique, pensaient qu'il devait coûter les yeux de la tête. Même Mark Leskowski, qui était assis devant Claire tous les jours en permanence du matin – Leskowski, Lippman, le fameux ordre alphabétique – en avait parlé, une fois. Avait demandé comment ça s'appelait. Désirait en offrir à sa petite copine, avait-il dit.

Sa copine Amber. Qu'il avait tuée.

Soudain, j'ai eu du mal à respirer. Parce qu'il faisait trop chaud. De plus, quelque chose me couvrait la bouche et le nez. Je suffoquais. J'étais coincée. Laissez-moi sortir. Laissez-moi sortir. *Laissez-moi sortir.*

Quelque chose a heurté mon visage. J'ai sursauté, puis me suis retrouvée en train de cligner des paupières sous le nez de Goodheart. Les Agents Spéciaux Johnson et Smith le retenaient par les bras.

— Je vous avais recommandé de ne pas la frapper ! hurlait Allan.

— Et vous vouliez que je fasse quoi ? a rétorqué le CE sur le même ton. Elle était en pleine crise !

— Ce n'était pas une crise, mais une vision !

347

est intervenue Jill, elle aussi furieuse. Jessica ? Vous allez bien, Jessica ?

J'ai contemplé les trois zozos. Ma joue picotait là où Goodheart l'avait giflée.

— Il faut que j'y aille.

Et j'ai quitté la salle d'attente en m'agrippant au pull de Claire.

Évidemment, ils m'ont suivie. La tâche ne leur a cependant pas été facilitée quand la cloche annonçant la fin des cours a retenti, provoquant une marée humaine qui s'est répandue dans les couloirs. Les élèves claquaient les portes de leurs casiers, s'en tapaient cinq en se croisant, beuglaient par-dessus le brouhaha général pour se donner rendez-vous, un peu plus tard, aux carrières. Les cages d'escalier, les corridors grouillaient de gens qui se ruaient vers les sorties.

Je me suis laissé emporter par la vague, dehors, jusqu'au mât du drapeau, là où les bus de ramassage scolaire attendaient de ramener les élèves chez eux. Sauf ceux qui avaient leur voiture ou devaient rester dans l'enceinte du lycée, soit qu'ils avaient un entraînement sportif quelconque, soit qu'ils avaient été collés.

Et sauf Claire. Cette dernière allait rater son bus, aujourd'hui.

— Jessica ! ai-je entendu quelqu'un crier derrière moi.

L'Agent Spécial Johnson.

Quelqu'un était appuyé contre le mât du drapeau. Une silhouette familière. Facile à distinguer au milieu des hordes sauvages, car elle dépassait d'une bonne tête la plupart des gens et ne bougeait pas. Rob, c'était Rob, D'un côté, j'ai été heureuse de le voir, de l'autre, c'est à peine si je l'ai vu.

— Jess ! m'a-t-il hélée dès qu'il m'a aperçue. J'ai appris ce qui s'est passé cette nuit. Tu vas bien ?

— Très bien, ai-je répondu sans m'arrêter devant lui ni ralentir.

— Hé, Mastriani ! a-t-il protesté en m'emboîtant le pas. Qu'est-ce qui t'arrive ? Où tu vas, comme ça ?

— J'ai un truc à faire.

Je marchais tellement vite que j'étais persuadée d'avoir semé les Agents Spéciaux Johnson et Smith, quelque part du côté des bus de ramassage scolaire.

— Et c'est quoi ? a exigé de savoir Rob. Qu'est-ce qu'on fiche ici, Mastriani ?

« Ici » étant le terrain de football, dont l'un des côtés borde le parking des élèves. C'était sous les gradins métalliques entourant ce stade que Ruth et moi nous étions abritées, ce jour de printemps où la tempête nous avait surprises. La fameuse tempête, celle qui avait tout changé.

Le terrain de foot avait à peu près le même air que ce jour-là, sinon qu'il était présentement utilisé. Debout au milieu, l'entraîneur Albright avait un sifflet planté dans le bec, tandis que ses joueurs déboulaient au petit trot des vestiaires afin d'entamer leurs échauffements. La plupart des *cheerleaders* étaient là également, occupées à choisir la future remplaçante d'Amber. C'était triste, mais bon, il leur était impossible de faire la pyramide à neuf. Il leur fallait une dixième fille. Les tribunes étaient bordées de candidates. En nous apercevant, Rob et moi, elles ont cessé de jacasser pour nous observer. Elles se sont peut-être dit que j'étais moi aussi une prétendante au poste d'Amber.

— Qu'est-ce qui te prend, Jess ? a dit Rob. Tu

te comportes d'une manière franchement zarbi. Encore plus zarbi que d'habitude.

L'entraîneur Albright nous a repérés à son tour, et il a soufflé dans son sifflet.

— Mastriani !

Il me connaissait trop bien, suite aux multiples altercations qui m'avaient opposée à ses joueurs.

— Qu'est-ce que tu fiches ici ? Tu es venue pour les sélections ? a-t-il beuglé.

Je ne lui ai pas répondu. Je fouillais des yeux les environs, à la recherche d'une personne bien précise.

— Si ce n'est pas le cas, a continué à s'égosiller Albright, déguerpis ! Je ne te veux pas dans mes pattes. Tu rends mes garçons nerveux.

J'ai fini par le distinguer. Il sortait tout juste du gymnase. Ses protections d'épaule donnaient l'impression qu'il était encore plus carré que d'ordinaire. Certes, il était déjà bien bâti. Le soleil se reflétait sur sa tête nue, tandis qu'il accourait sur le stade, casque à la main, pour rejoindre ses coéquipiers. Je me suis dirigée vers lui, l'ai stoppé à mi-chemin.

— Jess ! s'est-il exclamé, surpris, en nous

regardant alternativement, Rob et moi. Qu'est-ce qu'il y a ?

J'ai tendu la main. Celle qui n'agrippait pas le pull de Claire.

— Donne ! lui ai-je ordonné.

Mark m'a dévisagée, un demi-sourire aux lèvres. Il avait décidé de jouer les durs.

— De quoi parles-tu ? a-t-il demandé.

— Tu le sais bien. Tu le sais même trop bien.

— Qu'est-ce que c'est que ce bazar ? a braillé Albright en s'approchant de nous à grands pas furibonds.

Son équipe au complet le suivait, parmi laquelle Todd Mintz et Jeff Day, ainsi que quelques pom-pom girls. Ce n'était pas tous les jours qu'une civile interrompait l'entraînement en déboulant sur le terrain. Surtout une fille qui n'appartenait pas à la clique des élèves populaires.

— Cette fille t'embête, Mark ? a repris Albright.

— Non, non, a répondu l'autre sans cesser de sourire. C'est une amie. Que se passe-t-il, Jess ?

— Tu le sais très bien, ai-je lâché d'une voix que je ne reconnus pas, plus dure, plus triste aussi. Vous le savez tous, ai-je ajouté en contemplant les autres footballeurs. Chacun de vous le sait.

— Moi, non, s'est défendu Todd Mintz, en clignant des yeux dans le soleil éclatant.

— Ferme-la, Mintz ! a ordonné Jeff Day.

Le regard d'Albright a fait la navette entre Mark et moi, puis il a dit :

— Écoute, Mastriani, j'ignore le pourquoi de cette mascarade, mais si tu as un problème avec l'un de mes joueurs, tu m'en parleras à un autre moment. On n'interrompt pas l'entraînement...

Avançant d'un pas, j'ai lancé mon poing dans le bide de Mark Leskowski.

— Et maintenant, ai-je tonné tandis qu'il s'écroulait sur les genoux, haletant, file-moi tes clés de bagnole.

Après, ç'a été un peu la bousculade. Récupérant à une vitesse étonnante, Mark a voulu me sauter dessus, ce dont l'a empêché Rob, en vrai gentleman, lui bloquant la tronche sous son bras. J'ai soudain décollé du sol, attrapée par Jeff Day qui, j'imagine, comptait m'expédier entre les poteaux des buts. Il a été arrêté par Todd Mintz, qui l'a chopé par la pomme d'Adam et a serré.

Au milieu de tout ça, l'entraîneur Albright jouait du sifflet à en perdre haleine.

Au cours de l'échauffourée, un objet luisant est tombé de la ceinture de Mark. Rob s'en est emparé avant de me héler. Entre-temps, la respiration coupée par Todd, Jeff m'avait lâchée. J'ai saisi les clés au vol d'une main leste. Puis, tournant les talons, je me suis ruée vers le parking.

— Tu n'as pas le droit de faire ça ! ai-je entendu Mark hurler. C'est illégal. Une fouille illégale, voilà ce que c'est.

— Tu n'as qu'à te considérer comme aux arrêts, lui a répliqué Rob. Arrêté par une bonne citoyenne.

Ils me suivaient. Tous. Rob, Mark, Todd et Jeff, l'entraîneur Albright, les *cheerleaders*. Comme le joueur de flûte de Hamelin enlevant les enfants de leur village pour les conduire à leur triste sort, je guidais l'équipe de foot d'Ernest-Pyle et ses supportrices en direction de la BMW de Mark Leskowski. Laquelle était garée, me suis-je aperçue, juste à côté du cabriolet de Ruth et de la Trans Am de Skip.

— Omondieu ! s'est écriée Ruth en me voyant. Te voilà enfin ! Je t'ai cherchée partout. Que...

Elle n'a pas terminé sa phrase en voyant mon escorte.

— Ce sont des conneries ! a piaillé Mark.

(Excusez son langage.)

— Mastriani ! a beuglé Albright. Rends ces clés tout de suite !

Il pouvait toujours s'égosiller. Fonçant sur la voiture noire, j'ai enfoncé la clé dans la serrure du coffre. C'est alors que Mark a tenté de filer. En vain. Rob l'a retenu par le T-shirt, d'un geste presque décontracté.

— Lâche-moi ! Fiche-moi la paix, espèce de débile.

Sauf qu'il n'a pas dit débile.

J'ai tourné la clé ; le coffre s'est ouvert d'un seul coup.

C'est ainsi que les Agents Spéciaux Johnson et Smith nous ont découverts une minute plus tard. Sous les yeux de l'élite d'Ernest-Pyle au grand complet rassemblée autour d'un de ses leaders, Mark Leskowski, que Rob avait coincé, cependant que Todd Mintz s'accrochait à Jeff Day qui, au dernier moment, avait essayé lui aussi de déguerpir. Et moi, à moitié plongée dans le coffre de la BMW, m'efforçant de ré-insuffler un peu d'air dans les poumons de Claire Lippman.

20

— Oh, pour sûr, ça été vraiment pénible, me confiait Claire, un peu plus tard dans la soirée.

— Raconte, l'ai-je encouragée.

— Franchement, j'ai cru que j'allais mourir.

— En tout cas, tu avais l'air morte, a souligné Ruth.

— Ah bon ? s'est exclamée Claire, visiblement très intriguée. C'était comment ?

Assise sur le rebord de la fenêtre de la chambre d'hôpital où Claire avait été transportée, mon amie m'a jeté un coup d'œil incertain.

— Je t'assure, a insisté la patiente, ça m'intéresse. Des fois que je doive jouer une scène où je meurs. Au moins, je saurai la tête qu'il faut prendre.

— Eh bien, a expliqué Ruth avec réticence, tu étais toute pâle, tes yeux étaient fermés, et tu ne respirais plus, à cause du scotch sur ta bouche.

— Et de la chaleur, a ajouté Skip. N'oublie pas la chaleur.

— Il faisait plus de quarante, dans ce coffre ! a précisé Claire sur un ton joyeux. D'après les gars des urgences, la déshydratation m'aurait achevée avant même que Mark me tue.

— Euh... a marmonné Ruth. À propos, c'est un point de détail que je n'ai pas bien saisi. Pourquoi Mark souhaitait-il te régler ton compte, déjà ?

— Parce qu'il m'avait vue parler à Jess.

Ruth s'est tournée vers moi, installée au milieu des dizaines d'énormes compositions florales qu'on avait envoyées à Claire depuis son admission à l'hosto. Cette dernière devait être libérée dans la matinée du lendemain, pour peu que le scanner confirme qu'elle ne souffrait d'aucune commotion cérébrale. Ça n'empêchait pas les fleurs d'arriver toutes les cinq minutes. Claire était bien plus populaire que ce que j'avais pensé.

— Précise, m'a demandé Ruth.

— C'est très simple. Amber Mackey était enceinte...

— Enceinte ! s'est exclamée Ruth.

— Enceinte ! a répété son jumeau.

— Enceinte, ai-je confirmé. Elle a annoncé à Mark qu'elle désirait garder l'enfant. D'ailleurs, elle voulait que Mark l'épouse, qu'ils élèvent le bébé ensemble, qu'ils soient une gentille petite famille. Tel était leur sujet de conversation, ce jour-là, aux carrières, quand Claire les a vus s'isoler. La grossesse d'Amber.

— Exact, a renchéri Claire. Sauf qu'une petite copine enceinte n'entrait pas dans les plans de Mark.

— Loin de là, même, ai-je enchaîné. Se marier, voire simplement payer pour l'entretien d'un enfant, allait complètement bousiller ses rêves de devenir footballeur professionnel. Selon son expression, la situation était carrément « inacceptable ». Donc, et pour autant qu'on puisse le deviner, puisqu'il n'a toujours pas avoué, il a rossé Amber dans l'espoir qu'elle changerait d'avis avant de la laisser quelque part, le coffre de sa voiture sans doute. Les flics sont en train d'y chercher des indices. En constatant que ses arguments... frappants... n'avaient servi à rien, il l'a tuée et jetée à la flotte.

— D'accord, jusque-là, je suis, a dit Ruth. Mais Heather ? Il n'était pas avec toi, quand elle a disparu ?

— Si. C'était toute la ruse, d'ailleurs. Mark commençait à avoir chaud aux fesses, avec les Fédéraux qui ne le lâchaient pas. Alors, il a pensé que si une autre fille était agressée pendant qu'il avait un alibi solide, on lui ficherait la paix.

— Et quoi de plus solide que d'être en compagnie de la copine du FBI, la Fille Électrisée ? a lancé Skip.

— Exact, ai-je acquiescé. Enfin, grosso modo. D'ailleurs, ça a fonctionné, parce que personne n'a soupçonné qu'il trempait dans l'enlèvement de Heather.

— Sauf toi, a fait remarquer Claire.

— Pas vraiment, ai-je avoué en me sentant un peu coupable.

Pour tout dire, je ne l'avais pas du tout suspecté. J'avais même été convaincue qu'un aussi beau gosse ne pouvait être un criminel. Pauvre idiote, tiens !

— Mais il y avait cette maison, ai-je poursuivi. Je me doutais qu'elle cachait quelque chose. Quand je me suis mise à poser des questions, Mark a pris peur de nouveau, et il a obligé Jeff Day, celui qui avait kidnappé puis battu Heather, de me menacer au téléphone. Quand ça non plus n'a pas marché, Mark et Jeff sont entrés par effraction chez *Mastriani* et l'ont incendié.

Enfin, d'après Jeff Day, qui avait fondu en larmes comme un bébé à la minute où les flics avaient débarqué. Depuis, il s'était répandu en aveux comme une chenille écrabouillée répand ses intestins.

— La plus grosse erreur de Mark, ai-je continué, a été de recourir à la complicité d'un Jeff Day. C'était logique, dans un sens, puisque Jeff était habitué à lui obéir au doigt et à l'œil, comme sur le terrain. Le problème, c'est que Jeff a besoin de beaucoup d'ordres pour agir. Il n'a pas arrêté de demander à Mark ce qu'il devait faire ou ne pas faire... notamment juste avant les cours, pendant la permanence du matin.

— Où Mark est assis devant moi, a enchaîné Claire, laquelle prenait son rôle de victime très au sérieux et agitait le bras où était plantée sa

361

perfusion, histoire de bien attirer notre attention dessus. Et ce matin, alors que Jeff chuchotait des trucs à Mark, quelque chose de... faux... dans son attitude m'a alertée. J'ai compris. J'ignore comment, mais j'ai compris. Sauf que je ne pouvais aller voir les flics avec rien qu'une présomption. Alors, j'ai songé à Jess...

— Eh oui, l'ai-je relayée. Malheureusement, Claire n'a pas eu le temps de me parler, parce que Mark l'a découverte. Et elle a eu tellement la frousse, que...

— Je me suis sauvée, a lâché Claire d'un ton grave. Comme un faon apeuré.

L'image m'a un peu surprise. Claire était plutôt grande, pour un faon. Une gazelle, peut-être.

— ... m'a frappée par-derrière, développait-elle en se touchant la nuque, avec un objet lourd. Quand j'ai repris conscience, j'étais enfermée dans le coffre de sa voiture.

— J'imagine qu'il comptait l'emmener au taudis du chemin de la fosse pour lui infliger ce qu'il avait fait subir à Amber, ai-je marmonné.

— Et maintenant, a demandé Ruth, que va-t-il lui arriver ? À Mark, s'entend.

— Bah, grâce à l'appui du témoignage de Jeff,

362

qu'il n'hésitera pas à donner en échange d'une promesse de réduction de peine, Mark finira en prison. Pour un bon moment.

Ce qui, pour le coup, allait vraiment bousiller ses projets d'avenir au sein de la NFL.

Avant que quiconque ait eu le temps de lancer une remarque, M. et Mme Lippman sont entrés dans la chambre

— Merci, les enfants, d'avoir diverti notre chérie pendant que nous étions absents, a lancé Mme Lippman. Tiens, Claire, une glace à la pistache, comme tu en avais envie.

À l'arrivée de ses parents, Claire avait perdu toute la vivacité qui l'avait animée pendant notre conversation. Maintenant, elle était allongée sur ses oreillers, la tête ballante. Elle tirait le maximum de la situation, croyez-moi. Mais bon, elle était membre du club de théâtre, après tout.

— Merci, maman, a-t-elle murmuré d'une voix faible.

— Hum, ai-je dit. Mieux vaut qu'on parte.

— Oui, a renchéri Ruth en quittant son perchoir. De toute façon, les heures de visite sont terminées. Salut, Claire. Au revoir, monsieur et madame Lippman.

— Salut, les enfants, a répondu le père de Claire.

Sa mère cependant n'a pas pu nous quitter sur un simple au revoir. Non, il a fallu qu'elle s'approche de moi et me serre contre elle à m'en étouffer, m'appelant le sauveteur de son bébé, m'assurant que si elle ou son mari pouvaient faire quelque chose pour moi, je n'hésite pas une seconde. Les Lippman, de même que les parents de Heather — tout arrive ! — avaient lancé une souscription pour la reconstruction de *Mastriani*. J'aurais préféré, personnellement, qu'ils m'aident à rembourser les frais médicaux de Karen Sue Hanky, de façon à ce que sa vieille abandonne les poursuites judiciaires à mon encontre. Enfin, nécessité fait loi. Donc, je me suis mordu la langue.

— Je vous en prie, ai-je répondu à Mme Lippman. Ç'a été un plaisir.

Sur ce, j'ai rejoint les jumeaux Abramowitz dans le couloir, non sans frotter mes côtes douloureuses.

— Eh ben, a soufflé Ruth, je sais maintenant d'où Claire tient son goût pour le dramatique !

— Ne m'en parle pas, ai-je répliqué en

effaçant les traces de rouge à lèvres que Mme Lippman avait laissées sur mes joues à force de m'embrasser.

— On va dire bonjour à Heather ? a proposé Skip.

— Elle est déjà rentrée chez elle, ai-je annoncé. Un bras cassé, quelques côtes froissées et un traumatisme crânien sans conséquence. À part ça, elle va bien.

— Physiquement, a précisé Ruth. Mais moralement ? Après l'épreuve qu'elle a traversée ?

— Heather est costaude, ai-je objecté en entrant dans l'ascenseur. Elle ne tardera pas à revenir nous secouer ses pompons sous le nez.

— Oui, mais en quel honneur, désormais ? a ricané Ruth. Sans Mark et Jeff, les Couguars n'ont guère de chances d'arriver aux finales d'État. Ni autre part, d'ailleurs.

— Il reste toujours l'équipe de basket. Pour autant que je sache, aucun des joueurs n'a tué personne, dernièrement.

— Alors, Jess, quel effet ça fait d'être de nouveau une héroïne ? m'a demandé Skip quand nous sommes sortis dans le hall de l'hôpital.

— Aucune idée. Je ne suis pas très fière de

moi. Si j'avais pu deviner plus tôt ce qui se passait, j'aurais peut-être sauvé Amber. Sans parler de *Mastriani*.

— À propos, comment t'es-tu débrouillée pour deviner ? s'est enquise Ruth. Que Claire était enfermée dans le coffre de Mark ?

Je m'étais doutée qu'on finirait par me poser la question, même si j'avais espéré, contre toute raison, que ça ne se produirait pas. Comment expliquer que, l'espace d'un moment, *j'avais été Claire*, à l'intérieur de cette voiture ? Simplement parce qu'elle avait perdu son pull. Un pull que je venais de lui rendre, au passage.

— Je n'en sais rien, ai-je menti. Je l'ai... senti. C'est tout.

Ruth m'a jeté un regard entendu.

— C'est ça, a-t-elle raillé. Comme cet été avec Shane et l'oreiller. Pigé.

Elle avait en effet tout compris. Pourvu qu'elle soit la seule.

— Quel oreiller ? a justement demandé Skip.

— T'occupe ! ai-je répliqué. Bon, écoutez, les gars, il faut que je rentre. Ma mère est déjà pas mal excitée, entre le restau qui a flambé et Douglas qui a décroché un boulot. Et je ne vous parle même pas des velléités judiciaires de Karen Sue...

— Ça me scie qu'elle ose te poursuivre en justice, s'est indigné Skip. Alors que tu as permis l'arrestation d'un meurtrier quasiment toute seule.

— N'oublie pas que je lui ai presque cassé le nez, ai-je avoué, penaude. D'accord, elle le méritait.

Avec beaucoup de tact, Ruth a décidé de changer de sujet.

— Ce coup de Douglas travaillant au BDMagazin, c'est carrément flippant, a-t-elle décrété. Qui voudrait bosser dans ce trou à rat ? Il grouille de débiles de la patrouille des randonneurs.

— Hé ! a protesté Skip, offensé.

Il fréquentait pas mal l'endroit, je le savais.

— Bah ! ai-je éludé. C'est Douglas. Il ne fait jamais rien comme les autres.

— Tu m'étonnes ! s'est-elle exclamée. Nom d'un chien, je suis contente de ne pas habiter chez vous. Ça va être la troisième guerre mon...

Elle s'est interrompue, les yeux fixés du côté des portes coulissantes des urgences.

— J'allais parler de troisième guerre mondiale, a-t-elle repris. Je crois plutôt que ce sera la quatrième.

— Quoi ? ai-je murmuré en suivant son regard. Qu'est-ce que tu racontes ?

— Wouah ! s'est écrié Skip qui l'a vu avant moi. Alertez le Pentagone ! Toutes les armées sur le pont !

C'est alors que je l'ai aperçu. Et que je me suis figée sur place.

— Mike ! ai-je braillé, ahurie. Qu'est-ce que tu fabriques ici ?

Visiblement, il débarquait de l'aéroport. Il tenait un petit sac de voyage et, pour dire les choses gentiment, avait une sale tête.

— Comment va-t-elle ? a-t-il demandé en se ruant sur nous. Elle n'a rien ?

— Qu'est-ce que tu fabriques ici ? ai-je répété. Les parents ne t'ont-ils pas déposé à Harvard la semaine dernière ? Pourquoi diable es-tu revenu ?

— Qu'est-ce que tu pensais ? a-t-il riposté, mauvais. Que j'allais rester là-bas avec ce qui s'est passé ?

— Nom d'un chien, Mike ! Il y a l'assurance !

Et cette souscription a été lancée. Ce n'est pas un drame. D'accord, c'est triste et tout le toutim, mais quand j'en ai reparlé à p'pa, il était déjà complètement excité à l'idée de re-décorer le tout. Il va te massacrer, quand il apprendra que tu...

— Je me bats l'œil de ce fichu restau, a répondu mon frère, la voix lourde de mépris. Je suis revenu pour Claire.

— Claire ?

— Ben oui ! Claire Lippman. Comment est-elle ? Elle va s'en sortir ?

Je suis obligée de reconnaître que je n'ai réussi qu'à le contempler avec stupeur. Il avait quitté la fac et, sans doute, dépensé un semestre entier de sa bourse en achetant un billet d'avion au dernier moment, rien que pour voir Claire, une fille qui ne lui avait jamais adressé la parole de sa vie ? Mes *deux* frères étaient-ils timbrés ?

— Claire va très bien, Mike, a répondu Ruth.

Son calme m'a impressionnée. Cela faisait un bon moment que mon amie était secrètement amoureuse de Mike. Visiblement, son aventure estivale avec Scott l'en avait guérie, cependant.

— Ils comptent juste la garder une nuit en observation, a-t-elle précisé.

— Je veux la, voir, a exigé Mike. Dans quelle chambre est-elle ?

— Quatre cent dix-sept, a répondu Skip, à l'instant même où je réagissais enfin.

— Non mais tu es dingue ? ai-je hurlé. Tu as parcouru mille cinq cents kilomètres histoire de t'assurer qu'une fille qui ne sait même pas que tu existes allait bien ?

— Dis aux parents que je serai à la maison dans pas longtemps, a-t-il rétorqué, absolument pas impressionné par mon éclat.

Sur ce, il a filé vers les ascenseurs d'une démarche à la Clint Eastwood.

— Les heures de visite sont terminées ! ai-je beuglé dans son dos.

Ça n'a servi à rien. On aurait dit qu'il était possédé. Il a disparu dans une cabine, les épaules bien droites et la tête fièrement relevée.

— C'est le geste le plus romantique auquel il m'a été donné d'assister, a marmonné Ruth.

— Tu rigoles ? me suis-je ébahie. C'est totalement... c'est... c'est...

— Romantique, a-t-elle assené.

— Débile, ai-je objecté.

— Ben, Claire est plutôt craquante, est intervenu Skip.

Sa sœur et moi l'avons dévisagé avant de nous détourner, dégoûtées.

— Ben, c'est vrai, quoi ! a-t-il insisté

Me prenant par le bras, Ruth m'a entraînée vers la sortie.

— Allez, viens ! m'a-t-elle ordonné. Nous nous arrêterons au *Mille Saveurs* sur le chemin. Tu achèteras un pot de glace à ta mère. Ça l'aidera peut-être à encaisser le choc, quand tu lui annonceras, pour Mike.

Nous avons débouché dans l'air tiède du soir. Le soleil venait juste de se coucher et, à l'ouest, le ciel était violet et rouge. J'ai songé que Mark était sans doute en train de contempler le même spectacle. Seulement, lui, c'était depuis derrière les barreaux. Ce qui lui semblait sûrement « inacceptable ».

— Demain à la première heure, nous nous occuperons de planifier ta nouvelle audition, a déclaré Ruth.

J'ai grogné. J'avais carrément oublié mon rendez-vous avec Vine.

— Ensuite, a-t-elle poursuivi, nous demanderons à Rosemary de t'envoyer quelques photos de mômes disparus pour lesquels les parents ont proposé une récompense. Un peu d'argent frais ne te fera pas de mal, avec cette histoire de Karen Sue.

J'ai grogné un peu plus fort.

— Et enfin, je m'excuse, mais nous allons devoir nous occuper de tes cheveux. J'y ai longuement réfléchi, et je pense que des mèches s'imposent. Le samedi soir, la couleur est gratuite, à l'école de coiffure...

— Hé ! a objecté Skip. Samedi soir, Jess et moi allons au cinoche.

— Certainement pas, a répliqué Ruth sur un ton sans appel. Il est hors de question que mon frère sorte avec ma meilleure amie. Ce serait trop répugnant.

— Mais, mais... a gémi Skip, hébété.

— La ferme, lui a intimé sa sœur. C'est dégoûtant, et tu le sais. En plus, elle ne t'apprécie pas. Elle est amoureuse du type qui est là-bas.

Intriguée, j'ai regardé dans la direction qu'elle indiquait du doigt... et j'ai découvert Rob, appuyé à sa moto, l'air d'attendre quelqu'un.

Soudain, j'ai compris que ce quelqu'un était moi.

En m'apercevant, il s'est redressé, a agité la main.

— Oh! ai-je marmonné. Bon, à tout à l'heure, vous deux.

— C'est ça! a répliqué Ruth avec bonne humeur. Viens, Skip!

— Mais...

Skip a contemplé Rob avec suspicion et, je l'admets, une bonne dose de consternation.

— Désolée, mon gars, l'ai-je consolé avec une petite tape sur le bras, tandis que Ruth l'entraînait. Mais ta sœur a raison. Ça ne marcherait jamais, entre nous. En plus, je ne supporte pas les fans de Tolkien.

Puis, avec un grand sourire d'excuse à son adresse, je me suis précipitée vers Rob.

— Salut! ai-je lancé en adoptant, cette fois, mon sourire timide.

— Salut. Ça roule?

Son sourire à lui était tout sauf timide.

— Je pense, oui.

— Comment va Claire?

Qu'il la mentionne m'a amenée à songer à Mike.

— Elle va s'en sortir, ai-je maugréé.

— Grâce à toi, a-t-il souligné sans, apparemment, remarquer ma mauvaise humeur.

— Et à toi. C'est toi qui as empêché Mark de mettre les bouts.

— Ce n'était pas grand-chose. Je suis passé voir si tu voulais que je te ramène chez toi en moto. Une balade, ça te tente ?

— Tu m'étonnes ! Au fait, ta mère t'a raconté que mon père a l'intention de garder tout le personnel de *Mastriani* en attendant qu'on ait terminé de construire le nouveau ? Il a décidé de transformer *Petit Joe* en vrai restaurant, avec serveurs et tout le tralala.

— Oui, je suis au courant. C'est un chouette type, ton vieux. Oh, tiens, j'allais oublier.

Replongeant la main dans le top-case où il conservait un casque pour moi, il en a sorti quelque chose qu'il a laissé tomber dans ma main. Ahurie, j'ai vu que c'était sa montre.

— Elle est à toi ! ai-je protesté.

— Je sais. Je pensais que tu la voulais.

— Mais toi ? Comment tu vas faire ?

Bon, d'accord, je posais la question, alors que je n'avais aucune intention de lui rendre son cadeau.

— Je me débrouillerai. T'es vraiment zarbi, a-t-il ajouté en me tendant mon casque et en découvrant que la montre ornait déjà mon poignet. Tu le sais ?

— Oui, ai-je répondu en me hissant sur la pointe des pieds pour l'embrasser.

Malheureusement, je n'ai pas eu le loisir de mettre mon geste à exécution, parce que quelqu'un m'a tapé sur l'épaule en disant.

— Hum, hum. Mademoiselle Mastriani ?

Me retournant, j'ai sursauté. Car devant moi, debout près d'une berline noire cinq portes – un véhicule banalisé des forces gouvernementales sans doute aucun –, se tenait un grand type que je ne connaissais ni d'Ève ni d'Adam. Il portait un chapeau et un imperméable, alors qu'il faisait dans les vingt degrés.

— Mademoiselle Mastriani, a-t-il repris, je m'appelle Cyrus Krantz, directeur des opérations spéciales du FBI. Il se trouve que je suis le supérieur direct des Agents Spéciaux Johnson et Smith.

La voiture derrière lui ayant les fenêtres teintées, je n'y ai distingué personne.

— Ouais, et alors ? ai-je rétorqué.

Ce qui vous semblera plutôt rustre, j'en conviens, mais j'avais autre chose de plus intéressant à faire que traînasser devant l'hôpital du coin en compagnie du FBI.

— Alors, a poursuivi Cyrus Krantz, visiblement peu ému par mon impolitesse, j'aimerais vous dire un mot.

— J'ai déjà tout raconté à Allan et Jill, ai-je riposté en enfilant mon casque et en sautant sur la selle de l'Indian. Vous n'avez qu'à leur demander, ils vous le confirmeront.

— J'ai déjà interrogé les *Agents Spéciaux* Johnson et Smith, a-t-il répliqué en insistant sur le titre officiel de ses deux guignols que je m'étais appliquée à ne pas citer. J'ai trouvé leurs réponses à mes questions insatisfaisantes, ce qui explique pourquoi je leur ai retiré votre cas, mademoiselle Mastriani. Dorénavant, c'est à moi que vous aurez affaire, et moi seul. Donc...

— Vous avez quoi ? ai-je braillé en relevant la visière du casque, choquée.

— Je leur ai retiré votre cas, a-t-il répété. Ils

vous ont gérée avec un amateurisme révoltant. Ce dont vous avez clairement besoin, mademoiselle, ce ne sont pas de gants de velours mais d'une poigne de fer.

— Vous avez viré Allan et Jill ?

Je n'en revenais pas.

— Je leur ai retiré votre cas, a-t-il seriné pour la troisième fois en se tournant vers la bagnole banalisée et en ouvrant la portière arrière. Et maintenant, mademoiselle, grimpez dans cette voiture. Nous allons nous rendre à notre siège régional afin de vous interroger en règle sur votre implication dans l'affaire Mark Leskowski.

J'ai resserré ma prise autour de la taille de Rob. J'avais la gorge sèche, tout à coup...

— Vous m'arrêtez ? ai-je croassé.

— Non. Seulement, vous êtes un témoin matériel détenant des informations vitales sur...

— Parfait. (J'ai rabaissé ma visière.) Fonce, Rob !

Rob n'a pas hésité une seconde, et nous avons filé en intoxiquant Cyrus Krantz d'un nuage de fumée.

Sauf, naturellement, je suis à peu près certaine qu'il sait où j'habite.

Composition et mise en pages réalisées
par ÉTIANNE COMPOSITION
à Montrouge.

Cet ouvrage a été imprimé par la
SOCIÉTÉ NOUVELLE FIRMIN-DIDOT
Mesnil-sur-l'Estrée
pour le compte de France Loisirs
en janvier 2008

Imprimé en France

Dépôt légal : février 2008
N° d'édition : 50479 – N° d'impression : 87968